穩紮穩打！
新日本語能力試驗

Japanese-Language
Proficiency Test

修訂版

N3文法

· 循序漸進、深入淺出
· 句型接續及活用一目瞭然
· 系統性整理基礎文法
· 詳細剖析相似文法其中異同
· 足夠的排序練習以及實用例句，
  提升閱讀能力

ぶんぽう

目白JFL教育研究会 ———————— 編著

はじめに

　　日本語能力試驗 N3，是 2010 年 7 月考試改制時才設立的全新級數，難易度介於舊二級與舊三級之間。由於新制改制後，主考機關就沒有公布所謂的「出題基準」，因此 N3 級數並不存在所謂的「必考句型」。坊間參考書編寫時由於無所適從，許多書籍就只是將舊二級較簡單的部分與舊三級較困難的部分挑出，組合成 N3 文法書。但經作者群詳細分析 2010 年 7 月至 2018 年 12 月份共 18 回實際考古題後發現，N3 除了會考出一些舊三級未曾學過的新句型外，還有許多的考試項目都看似在 N4 時學過，但考得更進階。例如 N4 考出了樣態助動詞「〜そうだ」其動詞與形容詞的現在肯定的用法，如：「雨が降りそうです」、「このリンゴは美味しそうです」。但 2011 年的七月份的 N3 考試就出題「何年働いても自分の家は買えそうもない」這種「可能動詞＋樣態助動詞否定形」的進階用法。本書企劃時徹底分析考古題，將這些有可能出題、或已經出題過的進階表現一網打盡，同時也參考了日本具代表性的數本中級前期教材所編寫而成，內容相當完整、詳細。

本書的特色，有以下幾點：

(1) 本書有系統地整理 N4 曾學過的文法項目，並將其更進階的 N3 用法一併提出，以達到溫故知新的目的。

(2) 本書總共分成八大篇章，每篇章為四個小單元，計有二十八個單元。每個單元裡皆有詳細標示各個句型的「接續」、「翻譯（意思）」以及「說明」。若文法項目品詞上的性質需要，也會列出「活用」的部分。

(3) 本書在編寫時，特別重視句子構造與銜接。每個單元盡量以相同的品詞或型態來分類，依句型需要也會列舉「其他型態」。例如：基本型態為「〜に対して」，其他型態則有「〜に対しては、〜に対しても、〜に対しての、〜に対しまして、〜に対する」。

(4) 書中有些句型則是設有「進階複合表現」，例如：「〜のか＋について」、「〜として＋より＋も」、「〜ておく＋てくれない」。這是為了讓學習者可以靈活運用已經學習過的多個句型，將其串聯起來合併使用，以增進學習者的寫作能力及句子構造能力。當然，「進階複合表現」的部分難度較高，建議學習者在第一次閱讀本書時，可以先跳過。待全書讀畢後，複習時再來閱讀此部分，一定會更加清楚。

(5) 本書的部分例句，刻意撰寫句型結構、詞彙較為複雜的句子，除了比較符合實際考試上的難易度外，也可以提升學習者對於長文閱讀的能力。才不會出現有單字、句型都了解，但置於文中就有看不懂的情形。

(6) 每個句型都設有「排序練習」，練習的目的只是讓學習者熟悉剛學到的句型，並不是要把學習者考倒，因此排序練習選擇較為簡單的例句。而每個單元後方的「單元小測驗」，則會將難易度提升，讓學習者可以評量自己學習的成效。

(7) 在眾多的中高階句型裡，難免有許多意思相近的用法，因此本書也特別增設「辨析」的部分，會比較前面章節所出現過的類似句型。

　　最後，本書的編排，是依照難易度，由淺入深。且許多後面才出來的例句，會刻意使用先前已經學過的文法，讓學習者可以溫故知新。因此，建議學習者使用本書時，不要跳著看，最好是從第一單元開始閱讀，循序漸進。每個單元倘若能夠仔細研讀，相信要考過 N3 檢定，不是難事！

作者

助詞為組織日文架構中極為重要的一環，可以說是初級進入中級時，相當重要的一個關卡。尤其是格助詞與副助詞的併用，更是左右日文能力的成熟度。

本篇第 1 單元補足了 N4 時應該學習的格助詞重要概念，第 2 單元則是介紹由動詞與格助詞所複合而成的 N3 常考複合助詞。第 3 單元則是整理出 N3 範圍中，包含終助詞的幾個常見的助詞。

第 4 單元主要是介紹句法中，相當於一個名詞的名詞子句。以形式名詞「の」將助詞前的動詞句名詞化，擺在名詞的位置。此單元所介紹的觀念，為句子重組時，不可不知的最基本觀念。

01 單元

助詞併用

02 單元

複合助詞

03 單元

其他助詞

04 單元

名詞子句

< 第二篇 > 補助動詞與接辞

本篇由「補助動詞」以及「接辞」兩個重要的部分組成。

雖然第 5、6 單元的補助動詞早已在 N4 範圍學過，但 N3 會考出其更廣泛的用法、接續及活用型態。這兩單元除了複習 N4 已學過的部分外，也補足了 N3 新增必學的部分，並有系統地整理出各個補助動詞的詳細用法。

接辞依照個別的用法，可接續於動詞、形容詞或名詞的後方。一旦使用了接辞，會導致品詞本身的詞性改變。學習時請留意每個接辞前方的接續以及後方的活用。

05 單元

補助動詞 I

06 單元

補助動詞 II

07 單元

接辞 I

08 單元

接辞 II

被動、使役與授受，其實就是以不同人的角度（視點），來表達同一件事情。

至於如何將動詞改為被動、使役或授受的型態，則是屬於 N4 範圍，本書就不再細談。

學習本篇時，除了必須注意被動句以及使役句的各種種類以及其用法外，還需留意句中所使用的助詞為何。這些都會影響句子的語意。

< 第四篇 > 複句與句尾

第 13 單元統整了 N5 到 N4 所學到的條件句「～と、～ば、～たら、～なら」以及逆接句「～ても、～のに」的各項用法以及異同。第 14 單元則為第 13 單元的條件、逆接句所衍生出來的進階用法。

第 15 單元則是介紹將兩個句子串連在一起的接續表現。

第 16 單元則是近年無論是 N3 還是 N2 都頻繁出題的，放在句尾的文末表現。

13 單元

條件、逆接 I

14 單元

條件、逆接 II

15 單元

接続表現

16 單元

文末表現

＜第五篇＞ 形式名詞

本篇介紹五個 N3 必考的形式名詞。

「ことにする」、「ことになる」、「ようにする」、「ようになる」牽扯到說話者是否有意志地去做這件事，建議讀者學習後，將這四者統整複習。

「ところ」與動作施行的時間點有關聯；「はず」則是與說話者的判斷有關。

「つもり」與說話者的意圖息息相關。學習時，要同時留意「つもり」前方以及後方的時制、肯定及否定。

<第六篇> 副助詞與助動詞

　　第 21~23 單元，介紹 N3 常見副助詞的各項基本以及進階用法。

　　就有如第一單元所提及，格助詞與副助詞的併用，是初級進到中級一個非常重要的關卡，尤其是在重組題，各個副助詞如何與格助詞併用（格助詞置前、置後或是省略），是常考項目。學習各個副助詞時，要特別留意與格助詞間的關聯。

　　第 24 單元所介紹的助動詞，其基本用法都已在 N4 學習過，N3 則是考出其進階用法。本單元有系統地整理出 N4~N3 範圍所需學習的項目，讓學習者一次釐清這幾個助動詞的全貌。

< 第七篇 > 其他重要表現

　　第 25 單元整理出 N3 常見的，使用到動詞「する」的慣用表現；第 26 單元則是整理出 N3 常見的，使用到動詞「言う」的慣用句型。

　　第 27 單元與第 28 單元則是補足前面章節未學習到的重要副助詞、接辞、助動詞以及縮約形。

　　相信熟讀本書後，N3 必能高分過關，同時也奠定進入中級 N2 的良好基礎。

25 單元

「する」相關句型

26 單元

「いう」相關句型

27 單元

其他副助詞與接辞

28 單元

其他助動詞與表現

　　敬語固定每年出題一至兩題。學習敬語必須系統性地了解何謂尊敬語、何謂謙讓語。

　　本特別篇編寫方式不同於前面篇章句型式的編排，而是採取教科書敘述式的方式編寫，這樣可讓讀者更輕易地掌握敬語的整體概略。

　　學習時，必須特別留意「尊敬語」是「他方」的動作，而「謙讓語」是「己方」的動作。

special

用語説明

動詞	[原形] 行く	[ない形] 行か（ない）	[ます形] 行き（ます）
	[て形] 行って	[た形] 行った	[意向形] 行こう
	[可能形] 行ける	[条件形] 行けば	

イ形容詞	[原形] 赤い	[ない形] 赤くない	[副詞形] 赤く
	[て形] 赤くて	[た形] 赤かった	[意向形] 赤かろう
	[語幹] 赤	[条件形] 赤ければ	

ナ形容詞	[原形] 静か	[ない形] 静かではない	[副詞形] 静かに
	[て形] 静かで	[た形] 静かだった	[意向形] 静かだろう
	[語幹] 静か	[条件形] 静かなら（ば）	

名詞	「原形」学生	[ない形] 学生ではない
	[て形] 学生で	[た形] 学生だった
	[語幹] 学生	[条件形] 学生なら（ば）

普通形	動詞	行く	行かない	行った	行かなかった
	イ形容詞	赤い	赤くない	赤かった	赤くなかった
	ナ形容詞	静かだ	静かではない	静かだった	静かではなかった
	名詞	学生だ	学生ではない	学生だった	学生ではなかった

名詞修飾形	動詞	行く	行かない	行った	行かなかった
	イ形容詞	赤い	赤くない	赤かった	赤くなかった
	ナ形容詞	静かな	静かではない	静かだった	静かではなかった
	名詞	学生の	学生ではない	学生だった	学生ではなかった

意志動詞：說話者可控制要不要做的動作，如「本を読む、ここに立つ」等。意志可以改成命令、禁止、可能、邀約…等。

無意志動詞：說話者無法控制會不會發生的動作，如「雨が降る、人が転ぶ、財布を落とす」等。有些動詞會因主語不同，有可能是意志動詞，也有可能是無意志動詞。如「私は教室に入る」為意志動詞，「冷蔵庫にミルクが入っている」則為無意志動詞。

自動詞：絕對不會有目的語 (受詞) 的句子。1. 現象句「雨が降る」「バスが来る」，或 2. 人為動作「私は 9 時に起きた」「私はここに残る」。注意：「家を出る」「橋を渡る」中的「～を」並非目的語 (受詞)。「出る、渡る」為移動動詞，故這兩者的を，解釋為脫離場所、經過場所。

他動詞：一定要有主語「は（が）」，跟目的語「を」的動詞。如「私はご飯を食べた」「（私は）昨日映画を見た」。(僅管日文中，主語常省略，但不代表沒有主語。)

名詞修飾：以名詞修飾形，後接並修飾名詞之意。

中止形：句子只到一半，尚未結束之意，有「て形」及「連用中止形」2 種。

丁寧形：即禮貌，ます形之意。

01

第 01 單元：助詞併用

01.～格助詞＋は
02.～格助詞＋も
03.～格助詞＋の
04.～から＋が～形容詞
05.～まで＋に
06.～まで＋で
07.～から～までが／を

　　日文的助詞分成四大類，分別：

①格　助　詞：「が、を、に、で、と、へ、から、より、まで」。

②副　助　詞：「は、も、こそ、さえ、でも、まで、だけ、しか、ぐらい … 等」。

③接續助詞：「～と、～が、～から、～ので、～たら … 等」。

④終　助　詞：「わ、よ、ね、さ、ぜ、ぞ … 等」。

　　③「接續助詞」用於接續兩個句子；④「終助詞」置於句子後方表達說話者的語氣、心境。這兩大類的助詞用法將會在後面章節詳細介紹。本單元主要介紹①「格助詞」與②「副助詞」併用時的情況、以及①「格助詞」與①「格助詞」併用的情況。

01.～格助詞＋は

接続：名詞＋格助詞＋は

説明：格助詞為日文助詞中的一個種類，共有「が、を、に、で、と、へ、から、より、まで」九個。格助詞的前方多為名詞，主要用來表達其前接的名詞與動詞之間的關係。上述各個格助詞的意思及用法已在 N5、N4 時學習過。原則上，一個名詞的後方只可接續一個格助詞（有例外），因此不會有「レストランでへご飯を食べました」的講法。但「は」不屬於格助詞，而是副助詞，可以附加在上述所有格助詞的後方，用以表達 ①「主題」或 ②「對比」的語意。如：「がは、をは、には、では、とは、へは、からは、よりは、までは」。唯獨「は」加在「が」與「を」兩個格助詞後方時，「が」與「を」必須刪除。

①主題

・明日 宿題を します。（明天做功課。）

⇒宿題をは 明日 します。（功課明天做。）

・ボールペンで レポートを 書いてください。（請用筆寫報告。）

⇒レポートをは ボールペンで 書いてください。（報告請用筆寫。）

②対比

・パーティーで 鈴木さんに 会いました。（在派對上見了鈴木先生。）

・パーティーで 山田さんに 会いませんでした。（在派對上沒見到山田先生。）

⇒パーティーで 鈴木さんには 会いましたが、山田さんには 会いませんでした。（在派對上，有見到鈴木先生，但卻沒有見到山田先生。）

🔖 辨析：

①「明日宿題をします」僅是單純描述明日要做作業這件事。但若將「宿題を」的部分，移至句首做主題，以「宿題は明日します」的形式表達，則表示這句話是在針對「宿題」做討論。例如媽媽問你說：「宿題はもうした？（功課做了沒）」，這時你就會針對目前討論的主題「宿題」來做回覆，說：「宿題は明日します」。

②「パーティーで鈴木さんに会いました」與「パーティーで山田さんに会いませんでした」僅是單純敘述派對當時所發生的事。但若將兩句話合併，並在對象部分都附加上「は」，則用來表達「拿鈴木與山田這兩部分來做對比」。表示「相對於有見到鈴木，但卻沒有見到山田」。

📄 排序練習：

01. 資料 _____ _____ _____ _____ 。
　　1.で　2.は　3.送ってください　4.メール

02. 雨は _____ _____ _____ _____ 降っていません。
　　1.降っています　2.雪　3.が　4.は

02. ～格助詞＋も

接続：名詞＋格助詞＋も

翻訳：也…。

説明：如同文法 01 的解說，格助詞後方可接續副助詞。「も」亦屬於副助詞，可以
附加在前述所有格助詞的後方，以表達「類推」的語意。如：「がも、をも、
にも、でも、とも、へも、からも、よりも、までも」。唯獨「も」加在「が」
與「を」兩個格助詞後方時，「が」與「を」必須刪除。

・桜が　咲いた。（櫻花開了。）

⇒桃がも　咲いた。（桃花也開了。）

・私は　車を　買った。（我買了車。）

⇒私は　家をも　買った。（我也買了房。）

・日本のアニメは　台湾で　人気が　あります。（日本的動畫在台灣很有人氣。）

⇒日本のアニメは　台湾でも　アメリカでも　人気があります。

（日本的動畫無論在台灣或在美國都很有人氣。）

・妹は　夏休みに　沖縄へ　行った。（妹妹暑假去了沖繩。）

⇒妹は　夏休みに　沖縄へも　北海道へも　行った。

（妹妹暑假去了沖繩也去了北海道。）

・私の夢は、世界中の誰からも愛されるアニメを作ることです。

（我的夢想，是製作出會受到全世界的人喜愛的動畫。）

排序練習：

01. この店 ＿＿ ＿＿ ＿＿ ＿＿ 家族ともよく行きます。
　　1.友達　2.と　3.も　4.は

02. 去年の忘年会の写真 ＿＿ ＿＿ ＿＿ ＿＿ ください。
　　1.も　2.に　3.私　4.を

解 01.（4 1 2 3）　02.（4 3 2 1）

03. ～格助詞＋の

接続：名詞＋との／での／への／からの／までの＋名詞
説明：「名詞＋格助詞」的組合，是用來修飾句子後面的述語 (動詞、形容詞等)。
　　　如：「妹と　行きました」，「妹と」用來修飾動詞「行きました」；「歴史に
　　　詳しいです」，「歴史に」用來修飾形容詞「詳しい」。但若使用「格助詞＋
　　　の」（連體格）的表達方式，則是用來修飾緊跟在其後方的名詞。

・これは父への手紙です。

（這是給父親的信。）

・会議室内での飲食はご遠慮ください。

（請避免在會議室內飲食。）

・取引相手との話し合いはうまくいっていますか。

（和交易對象之間的商量，進行得順利嗎？）

・３時からの会議は、８階の会議室で行われます。

（三點開始的會議，在八樓的會議室舉行。）

・地球から太陽までの距離は、約１億５千万キロメートルです。

（地球到太陽的距離，大約是一億五千萬公里。）

📎 辨析：

「父へ手紙を出します」這句話當中，「父へ」是修飾動詞「出す」。但如果是「父への手紙」，
則「父への」則是用來修飾名詞「手紙」。另外，日文中沒有「がの、をの、にの」的講法。
「友達に　プレゼントを　あげました」若要改成本項文法連體格的方式來修飾名詞「プレゼ
ント」時，必須使用「への」來替代。

✕ 友達にのプレゼント。

〇 友達へのプレゼント。
（給朋友的禮物。）

📄 排序練習：

01. 車内で ＿＿ ＿＿ ＿＿ ＿＿ ください。
    1. は　2. の　3. ご遠慮　4. 喫煙

02. 皆様 ＿＿ ＿＿ ＿＿ ＿＿ おります。
    1. ご意見を　2. して　3. からの　4. お待ち

解答 01. (2413)　02. (3142)

04. 〜から＋が〜形容詞

接続：名詞＋からが
翻訳：從…。
説明：第 01 項文法提及，原則上兩個格助詞不能共用。但若後方的述語為形容詞，
則依語境「から」可以擺在「が」的前方。此用法多半使用於「給予對方建議」
的語境，使用的形容詞也多為正面的「近い、早い、お得、いい…等」。

・東京タワーへ行くなら、赤羽橋駅からが近いです。
（如果要去東京鐵塔，從赤羽橋車站比較近喔。）

・ご予約は今ならネットからがお得です。
（現在的話透過網路預約比較划算。）

排序練習：

01. 部長、午後 ＿＿＿ ＿＿＿ ＿＿＿ ＿＿＿ いいですか。
　　　1. の　2. が　3. 会議は　4. 何時から

02. 東京スカイツリーへ行く ＿＿＿ ＿＿＿ ＿＿＿ ＿＿＿ 近いですよ。
　　　1. が　2. 押上駅　3. から　4. なら

解答 01.（1342）02.（4231）

05.～まで＋に

接続：名詞／動詞原形＋まで／までに
翻訳：① 之前。②（持續）到…，直到…。
説明：第 01 項文法提及，原則上兩個格助詞不能共用，但「まで」可搭配「に」一
　　　起使用。「までに」與「まで」語意截然不同，不可替換。①「までに」表達「最
　　　終期限」，意思是「…之前，必須完成某事」。句末的動詞不可為持續性的動作，
　　　需為「一次性」的動作。② 單純只用「まで」，則用來表達「動作持續至某時
　　　刻」。以「Aまで、B」的形態，表達「B 的動作或狀態，一直持續到 A 這個
　　　終點為止」。句末的動詞 B，必須為「持續性」的動作。此外，格助詞原則上
　　　前方只能接續名詞，但「まで」的前方除了接續名詞外，亦可接續動詞。

① ・レポートは来週の月曜日までに提出してください。
　（報告請下週一之前交。）

・明日までにこの仕事を済ませてしまいたいです。
　（想要在明天之前，把這工作給完成。）

・先生が来るまでに、教室を片付けておきましょう。
　（老師來之前，把教室給收拾乾淨吧。）

・夏休みが終わるまでに、この小説を読んでしまいたい。
　（我想要在暑假結束之前，把這小說讀完。）

② ・3時まで寝ます。
　（睡到三點。）

・昨日は結局、夜中の3時まで飲んでいた。
　（結果昨天晚上，我們喝到半夜三點。）

・私がいいと言うまで、目をつぶっていてください。
　（請一直閉著眼睛，直到我說好為止。）

・肉が軟らかくなるまで、中火で煮ます。
　（用中火煮，直到肉變軟為止。）

01. 死ぬ ____ ____ ____ ____ です。
　　1. ヨーロッパへ　2. 行って　3. みたい　4. までに

02. あなたが ____ ____ ____ ____ 待っています。
　　1. まで　2. くる　3. いつまでも　4. 帰って

解 01. (4 1 2 3)　02. (4 2 1 3)

06. ～まで＋で

接続：名詞＋までで

翻訳：到（某個範圍為止）…。

説明：第 01 項文法提及，原則上兩個格助詞不能共用，但「まで」亦可搭配
「で」一起使用。這裡的「で」，為表範圍的「で」。

・ここまでで、何か質問はありますか。

（到目前這裡，你有什麼疑問嗎？）

・これは今までで最高の映画だ。

（這是到目前為止，最棒的電影。）

・上田さん、データの入力をお願いできますか。来週の水曜まででいいですから。

（上田先生，你能幫我輸入資料嗎？下週三前給我就好了。）

排序練習：

01. できたところ ___ ___ ___ ___ 見せてください。
    1. で　2. ので　3. いい　4. まで

02. あの ___ ___ ___ ___ の首相です。
    1. で　2. 首相は　3. 最悪　4. 今まで

解 01.（4 1 3 2） 02.（2 4 1 3）

07. ～から～までが／を

接続：名詞＋から　名詞＋までが／までを
翻訳：從…到…。
説明：第 01 項文法提及，原則上兩個格助詞不能共用，但表達範圍的「から～まで」可同時搭配「が」與「を」使用。

・桜は３月下旬から４月中旬までが見頃です。

（櫻花從三月下旬到四月中旬是最好看的時機。）

・学校の友達をホームパーティーに招待することになりました。
学校から家までを地図で説明しています。

（決定要招待同學到家裡開派對。我用地圖說明了從學校到我家的路線。）

排序練習：

01. ここから ＿＿＿ ＿＿＿ ＿＿＿ ＿＿＿ の土地です。
　　　1. が　2. まで　3. うち　4. そこ

02. 先日は会社から自宅 ＿＿＿ ＿＿＿ ＿＿＿ ＿＿＿ 。
　　　1. 歩いて　2. を　3. 帰りました　4. まで

解 01.（4 2 1 3）02.（4 2 1 3）

24

1．妙子さんの電話番号（　　）知っていますが、住所は知りません。
    1　は　　　　　　　2　も　　　　　　　3　に　　　　　　　4　で

2．その池（　　）魚がたくさんいます。
    1　では　　　　　　2　には　　　　　　3　がは　　　　　　4　とは

3．机の上に本がある。机の下（　　）本がある。
    1　では　　　　　　2　でも　　　　　　3　には　　　　　　4　にも

4．彼氏（　　）誕生日プレゼント、何にするか決まりましたか。
    1　がの　　　　　　2　にの　　　　　　3　への　　　　　　4　には

5．今週の金曜日（　　）期末レポートを提出してください。
    1　までを　　　　　2　までが　　　　　3　まで　　　　　　4　までに

6．今週の金曜日（　　）学校を休みます。
    1　までを　　　　　2　までが　　　　　3　まで　　　　　　4　までに

7．ホテルの予約は ＿＿＿ ＿＿＿ ★ ＿＿＿ 安いですよ。
    1　が　　　　　　　2　こちらの　　　　3　旅行比較サイト　4　から

8．これは今 ＿＿＿ ＿＿＿ ★ ＿＿＿ 日本語文法の教科書です。
    1　一番　　　　　　2　で　　　　　　　3　やさしい　　　　4　まで

9．家族 ＿＿＿ ★ ＿＿＿ ＿＿＿ 一番大事だと思います。
    1　時間　　　　　　2　が　　　　　　　3　の　　　　　　　4　と

10．友達の ＿＿＿ ★ ＿＿＿ ＿＿＿ は見えません。
    1　私の家から　　　2　見えますが　　　3　家からは　　　　4　富士山が

02

第 02 單元：複合助詞

　　本單元學習 N3 考試中常見的複合格助詞。所謂的複合格助詞，指的就是由格助詞「に、と、を…等」，再配合上動詞的て形所構成的表現。複合格助詞除了有格助詞的特性（置於名詞後方、或後方加上「は」或「も」等副助詞）外，亦有動詞的特性（有不同的形態變化）。下列每項文法將會針對個別的複合格助詞詳細說明。

08. ～に対(たい)して

接続：① 動詞の／形容詞の／名詞＋に対して　② 名詞＋に対して

翻訳：① 與…相對。相對於 A，B 是 ...。② 對於…。

説明：① 表「對比」。拿 A、B 兩件事／兩個人相對比，前面可使用名詞、動詞或形容詞。如使用動詞或形容詞時，必須加形式名詞「の」。② 表「對象」、「動作指向的方向」。其用法接近格助詞「に」。不可置於文末，也就是不能有「～に対する。／～に対します。」的用法。此用法前方只可使用名詞。

① ・活発(かっぱつ)な兄(あに)に対(たい)して、弟(おとうと)はおとなしい性格(せいかく)です。

（相對於活潑的哥哥，弟弟的個性很溫順。）

・姉(あね)は背(せ)が高(たか)いのに対(たい)して、妹(いもうと)は背(せ)が低(ひく)いです。

（相對於姊姊身高很高，妹妹較矮。）

・夫(おっと)が自民党(じみんとう)を支持(しじ)しているのに対(たい)して、妻(つま)は民主党(みんしゅとう)を支持(しじ)している。

（老公支持自民黨，但相對的，老婆卻支持民主黨。）

② ・あの事件(じけん)に対(たい)して、関心(かんしん)を持(も)っています。

（我對於那個事件，感到有興趣。）

・質問(しつもん)に対(たい)して、詳(くわ)しく答(こた)えてください。

（請針對問題詳細地回答。）

・この大学(だいがく)では、海外(かいがい)の協定校(きょうていこう)に交換留学(こうかんりゅうがく)する人(ひと)に対(たい)して、
航空運賃(こうくううんちん)を支給(しきゅう)している。

（這間大學，對於要去國外合作學校交換留學的人，支予機票費用。）

其他型態：

〜に対する（名詞修飾）

・被害者に対する補償問題を検討する。
（檢討對於被害者的補償問題。）

・高速道路建設に対する地域住民の反対運動はますます激化している。
（對於高速公路建設，地方上居民的反對運動越來越激烈。）

〜に対しての（名詞修飾）

・子供に対しての愛情は尽きることがない。
（對於小孩的愛情無止盡。）

〜に対しては（＋副助詞）

・輸入品に対しては、関税がかけられている。
（對於進口品會課予關稅。）

〜に対しても（＋副助詞）

・陳さんは日本のアニメだけでなく、日本のドラマに対しても興味を持っている。
（陳先生不只對於日本動畫感興趣，對日劇也有興趣。）

・先生に対しても敬語を使わない子供が増えている。
（就連對老師都不使用敬語的小孩增多了。）

〜に対し（中止形）

・成績優秀な人に対し、表彰状が送られる。
（對於成績優秀的人，發給了表揚狀。）

〜に対しまして（丁寧形）

・これまで賜りましたご愛顧に対しまして、謹んでお礼申し上げます。
（對於各位顧客們的惠顧，在此表達最高的謝意。）

🔗 辨析：

複合格助詞的功能就跟格助詞的功能一樣，用來修飾後面的述語（動詞）。如：「妹と　東京
へ　行きます。」一文，「妹と」、「東京へ」這兩個部分都是用來修飾動詞「行きます」的。
因此，「〜に対して」也是直接修飾後面動詞。若把複合格助詞改成名詞修飾的型態「〜に対
する」或「〜に対しての」，則是用來修飾後接的名詞。

〜に対して：相當於格助詞，修飾後面動詞。「先生に対して　言います（動詞）。」

〜に対する：相當於形容詞，修飾後面名詞。「先生に対する　態度（名詞）」

📄 排序練習：

01. 子供はいつも ＿＿＿ ＿＿＿ ＿＿＿ ＿＿＿ を持っている。
    1. 先生　2. に　3. 尊敬心　4. 対して

02. 親に ＿＿＿ ＿＿＿ ＿＿＿ ＿＿＿ 誰でもあるだろう。
    1. この年頃の　2. 対する　3. 子なら　4. 反抗心は

解 01.（1 2 4 3）　02.（2 4 1 3）

29

09. 〜について

接続：名詞＋について

翻訳：關於…。

説明：「〜について」後方所使用的動詞多為「考える、話す、語る、述べる、聞く、書く、調べる」…等有關於「思考活動」、「情報表示」的動詞。另外，它的「其他型態」比較少，不如「〜に対して」這麼多。此外，「〜について」並沒有「〜につく」這種名詞修飾形，（在本句型的語意下）亦沒有「〜につき」這種中止形。

・今日はこの地域の歴史について、話します。

（今天我要述說有關於這個地區的歷史。）

・あの事件について、変な噂を聞きました。

（關於那個事件，我聽到了奇怪的傳言。）

・北海道の方言について、調べました。

（我調查了有關於北海道的方言。）

・国際情勢について、スピーチをします。

（我要演講有關於國際情勢。）

其他型態：

〜についての（名詞修飾）

・日本の不動産投資についての本を書いた。

（我寫了有關於日本不動產投資的書。）

〜については（＋副助詞）

・この病気の原因については、いくつかの説がある。

（關於這個病的原因，有數種說法。）

～につきまして（丁寧形）

・送料につきましては、後ほどご連絡いたします。

（關於郵寄費用，稍後向您連絡。）

進階複合表現：

「～のか」＋「～について」

・御社の新薬が、このような症状にどのくらい効果があるのかについて
詳しく知りたい。

（我想詳細了解貴公司的新藥對於這樣的症狀會有多大的效果。）

排序練習：

01. アメリカの ___ ___ ___ ___ ところです。
　　　1. 歴史に　2. 調べて　3. ついて　4. いる

02. 海外留学 ___ ___ ___ ___ んですが、どこがいいですか。
　　　1. の　2. 開きたい　3. 説明会を　4. について

解 01.（1 3 2 4）02.（4 1 3 2）

10. 〜に関して

接続：名詞＋に関して
翻訳：關於…。
説明：用來表達「與前述事項相關」。此文法沒有文末表現「〜に関する。」的用法。

・彼は仮想通貨の投資に関して、自信を持っている。
（關於虛擬貨幣投資，他相當有自信。）

・その件に関して、聞きたいことがあるんですが。
（關於那件事，有些想請教你的。）

🔗 辨析：

大部分的情況下，「〜に関して」可以跟「〜について」互相替換。而「〜に関して」比「〜について」來得稍微正式一點，比較像是書面上的用語。但，後句若使用「考える」這一類的「思考活動」動詞，就不太適合使用「〜に関して」。較適合使用「〜について」。

〇 では、日本の若者文化について考えてください。
（那麼，請思考一下關於日本的年輕人文化。）

? では、日本の若者文化に関して考えてください。

其他型態：

〜に関しての（名詞修飾）
・入学に関しての問い合わせは、次の連絡先まで。
（詢問有關於入學事項，請洽詢下列連絡處。）

〜に関する（名詞修飾）
・彼は伝統文化に関する知識が豊富だ。
（他關於傳統文化的知識很豐富。）

～に関しては（＋副助詞）

・その件に関しては、後ほどご説明いたします。

（有關於那件事，稍後為您說明。）

～に関しても（＋副助詞）

・外国へ勉強に行くなら言葉だけでなく、習慣に関しても知っておいた方がいい。

（如果你要去國外讀書的話，那不只要懂語言，最好連那裏的習慣也了解一下

　會比較好。）

～に関し（中止形）

・裁判の結果、全ての件に関し、無罪と証明された。

（審判的結果，關於所有的案件，都證明是無罪的。）

～に関しまして（丁寧形）

・内容に関しましては、是非一度ご連絡願います。

（關於內容，麻煩請務必連絡。）

📄 **排序練習：**

01. この問題 ＿＿＿ ＿＿＿ ＿＿＿ ＿＿＿ 必要があります。
　　　1. もっと　2. 詳しく　3. に関して　4. 考える

02. この記事には ＿＿＿ ＿＿＿ ＿＿＿ ＿＿＿ 箇所があります。
　　　1. に関する　2. 不適切な　3. 部分が　4. 移民問題

解答 01.（3 1 2 4）02.（4 1 2 3）

33

11. 〜によって

接続：名詞＋によって

翻訳：① 因…而異。② 藉由…。透過…。③ 由於…。④ 被…。由…所…。

説明：「によって」的漢字可以寫成「に依って／に因って」，共有四種用法：① 用
於表達「事物會因某狀況、條件等而改變」。後句動詞多半使用「違う、いろ
いろある、変わる…」等詞彙。② 用於表達「手段、方法」。語意與表手段、
方法的「で」類似。但此為文書用語，不可用於日常生活上。例：「（×）箸
によってご飯を食べます」。③ 用於表達「原因、理由」。語意與表原因理由
的「で」類似。④ 用於「被動句」。一般被動句中，動作者會使用「に」來表示，
如：「私は花子に殴られた」（我被花子打，花子為做動作的人）。但如果後
面的動詞為「書く、発明する、建てる、発見する」…等表創造、生產、發現
等「生產性語意」詞彙時，則動作者會使用「によって」來表示。

① ・習慣は、人によって違う。
（習慣，因人而異。）

・果物の値段は、季節によって変わる。
（水果的價格，會依季節而改變。）

・カメラマンは天候や場所によってレンズを替える。
（攝影師依照天氣與場所的不同而使用不同的鏡頭。）

② ・現代人は、インターネットによって、多くの情報を得ている。
（現代人透過網路，獲得許多情報。）

・AI の導入によって、ビジネスモデルが変わりました。
（藉由引進人工智慧，商業模式有了改變。）

③ ・ちょっとした不注意によって、大きな事故を起こした。
（由於一時的不注意，引發了大事故。）

・今回の地震によって、海岸が１メートル以上、沈下した。
（因為這次的地震，導致海岸下沉一公尺以上。）

④・アメリカ大陸は、コロンブスによって発見された。

（美洲大陸是由哥倫布所發現的。）

・この教科書は、TiN 先生によって書かれた。

（這本教科書是由 TiN 老師所編寫的。）

其他型態：

～による（名詞修飾）

・この地方は、先月の台風による被害が最も大きかった。

（這個地方是上個月因颱風而受創最嚴重的地方。）

～によっては（＋副助詞）

・店によっては、7時に閉まってしまう所もあります。

（因店家性質而異，有些地方七點就結束營業了。）

～により（中止形）

・人により、考え方はいろいろだ。

（想法因人而異。）

～によりまして（丁寧形）

・内容によりましては、回答に時間がかかる場合がございます。

（因內容的不同，而回答時，需要花費一些時間的情況也是有的。）

～による／によります。（文末表現）

・単位がとれるかどうかは、試験結果による／よります。

（能不能取得學分，取決於考試的結果。）

進階複合表現：

「～かどうか」＋「～によって」

・当社では、英語ができるかどうかによって給料が違う。

（敝公司依照你會不會英文，薪水也會不同。）

辨析：

N4 曾經學過的「～によると」、「～によれば」，用於表達「根據....」，前接情報來源。句尾多半會和傳聞助動詞「そうだ」、推定助動詞「らしい」等共同出現使用。切勿與此文法搞混。

・さっきの地震はテレビの速報によると震度3だそうだ。

（剛才的地震根據電視快報，為震度三。）

・天気予報によれば、明日は晴れるらしい。

（根據氣象預測，明天好像會放晴。）

排序練習：

01. 地域 ___ ___ ___ ___ は違う。
    1. 栽培する　2. に　3. よって　4. 作物

02. この病気は ___ ___ ___ ___ ようになった。
    1. 医学の　2. 発展に　3. 治療できる　4. よって

解答 01.（2 3 1 4）02.（1 2 4 3）

12. 〜にとって

接続：名詞＋にとって
翻訳：對於某人、某機構而言…。
説明：用於表達「就...的立場或身份而言，做後面這件事是困難的、容易的、嚴重
　　　的等等評價」。因此後句也經常使用「評價語意」的形容詞。

・漢字を使わない国の人にとって、漢字を覚えるのは大変なことだ。
（對於不使用漢字的國家的人而言，背漢字是很辛苦的。）

・この指輪は、私にとって大切な宝物です。
（這戒指對我來說，是很重要的寶物。）

📎 辨析：

「〜にとって」與第 08 項文法「〜に対して」的用法 ②，中文都翻譯為「對於」，但使用的
情況截然不同。「〜にとって」後面接的是「說話者的評價表現」；「〜に対して」後面接的
是「動作」。兩者不可替換。

・「A にとって、＋評価表現」：外国人にとって、日本語は難しいです。
（對於外國人而言，日文很困難。）

・「動作者は A に対して、＋動作」：（先生は）学生に対して、親切に指導しました。
（老師對於學生很親切地指導。）

其他型態：

〜にとっての（名詞修飾）
・会社にとっての危機を予測できれば、倒産を避けられるかもしれない。
（如果能夠預測對於公司而言的危機的話，那麼或許可以避免倒閉。）

〜にとっては（＋副助詞）
・現代人にとっては、スマホは必需品です。
（對於現代人而言，智慧型手機是必需品。）

～にとっても（＋副助詞）

・彼(かれ)の論文(ろんぶん)のテーマは、学者(がくしゃ)でない一般人(いっぱんじん)にとっても面白(おもしろ)いものだ。
（他的論文的主題，就算是對於非學者的一般人而言，也很有趣的。）

📄 排序練習：

01. 東京は ____ ____ ____ ____ 所です。
　　　1. 故郷の　2. ような　3. とって　4. 私に

02. 漢字は漢字圏の ____ ____ ____ ____ が、西洋人にとっては難しいものです。
　　　1. は　2. 学習者に　3. 簡単です　4. とって

解 01.（4 3 1 2）02.（2 4 1 3）

13. 〜に従って

接続：名詞＋に従って

翻訳：遵照…。按照…。

説明：此句型源自於「従う」（遵從）一詞。前面接續名詞，以「名詞＋に従って」的型態表達「遵循或依照前述的規定、慣例或指示做後述動作」。

・必ず取扱説明書に従って、使用してください。

（請務必要按照說明書使用。）

・上司の指示に従ってやったのに、失敗してしまいました。

（我遵照上司的指示來做，但卻失敗了。）

📄 排序練習：

01. 彼は ＿＿ ＿＿ ＿＿ ＿＿ 行動しただけです。

　　1.に　2.命令　3.上司の　4.従って

02. 矢印に ＿＿ ＿＿ ＿＿ ＿＿ ください。

　　1.前　2.進んで　3.に　4.従って

解答 01.（3 2 1 4）02.（4 1 3 2）

14. ～に比べて / と比べて

接続：名詞／動詞の＋に比べて

翻訳：與…相比。

説明：此句型源自於「比べる」（比較）一詞。語意接近「より」，兩者可互換。除了可以與物品、東西（單一名詞）做比較之外，亦可以與一件事情（句子）做比較。此外，由於格助詞「に」的前面原則上只能接續名詞，因此若前方欲接續動詞句時，則必須加上形式名詞「の」。另外，本句型「～に比べて」與「～と比べて」意思接近，前者多用於對立關係，後者多用於相互關係。

・スマホはガラケーに比べて、月額料金が高いです。
（智慧型手機比起傳統手機，月租費還要貴。）

・そばは、ラーメンに比べてカロリーが低いです。
（蕎麥麵比起拉麵，卡路里要低。）

・他の県と比べて、東京都は水道代も電気代も高い。
（與其他的縣比較，東京都的水費與電費都很貴。）

・店で買うのに比べて、ネットショッピングは便利だが、欠点もある。
（比起在店內購買，網路購物雖然比較方便，但仍然有缺點。）

📄 排序練習：

01. 体重が ___ ___ ___ ___ も増えました。
　　1. 5キロ　2. に　3. 比べて　4. 去年

02. タクシーで行くのは、電車で ___ ___ ___ ___ 速いです。
　　1. 比べて　2. 行く　3. の　4. に

15. ～とともに

接続：名詞＋とともに

翻訳：和…一起。同時…。

説明：此句型漢字寫作「と共に」，用於表達「附上，添加，或是和某人 / 某件事一起做」的意思。語意接近「～と一緒に」，屬於較書面的用語。

・飛行機のチケットとともに、ホテルの予約もした。

（我訂飛機票的同時，也預定了飯店。）

・部長とともに、テレビ局のインタビューを受けた。

（我和部長一起接受電視台的訪問。）

📄 **排序練習：**

01. 姉から ＿＿ ＿＿ ＿＿ ＿＿ 大好物のお菓子が届いた。
　　1. とも　2. 私の　3. に　4. 手紙と

02. 友人と ＿＿ ＿＿ ＿＿ ＿＿ たいと思います。
　　1. 事業を　2. 始め　3. 新しい　4. ともに

解 01.（4132）02.（4312）

16. 〜として

接続：名詞＋として
翻訳：作為…。
説明：用於表達「以某個特定的立場、或以某種名目來做某事」。

・ロペスさんは以前に一度、留学生として日本に行ったことがある。
（羅佩斯先生以前曾經以留學生的身份去過日本。）

・ユーチューバーとして、生計を立てていくのは大変なことです。
（要靠當一個 YouTuber 吃飯，是非常辛苦的。）

進階複合表現：

「〜として」＋「〜よりも」

・彼女は芸能人としてよりも、実業家として成功している。
（她作為一個藝人很成功，但她作為一個企業家更成功。）

排序練習：

01. 文法についての知識が多いことは ＿＿ ＿＿ ＿＿ ＿＿ です。
　　1. 大切な　2. として　3. こと　4. 教師

02. 彼は ＿＿ ＿＿ ＿＿ ＿＿ 、投資家として有名だ。
　　1. 教師　2. として　3. より　4. も

解答 01. (4 2 1 3) 02. (1 2 3 4)

42

1. 昨日の会議は新規事業（　　）みんなで話し合いました。
　　1　にとって　　　　2　について　　　　3　によって　　　　4　につけて

2. この機械の使い方（　　）、質問がある方は、私に聞いてください。
　　1　にとって　　　　2　によって　　　　3　に関して　　　　4　にまして

3. 私（　　）、家族はとても大切な存在です。
　　1　として　　　　　2　について　　　　3　にして　　　　　4　にとって

4. 先日の発表会では、彼の論文（　　）質問が集中した。
　　1　に対して　　　　2　にとって　　　　3　にて　　　　　　4　を通して

5. 私は以前、観光客（　　）日本に遊びに行ったことがあります。
　　1　として　　　　　2　にとって　　　　3　について　　　　4　に対して

6. 地震の時は、先生の指示に（　　）避難します。
　　1　対して　　　　　2　ともに　　　　　3　ついて　　　　　4　従って

7. 停電も ＿＿＿＿ ＿＿＿＿★ ＿＿＿＿ ＿＿＿＿ 1つです。
　　1　災害の　　　　　2　起こる　　　　　3　台風　　　　　　4　によって

8. 昨日公園で ＿＿＿＿ ＿＿＿＿ ＿＿＿＿★ ＿＿＿＿ 思いますか。
　　1　どう　　　　　　2　について　　　　3　殺人事件　　　　4　起こった

9. ミゲルさんは ＿＿＿＿ ＿＿＿＿ ＿＿＿＿★ ＿＿＿＿ 豊富だ。
　　1　関する　　　　　2　日本の　　　　　3　知識が　　　　　4　伝統文化に

10. 今回のテロ事件に ＿＿＿＿ ＿＿＿＿ ＿＿＿＿★ ＿＿＿＿ そうだ。
　　1　なった　　　　　2　犠牲者は　　　　3　よる　　　　　　4　100人以上にも

03

第 03 單元：其他助詞

17. ～とは
18. ～とか
19. ～っけ
20. ～って
21. ～だって
22. ～にて
23. ～には
24. ～かな
25. ～かしら

本單元學習 N3 範圍中常見的其他助詞。其中不乏口語表現「っけ」、「って」、「だって」…等，這些用法也經常出現在聽力考試當中。

17. 〜とは

接続：① 名詞＋とは ② 普通形＋とは
翻訳：① 是…。② 居然…阿。
説明：「とは」為表示內容的格助詞「と」與副助詞「は」所組成的連語。① 前接名
　　　詞，並多以「Aとは、Bのことだ／ということだ／という意味だ」的型態，
　　　來說明 A 的意思或定義。意思是「所謂的 A，指的就是 B」。② 前接句子普通
　　　形，用於表說話者對前述事項感到驚訝。

① ・スマホとはスマートフォンのことだ。
　　（所謂的 sumaho，指的就是 Smartphone 智慧型手機。）

　・フィンテック (FinTech) とは金融 (Finance) と技術 (Technology) を組み合
　　わせた言葉です。
　　（所謂的 FinTech，指的就是金融與科技兩者結合而成的字彙。）

　・天地無用とは荷物の上下を逆さまにしてはいけないという意味です。
　　（所謂的天地無用，就是說不可以將包裹上下放顛倒的意思。）

　・テレビで言っていましたが、「断捨離」とは何ですか。
　　（電視上講的斷捨離是什麼意思？）

② ・こんな夜中に電話してくるとは、一体何事だ。
　　（大半夜打電話來，到底什麼事？）

　・半年の勉強で司法試験に合格するとは！
　　（讀了半年就可以考過司法考試（律師、法官等考試），好厲害。）

　・あんな素晴らしい物を作ったとは、あの子、天才かもしれないね。
　　（居然可以做出這麼棒的東西阿，那孩子或許是個天才也說不定！）

・1か月に6回も地震が起こったとは、地球もそろそろ終わりだ。

（一個月發生了六次地震，地球也快完蛋了。）

📄 排序練習：

01. 先生、仮想通貨 ＿＿ ＿＿ ＿＿ ＿＿ ですか。
    1. もの　2. は　3. と　4. どんな

02. こんな ＿＿ ＿＿ ＿＿ ＿＿ が解けたとは！
    1. を　2. 難しい　3. 小学生　4. 問題

18. 〜とか

接続：普通形＋とか
翻訳：① 諸如此類…。② 聽說好像是…之類的。
説明：① 前接名詞或句子普通形，並以「〜とか、〜とか」的型態，來表示「列
　　　舉」。意思為「像是 A 啊，B 之類的阿」。② 前接句子普通形，並放在句末，
　　　表示「傳聞」。意思為「聽說好像是…之類的」。使用於「說話者對於此事也
　　　不是很確定」時。

① ・彼女へのプレゼントはネックレスとか、イヤリングとかがいいよ。
　　（送給她的禮物，項鍊或耳環之類的比較好喔。）

　・休みの日は、テレビを見るとか、音楽を聴くとかして過ごすのが好きです。
　　（假日我喜歡看電視或者聽音樂之類的來度過。）

　・好きだとか嫌いだとか言わないで、せっかく作った料理だから全部食べてよ。
　　（不要說什麼喜不喜歡的，我辛苦做的料理，你就全部吃掉嘛。）

② ・今日のお祭りは、雨で中止したとか。
　　（今天的祭典聽說好像因為下雨而中止了。）

　・テレビで見たけど、台風で飛行機が欠航したとか。
　　（我在電視上看到的，聽說好像飛機因為颱風而停飛了。）

　・鈴木さんは今日風邪で学校を休むとか。
　　（鈴木先生今天好像因為感冒請假。）

01. あの子は物理とか ＿＿ ＿＿ ＿＿ ＿＿ ようだ。
　　1. とかの　　2. 苦手な　　3. 数学　　4. 科目が

02. 今、アフリカでは ＿＿ ＿＿ ＿＿ ＿＿ とか。
　　1. 病気が　　2. 変な　　3. いる　　4. 流行って .

解 01. (3 1 4 2)　02. (2 1 4 3)

19. 〜っけ

接続：現在形／過去形＋っけ

翻訳：是…嗎？

説明：「っけ」為終助詞，置於句尾。用來表達「說話者自己本身沒有很清楚，對自己的記憶抱有疑問，進而向對方確認、或自言自語回想」。接續上，動詞與イ形容詞時使用過去式（た形），但名詞及ナ形容詞時，現在式或過去式皆可。前方亦可接續敬體「です／ます」，但接續敬體「です／ます」時無論品詞為何，一定要使用過去式「でしたっけ」、「ましたっけ」。

・午後の会議は第3会議室だっけ／だったっけ？

（我記得下午的會議是在3號會議室，對吧？）

・あの人、カトリーヌさんだっけ／だったっけ？

（那個人是不是卡特琳小姐？）

・君、ピーマンが苦手だっけ／だったっけ？

（我記得你不喜歡吃青椒，對吧？）

・去年の冬は今年より寒かったっけ？

（去年冬天有今年那麼冷嗎？）

・もう、海外出張のレポートを出したっけ？

（咦？你交海外出差的報告了嗎？我忘了。）

・今日は休みでしたっけ？

（今天是放假日嗎？）

・あの人は高橋さんの奥さんですか。高橋さんは結婚していましたっけ？

（那個人是高橋的老婆嗎？他結婚了喔？）

📄 排序練習：

01. 子供の頃はよく君と ＿＿＿ ＿＿＿ ＿＿＿ ＿＿＿ 。
　　 1.学校の　2.遊んだ　3.物置場で　4.っけ

02. あれ、 ＿＿＿ ＿＿＿ ＿＿＿ ＿＿＿ ？
　　 1.土曜日　2.っけ　3.でした　4.明日は

20. ～って

接続：普通形／名詞＋って
翻訳：① 所謂的…。② 主題。③他/她說…。④聽說…。
説明：① 前接名詞，並以「Aって、Bだ／Bのことだ」的型態，來說明A的意思或定義，是第 17 項文法「とは」第一種用法的口語講法。② 前接名詞、形容詞或動詞句（＋の），用於表示「主題」，相當於副助詞「は」，屬於口語的講法。③ 前接句子普通形、命令形、或意向形等常體句，表示「引用的內容」，相當於表內容的助詞「と」，屬於口語的講法。此種用法後面的動詞多 為「言う、話す」等情報表達動詞。④ 放在句子普通形後，用於表達「傳聞」，相當於傳聞助動詞「そうだ」，屬於口語的講法。(注：傳聞助動詞「そうだ」為 N4 文法，其 N4 基本用法以及 N3 進階用法請見本書第 130 項文法。)

① ・スマホって、スマートフォンのことだよ。
（所謂的 sumaho，指的就是 Smartphone 智慧型手機。）

・ねえ、仮想通貨って何？教えてよ。
（什麼是虛擬貨幣，告訴我啦。）

・「天地無用」って、どういう意味？
（所謂的天地無用，是什麼意思？）

② ・若いっていいですね。あんなことも、こんなこともできるのだから。
（年輕真好，什麼事情都可以做。）

・ねぇ、パリへ留学に行くって本当ですか。寂しくなりますね。
（你說要去巴黎留學，是真的嗎？我會寂寞耶。）

・子供を育てる（の）って、大変なんですね。
（養育小孩很辛苦，對吧。）

③ ・永尾君は来ないって言っていたから、たぶん今日は現れないだろう。
（永尾君說他不來，所以大概今天也不會出現了吧。）

・利香ちゃんが私に会いたいって。
（利香說她想見我。）

・関口さんが、今度3人で遊びに行こうねって言ってたよ。

（關口小姐說，下次我們三個人一起去玩喔。）

・店員さんに、暫くここで待っててって言われたから待っていたが、結局店員さんは戻ってこなかった。

（店員叫我在這裡稍等一下，我就等了，但結果店員卻沒回來。）

④・金曜日の授業は休講だって。

（聽說星期五的課停課。）

・天気予報によると、午後から晴れるって。

（根據氣象預報，下午好像會放晴。）

・あの店のケーキ、美味しいんだって。

（那間店的蛋糕，聽說很好吃。）

・井の頭さん、ビール嫌いなんだって。

（聽說井之頭先生不喜歡喝啤酒。）

📄 排序練習：

01. 田村さんが ___ ___ ___ ___ だろう。
　　1.会社を　2.って　3.辞める　4.うそ

02. ねぇ、テレビで ___ ___ ___ ___ 何？
　　1.断捨離　2.言ってた　3.けど　4.って

解答 01.（1 3 2 4）02.（2 3 1 4）

21. 〜だって

接続：名詞＋だって／動詞た形＋たって／イ形容詞〜く＋たって
翻訳：① 就連…也。② 無論…都。即便…也。
説明：「だって」有兩種用法：① 作為副助詞，表「類推」。放在格助詞的後方，或者取代格助詞「が、を」。語意與表示類推的副助詞「でも」（參考第 114 項文法）接近，屬於口語的講法。② 作為接續助詞，表「逆接」。用於連接兩個句子，語意與表示逆接接續助詞「〜でも／〜ても」（參考第 73 項文法）接近，屬於口語的講法。

① ・それぐらいのことは小学生だって知っているよ。（＝小学生でも）
  （那點事，就連小學生都知道。）

  ・誰にだって他人に言えない秘密があると思う。（＝誰にでも）
  （我認為不管是誰，都有不可告人的秘密。）

② ・あの人はいくら食べたって太らないんだから。（＝いくら食べても）
  （那個人無論怎麼吃，都不會發胖。）

  ・いくら高くたって、このマンションを買うつもりだ。（＝いくら高くても）
  （再怎麼貴，我都打算買這間華廈。）

辨析：

・こんなものはわざわざ新宿のデパートへ買いに行かなくたって、近所の店でだって売ってるよ。
（這樣的東西不用特地去新宿的百貨公司買，就連附近的商店也有在賣。）

第一個「〜たって」，用來連接「買いに行く」與「近所の店で売ってる」前後兩句話，屬於②接續助詞的用法。第二個「だって」放在「近所の店で」的格助詞「で」後方，屬於①副助詞的用法。

📄 **排序練習：**

01. もう間に ___ ___ ___ ___ って遅い。
　　1. 今ごろ　2. 来た　3. から　4. 合わない

02. 先生 ___ ___ ___ ___ があるよ。
　　1. しまう　2. 間違って　3. だって　4. こと

54

22. ～にて

接続：名詞＋にて

翻訳：① 在…。於…。② 以…。用…。③ 到…。

説明：「にて」為書面用語，語意相當於格助詞「で」。用法有：① 表「動作場所」。② 表「手段、工具、方法」。③ 表「事情結束的時間」。另外，慣用講法「これで失礼します」，亦可講成「これにて失礼します」。

① ・校舎の前にて記念撮影を行います。

（於校舍前面舉辦紀念攝影。）

・これより当ホテルのレストランにて食事をします。

（現在開始在本飯店的餐廳用餐。）

・では、また近いうちに会いましょう。令和元年 11 月　東京にて　山田直子

（那麼，近期內再相會吧。令和元年 11 月 于東京 山田直子）

② ・書面にて審査の結果をお知らせします。

（將會以書面通知您審查的結果。）

・人の外見にて人を判断してはいけない。

（不可用外觀來判斷一個人。）

③ ・当店は平成 31 年 4 月 30 日にて閉店することになりました。

（本店將於平成 31 年 4 月 30 號結束營業。）

・本日は、これにて失礼いたします。

（今天，就到此結束。失禮了。）

📄 排序練習：

01. 次回の会議は ＿＿＿ ＿＿＿ ＿＿＿ ＿＿＿ なりました。
　　1．にて　2．ことに　3．開かれる　4．プラザホテル

02. 補助金の ＿＿＿ ＿＿＿ ＿＿＿ ＿＿＿ いただきます。
　　1．3月29日　2．申し込みは　3．にて　4．締め切らせて

解01. (4132) 02. (2134)

23. 〜には

接続：動詞原形＋には
翻訳：要做…的話。
説明：「には」用於表輕微的設定條件，前方僅接續動詞原形。以「A には、B」的
　　　結構，來表達「如果想要達成 A 這個目的，那麼 B 這件事情是不可或缺的／
　　　很重要的／最好的」。後句多接續「〜が必要だ」…等說話者的判斷。

・テニスが上手になるには、毎日の練習は不可欠だ。

（如果想要網球技術精進，那麼每天的練習是不可或缺的。）

・引き締まった体を維持するには、筋トレが大事だ。

（想要維持緊實的身體，肌群訓練很重要。）

・4K 放送を見るには、4K 対応チューナーを設置しなければなりません。

（想看 4K 高畫質節目，必須要設置適用於 4K 的調頻器。）

・都立大学へ行くには、東急東横線に乗ったほうが速いですよ。

（要去都立大學，搭東急東橫線去會比較快喔。）

📄 排序練習：

01. 東京で家を ＿＿ ＿＿ ＿＿ ＿＿ 用意できないと買えないんです。

　　 1.1,000 万円の　 2. 頭金が　 3. 買う　 4. には

02. インターネットに ＿＿ ＿＿ ＿＿ ＿＿ を結ばなければなりません。

　　 1. 繋げる　 2. 契約　 3. には　 4. プロバイダ業者と

解 01.（３４１２）02.（１３４２）

57

24. ～かな

① ・里美さん、遅いなあ。今日は来るかなぁ。
　（里美小姐好慢阿。她今天不知道會不會來。）

　・これ、変な形をしているね。美味しいかな。
　（這個的形狀好奇怪喔。不知道好不好吃。）

　・明日は休みだ。どこへ遊びに行こうかなぁ。楽しみだ。
　（明天是假日。要去哪裡玩呢？好期待阿。）

辨析：

第 19 項文法的「っけ」，用於說話者「忘記了某個既定事實，進而向對方確認」時。本項文法「かな」用於表達說話者「自己不確定或懷疑的心情」。兩者不可替換。

② ・ねえ、これ、もらっていいかな。
　（喂，這個可以給我嗎？）

　・三上さん、ちょっと手伝ってくれるかなぁ。
　（三上先生，可以幫一下我嗎？）

　・明日のパーティー、行ってもいいかな。
　（明天的舞會，我可以去嗎？）

排序練習：

01. あれ、変だなあ。 ＿＿ ＿＿ ＿＿ ＿＿ 。
　　 1. を　2. かな　3. 間違えた　4. やり方

02. ねえ、このことを ＿＿ ＿＿ ＿＿ ＿＿ かな。
　　 1. 七尾さん　2. いい　3. に　4. 言っても

解 01.（4 1 3 2）　02.（1 3 4 2）

25. ～かしら

接続：名詞／イ形容詞い／ナ形容詞語幹／動詞普通形＋かしら
翻訳：…嗎？…呢？
説明：「かしら」為終助詞，置於句尾，多為女性使用。用來表達：① 自己對於某事感到「疑問」，自言自語時使用（註：「誰のかしら」的「の」為準体助詞，為「～のもの」之意，相當於名詞）。② 向對方提出「詢問」。③ 表「希望，盼望」之情。

① ・寒いね。雪かしら。
　　（好冷喔，是下雪了嗎？）

　・風邪を引いたかしら。なんか鼻水が止まらないわ。
　　（不知道是不是感冒了。總覺得鼻水流不停。）

　・あれ、この傘。誰のかしら。
　　（疑？這個是誰的傘呢？）

　・ねえ、見て、先生のそのエルメスのバーキン。先生ってそんなに儲かるかしら。
　　（你看老師拿愛瑪仕的柏金包。當老師這麼賺錢喔。）

② ・この傘はあなたのかしら。
　　（這把傘是你的嗎？）

　・お母様、元気かしら。
　　（令堂還好嗎？）

　・明日のパーティーは、何人出席するかしら。
　　（明天的舞會將會有幾個人出席呢？）

③ ・早く夏休みにならないかしら。遊びに行きたいわ。
　　（怎麼不趕快放暑假阿，好想趕快去玩。）

　・バス、早く来ないかしら。
　　（巴士怎麼不趕快來阿。）

辨析：

第 24 項的「かな」與第 25 項的「かしら」大部分的情況可互相替換，但替換過後語氣與語感稍有差異。「かな」不限男女皆可使用，但「かしら」多為女性使用。

排序練習：

01. あら、 ___ ___ ___ ___ 。
　　1.私を　2.お忘れに　3.なった　4.かしら

02. 今すぐ ___ ___ ___ ___ かしら。
　　1.くれない　2.来て　3.そばに　4.私の

解 01. (1 2 3 4)　02. (4 3 2 1)

1. １年間で英語をマスターできた（　　　）、驚いた。
   1　のに　　　　　2　とか　　　　　3　とは　　　　　4　かな

2. テレビで見たんだけど、テロ事件で運動会が中止になった（　　　）。
   1　とか　　　　　2　のに　　　　　3　には　　　　　4　っけ

3. えっ、山田の恋人？あいつ、彼女いた（　　　）？
   1　って　　　　　2　っけ　　　　　3　にて　　　　　4　には

4. （　　　）ってあなたにその秘密を教えないよ。
   1　死ぬ　　　　　2　死んで　　　　3　死んだ　　　　4　死

5. タクシーの運転手になる（　　　）、特別な免許が必要だ。
   1　のと　　　　　2　との　　　　　3　にて　　　　　4　には

6. ねえ、ここで寝てもいい（　　　）。会議ですごく疲れてるの。
   1　かな　　　　　2　って　　　　　3　とか　　　　　4　とは

7. 先生は会議に ＿＿＿ ＿＿＿ ＿＿★＿ ＿＿＿ たぶん今日は来ないだろう。
   1　から　　　　　2　って　　　　　3　言っていた　　4　参加しない

8. これより当社の会議室 ＿＿＿ ＿＿＿ ＿＿★＿ ＿＿＿ いただきます。
   1　にて　　　　　2　発表を　　　　3　新製品の　　　4　させて

9. 今年の誕生日、彼は ＿＿＿ ＿＿★＿ ＿＿＿ ＿＿＿ 。
   1　プレゼントを　2　くれる　　　　3　どんな　　　　4　かしら

10. 本はわざわざ本屋に ＿＿＿ ＿＿★＿ ＿＿＿ ＿＿＿ 買えるよ。
   1　だって　　　　2　たって　　　　3　ネットで　　　4　行かなく

04

第 04 單元：名詞子句

表主題的副助詞「は」以及「が、を、に、で」等格助詞的前方，原則上是名詞。若要在這些助詞的前方使用動詞句，則必須將此動詞句給名詞化，方法為加上形式名詞「の」。本單元分別介紹「は、が、を、に、で」等五個助詞前方擺上動詞句，並將其名詞化，構成「〜のは」、「〜のが」、「〜のを」、「〜のに」、「〜ので」的用法。

26. 〜のは

接続：動詞原形＋のは

翻訳：…(這件事)，是…。

説明：此用法為將一動詞句置於表主題的「は」前方，來表達此動詞句為話題中的主題。原則上，助詞「は」的前方必須使用名詞，若因語意上需要，必須使用動詞時，就必須加個「の」將前方的動詞給名詞化。例如：這部電影很有趣，日文為「 この 映画 は面白いです」。這句話的主題為「この映画」，同時它也是個名詞。但若要表達「看電影」這個動作很有趣，就將「映画を観る」擺在「は」的前方，並加上「の」將其名詞化即可：「 映画を観るの は面白いです」。此句型後方多半為表達「感想」、「評價」的形容詞，如「難しい、易しい、面白い、楽しい、気持ちがいい、危険です、大変です」等。

| この映画 |は面白いです。

| 映画を観るの |は面白いです。

・絵を描くのは楽しいです。

（畫畫這件事，很快樂。）

・一人でこの仕事をやるのは大変です。

（一個人做這個工作很辛苦。）

・朝早く起きるのは健康にいいです。

（早上早起，對健康很好。）

・ウソをついて、人を騙すのは、人間として最低の行為だと思う。

（我覺得說謊欺騙他人，是身為一個人類最差勁的行為。）

進階複合表現：

「～のは～が、のは～」

・日本では、大学に入るのは難しいですが、卒業するのはそれほど難しくありません。

（在日本，進大學很難，但要畢業沒那麼困難。）

「～のは」＋「～からがいい」

・子供にスマホを持たせるのは何歳からがいいですか。

（幾歲起讓小孩拿智慧型手機比較恰當？）

排序練習：

01. 一人でこれらの ____ ____ ____ ____ 無理です。

    1. のは　2. 料理を　3. 全部　4. 食べる

02. 朝早く一人で散歩する ____ ____ ____ ____ いいです。

    1. は　2. が　3. の　4. 気持ち

解答 01.（2 3 4 1）02.（3 1 4 2）

27. 〜のが

接続：動詞原形＋のが

説明：此用法為將一動詞句置於表對象的「が」前方，來表達此動詞句為喜好、能力等對象。原則上，助詞「が」的前方必須使用名詞，若因語意上需要，必須使用動詞時，就必須加個「の」將前方的動詞給名詞化。例如：我喜歡錢，日文為「私は お金 が好きです」。此時話題中說話者喜歡的對象物為「お金」，同時它也是個名詞。但若要表達我喜歡的，不是東西，而是像「看電影」這樣的一個動作，就將「映画を見る」擺在「が」的前方，並加上「の」將其名詞化即可：「私は 映画を観るの が好きです」。此句型後接的詞彙多為：①「好き、嫌い、上手、下手、早い、遅い」等表達「喜好」、「能力」的形容詞，或②「見える、聞こえる」等自發動詞。

私は お金 が好きです。

私は 映画を観るの が好きです。

① ・私はクラシック音楽を聴くのが嫌いです。
　　（我不喜歡聽古典音樂。）

　　・私は小説を読むのが好きです。
　　（我喜歡讀小說。）

　　・おばあちゃんは歩くのが遅いです。
　　（老奶奶走路很慢。）

進階複合表現：

「〜のが」＋「〜とか」

・一人でいるのが好きだとか言って、結局友達がいないだけでしょ。
（說什麼喜歡自己孤獨一人，根本就只是沒朋友吧！）

② ・ほら、リスが木に登っているのが見えますね。

（你看，那裡看得到松鼠在爬樹。）

・誰かが教室の中で叫んでいるのが聞こえます。

（聽見了有人在教室中喊叫。）

📄 排序練習：

01. この不動産屋は一人暮らし用 ＿＿ ＿＿ ＿＿ ＿＿ 得意です。
　　 1.物件を　2.探す　3.のが　4.の

02. 水平線から朝日が ＿＿ ＿＿ ＿＿ ＿＿ 住んでみたい。
　　 1.見える　2.昇る　3.部屋に　4.のが

28. ～のを

接続：動詞原形＋のを

説明：此用法為將一動詞句置於表目的語（受詞）的「を」前方，來表達此動詞句為句中的目的語（受詞）。原則上，助詞「を」的前方必須使用名詞，若因語意上需要，必須使用動詞時，就必須加個「の」將前方的動詞給名詞化。例如：我忘了錢包，日文為「私は 財布 を忘れました」。此時動詞「忘れる」的目的語（受詞）為「財布」，同時它也是個名詞。但若要表達忘記的是「帶錢包來」這樣的一個動作，就將「財布を持ってくる」擺在「を」的前方，並加上「の」將其名詞化即可：「私は 財布を持ってくるの を忘れました」。此句型後接的動詞，多為：①「忘れる、知る、心配する、伝える、見る、思い出す」等「思考」、「情報表達」語義的動詞；或 ②「手伝う、待つ、邪魔する」等表達「配合前述事態進行」的動作；或 ③「始める、やめる、とめる」、「楽しむ」等「動作開始、停止」或「享樂其中」的動詞。

私は 財布 を忘れました。

私は 財布を持ってくるの を忘れました。

① ・薬を飲むのを忘れました。

（我忘了吃藥。）

・彼女は体重が増えるのを心配している。

（她擔心體重會增加。）

・久しぶりに故郷に帰ったが、昔はごちゃごちゃしていた駅前が再開発されて、すっかりおしゃれになっているのを見て驚いた。

（我很久沒有回到故鄉了。以前很雜亂的車站周邊都更後，現在整個變得很漂亮，讓我嚇了一跳。）

・書いたまま出すのを忘れていた恋人への手紙が、引き出しにあった。

（寫完後忘記寄出給情人的信，在抽屜裡面。）

② ・これを運ぶのを手伝ってください。

（請幫我搬這個。）

・彼氏が来るのを待つ。

（我等男朋友來。）

・どうしても彼女と結婚します。たとえ親が反対してもです。僕が幸せになるのを邪魔しないでください。

（我無論如何都要跟她結婚。就算父母反對也是。請不要妨礙我的幸福。）

③・たばこを吸うのをやめてください。

（請不要抽煙。）

・頑張るのをやめると、人生はもっと豊かになる。

（停止努力硬撐，人生會更豐富。）

・日本語を教えるのを楽しんでいます。

（我享樂於教日文。）

進階複合表現：

「～のを」＋「～のは」

・恋人が来るのを待つのは楽しいです。

（等著戀人來這件事，讓人感到很開心。）

排序練習：

01. 来週の木曜日は授業 ＿＿＿ ＿＿＿ ＿＿＿ ＿＿＿ 知っていますか。

　　1.を　2.が　3.ない　4.の

02. ＿＿＿ ＿＿＿ ＿＿＿ ＿＿＿ 忘れました。

　　1.のを　2.を　3.宿題　4.やる

解 01.（2 3 4 1）02.（3 2 4 1）

29. 〜のに

接続：動詞原形＋のに／動作性名詞＋に
翻訳：① 於…需要花費。② 用於…。③ 用於…很有用。
説明：此用法為將一動詞句或動作性名詞置於格助詞「に」的前方，來表達花費、用途及評價。原則上，助詞「に」的前方必須使用名詞，若因語意上需要，必須使用動詞句時，就必須加個「の」將前方的動詞給名詞化。此用法後面使用的詞彙，有相當大的限制，共有下述三種用法：① 表「為達目的所需的耗費」。意思是「說話者研判，若要達到前面這個目的，需要耗費…」，後面動詞會使用「かかる、いる（要る）」等花費時間、金錢類字眼。② 表「用途」。後面動詞會使用「〜に使う」等表示用途的語詞。③ 表示「評價」。後面會使用表示「〜に役に立つ／便利／不便／ちょうどいい」等評價性語詞。

① ・親を説得するのに、時間がかかります。
  （要說服父母，需要花時間。）

・ビルを建てるのに、１年は必要です。
  （建一棟大樓，至少也需要花１年。）

・東京のような都会でワンルームを借りるのに、月に６万円はいります。
  （要在像東京這樣的都市租一間套房，一個月至少也要六萬日圓。）

② ・この道具は花を切るのに使います。
  （這道具是用來切花的。）

・やかんはお湯を沸かすのに使います。
  （水壺是用來燒開水用的。）

・いらないストッキングは靴を磨くのにも使えますよ。
  （不要的絲襪，也可用來擦鞋子喔。）

③ ・ここは環境が良くて、子供を育てるのに最適です。
  （這裡的環境很好，很適合養育小孩。）

・この辞書は言葉の使い方を調べるのに役に立ちます。
  （這個字典拿來查單字的用法，很有用。）

・このかばんは軽くて、旅行に便利です。

（這個包包很輕，用於旅行很方便。）

進階複合表現：

「～のに」＋「～のを」

・親を説得するのに時間がかかるのを知っています。

（要說服父母，需要花時間這件事我也知道。）

📄 排序練習：

01. この風呂敷は ＿＿ ＿＿ ＿＿ ＿＿ 使います。
　　1.お弁当を　2.に　3.の　4.包む

02. そのかばんは ＿＿ ＿＿ ＿＿ ＿＿ です。
　　1.旅行に　2.不便　3.重くて　4.大変

解答 01.（1 4 3 2）　02.（4 3 1 2）

30. ～ので

接続：名詞修飾形＋ので

翻訳：因…而聞名。

説明：此用法為將一動詞句或形容詞句置於表原因的「で」前方，來表達原因。原則上，助詞「で」的前方必須使用名詞，若因語意上需要，必須使用動詞或形容詞時，就必須加個「の」將前方的動詞句或形容詞句給名詞化。例如：那個城鎮因溫泉而有名，日文為「あの町は 温泉 で有名です」。但若要表達某一間店之所以得名，是因為「宝くじがよく当たる」這樣的一個動詞句，就將「宝くじがよく当たる」擺在「で」的前方，並加上「の」將其名詞化即可：「あの店は 宝くじがよく当たるの で有名です（那間店因為彩卷經常中獎而聞名）」。此句型後方使用的，多半是「有名だ、知られる」等表達「廣為人知」語意的動詞。另外，此句型亦可替換為「ことで」。

あの町は 温泉 で有名です。

あの店は 宝くじがよく当たるの で有名です。

・小説に出てくるので有名なスポットへ行ってみたいです。

（我想去那個因為出現在小說中而聞名的景點看看。）

・「ドクターフィッシュ」は人の角質を食べてくれるので知られている。

（「魚醫生」因會吃人的角質，而廣為人知。）

・高尾山は紅葉がきれいなので有名と聞いたので、行ってみました。

（因為聽說高尾山因紅葉漂亮而聞名，所以我去看看了。）

・千鳥ヶ淵は夜桜がきれいなので／なことで有名ですが、桜だけでなくボートも楽しめます。

（千鳥淵因夜櫻美麗而聞名，但不只櫻花，那裡還可以划船喔。）

排序練習：

01. この美術館は日本美術のコレクションが ＿＿＿ ＿＿＿ ＿＿＿ ＿＿＿ 有名です。

    1. で　　2. している　　3. の　　4. 充実

02. 台湾に行った時、よく ＿＿＿ ＿＿＿ ＿＿＿ ＿＿＿ 占い師さんに占って
    もらいました。

    1. 有名な　　2. で　　3. の　　4. 当たる

解 01.（4 3 2 1）　02.（4 3 2 1）

1. ボランティア活動に参加する（　　）面白いです。
     1　のは   2　のを   3　のに   4　のへ

2. 彼は多くの人の前で話す（　　）上手です。
     1　のに   2　ので   3　のが   4　のと

3. 薬を飲む（　　）忘れないでください。
     1　のが   2　のを   3　のと   4　のに

4. このアプリは電車の時間を調べる（　　）便利です。
     1　のを   2　にて   3　のに   4　では

5. お化けが出てくる（　　）有名な心霊スポットに行ったことがありますか。
     1　のが   2　のは   3　のを   4　ので

6. 日本で生活する（　　）、毎月 20 万円は必要です。
     1　では   2　のに   3　でも   4　のを

7. 父が買ってくれた ＿＿＿＿ ＿＿＿＿ ＿★＿＿ ＿＿＿＿ 不便です。
     1　持ち歩く   2　辞書は重くて   3　に   4　の

8. 私はテレビを見ながら ＿＿＿＿ ＿＿＿＿ ＿★＿＿ ＿＿＿＿ 人が嫌いです。
     1　好きな   2　のが   3　ご飯を   4　食べる

9. 夜は一人でクラシック音楽を ＿＿＿＿ ＿＿＿＿ ＿★＿＿ ＿＿＿＿ が好きです。
     1　本を   2　の   3　聴きながら   4　読む

10. 彼が ＿＿＿＿ ＿★＿＿ ＿＿＿＿ ＿＿＿＿ 時間の無駄です。
     1　のは   2　のを   3　来る   4　待つ

05

第 05 單元：補助動詞 I

31. ～ていく
32. ～てくる
33. ～ている
34. ～てある

　　本單元學習四個常見的補助動詞「～ていく、～てくる、～ている、～てある」的各項用法。所謂的補助動詞，指的就是此動詞原本的語意已經薄弱掉，僅剩下文法上的意思。專門用於「補助」～て前方的動詞，因而得名「補助動詞」（註：「帰っていく」當中的「帰る」稱為「本動詞」；「いく」稱為「補助動詞」）。「補助動詞」會隨著前接的「本動詞」語意的不同，而會產生不同的用法。

31. 〜ていく

接続：動詞て形＋いく
活用：比照動詞「行く」
翻訳：① 去…。② 先…再去。③ 一直…/ 持續下去…。④ 變得…。逐漸…。
説明：① 本動詞為「帰る、戻る、離れる、走る、飛ぶ…」等「移動動詞」時，表「空間上的移動」。意思是「以說話者為基準點，遠離說話者而去」。② 本動詞為「食べる、勉強する、買う」…等沒有方向性、移動性的「動作動詞」時，表「動作的先後順序」。意思是「做了再去」。③ 本動詞為「続ける、頑張る、仕事をする」…等「持續動詞」，或是「増える、なる、変わる、減る」…等「變化動詞」時，表「動作的持續」。意思是「以某個時間點為基準點，接下來持續做此動作 / 或動作持續變化」。④ 本動詞為「死ぬ、忘れる、消える」…等「滅失語意的動詞」時，表「消逝」。意思是「原本有的東西消逝了，或離開說話者的視界了」。

① ・真由美ちゃんは友達と喧嘩して、泣きながら帰っていった。
（真由美小妹妹跟朋友吵架，然後一邊哭，一邊回去了。）

・貨物をたくさん積んだ船はどんどん離れてゆく（離れていく）。
（積了很多貨物的船，漸漸地遠離而去。）

② ・どうぞ、ご飯を食べていってください。
（請先吃個飯再走吧。）

・今夜はここに泊まっていこう。
（今天就在這裡住一晚再出發吧。）

③ ・国へ帰ってからも日本語の勉強は続けていくつもりです。
（我打算回國之後也要持續學習日文。）

・これからは国の発展のために、精一杯努力していきます。
（今後，我要為了我國的發展，一直努力下去。）

・日本で学ぶ留学生はこれからも増えていくだろう。

（在日本學習的留學生，應該也會持續增加吧。）

・先生の話によると、地球の気候はこれから寒くなっていくそうだ。

（據老師所言，地球的氣候好像會繼續變冷。）

④・年のせいか、単語を覚えてもすぐ忘れていく。

（不知是否因為年紀老了，背了單字也是立刻就忘掉了。）

・毎年、交通事故でたくさんの人が死んでいく。

（每年都因為交通事故，死了很多人。）

📎 辨析：

第②項用法的「～ていく」部分，保留了動詞「いく」原本「去」的含義，嚴格上來說不屬於補助動詞。但學習語言時不需過度執著於文法術語稱呼以及定義，僅了解其正確用法即可。

此外，有些「動作動詞」，若使用在有「持續」的語境之下，亦可解釋為用法③的「動作持續」之語意。例如「食べる」一詞，除了有「吃飯」之意，是「動作動詞」外，亦有「依靠…過活」之意，為「持續」的語意。因此下例屬於用法③，解釋為「持續靠作為日文老師活下去」。

・**これからも日本語教師として食べていくつもりです。**

（今後，我也打算一直當個日文老師／靠作為一名日文老師過活。）

📄 排序練習：

01. 彼女は ＿＿＿ ＿＿＿ ＿＿＿ ＿＿＿ いった。
　　1.部屋を　2.言って　3.出て　4.さよならと

02. これからは日本語能力試験を ＿＿＿ ＿＿＿ ＿＿＿ ＿＿＿ だろう。
　　1.人は　2.いく　3.増えて　4.受ける

32. ～てくる

接続：動詞て形＋くる
活用：比照動詞「来る」
翻訳：① 來…。② 做了…再來…。③ 一直持續…。④ 漸漸…。
説明：① 本動詞為「帰る、戻る、離れる、走る、飛ぶ…」等「移動動詞」時，表「空
　　　間上的移動」。意思是「以說話者為基準點，往說話者的方向來」。② 本動詞
　　　為「食べる、勉強する、買う」…等沒有方向性、移動性的「動作動詞」時，
　　　表「動作的先後順序」。意思是「做了再來」。③ 本動詞為「続ける、頑張る、
　　　仕事をする」…等「持續動詞」，或是「増える、なる、変わる、減る」…等「變
　　　化動詞」時，表「動作的持續」。意思是「以某個時間點為基準點，之前一直
　　　持續做此動作 / 或動作持續變化至今」。④ 本動詞為「見える、生える、降る、
　　　眠くなる」…等「顯現語意的動詞」時，表「出現」。意思是「原本沒有的東
　　　西出現了，或出現在說話者的視界了」。

① ・明日の食事会には彼氏を連れてきてください。
　　（明天的餐會請把男朋友帶來。）

　　・UFO は西から飛んできて、東へ消えていった。
　　（幽浮從西方飛來，往東方消失了。）（＊註：「消えていった」請參照 31 項文法用法④）

② ・ここで待っていてくださいね、ジュースを買ってきますから。
　　（請在這裡等一下，我去買果汁來。）

　　・明日のテストは大切ですから、必ず勉強してきてください。
　　（因為明天有重要的考試，請一定要讀書喔。）

③ ・この伝統的行事は 1000 年も続いてきました。
　　（這個傳統儀式已經持續了千年之久。）

　　・若い頃から今日まで、一人で東京で頑張ってきました。
　　（從年輕時到現在，我一個人在東京一直努力著。）

　　・日本に来る留学生が増えてきましたね。これからも増えていくだろう。
　　（來日本的留學生增加了。應該今後也會持續增多吧。）

・先生の話によると、地球の気候はここ数百年、だんだん暑くなってきています。
（根據老師所言，地球的氣候在這數百年中，一直持續在變熱。）

④・（船で）あっ、島が見えてきました。
（啊，逐漸看得到島了。）

・春になって、木々に新しい葉が生えてきた。
（到了春天，樹木長了許多新葉。）

📎 辨析：

第②項用法的「～てくる」部分，保留了動詞「くる」原本「來」的含義，嚴格上來說不屬於補助動詞。但學習語言時不需過度執著於文法術語稱呼以及定義，僅了解其正確用法即可。

此外，有些「動作動詞」，若使用在有「持續」的語境之下，亦可解釋為用法③的「動作持續」之語意。例如「勉強する」一詞，除了表示一次性的「讀書」之意，是「動作動詞」外，亦有持續性「長期研究、專攻」之意，為「持續」的語意。因此下例屬於用法③，解釋為「長期以來學習歌唱學至今」。

・彼女は大学で声楽を勉強してきたから、アイドル歌手より歌がうまいよ。
（因為她在大學主修 / 長期持續學習聲樂，因此歌唱得比偶像歌手還棒。）

📄 排序練習：

01. 明日の試験は ＿＿＿ ＿＿＿ ＿＿＿ ＿＿＿ ですか。
　　1. 辞書を　2. きても　3. いい　4. 持って

02. 廊下から ＿＿＿ ＿＿＿ ＿＿＿ ＿＿＿ ね。
　　1. 足音が　2. 誰かの　3. きました　4. 聞こえて

解答 01.（1 4 2 3）02.（2 1 4 3）

33. 〜ている

接続：動詞て形＋いる
活用：比照動詞「いる」
翻訳：① 正在…。② …的狀態。…著的。③ 一直都有在做…。④ 呈現著…的樣態。
　　　⑤ 已經…了。⑥ 還沒…。尚未。⑦ 保持不…。
説明：① 本動詞為「持續性動詞」時，表「正在進行某動作」。② 本動詞為「瞬間動
　　　詞」時，表「動作結束後的狀態」。③ 本動詞雖為「持續性動詞」，但亦可用
　　　於表達「長時間的反復行為與習慣」。④ 有些動詞在語意上，是用來形容事物
　　　的「狀態」而非「動作」，這些動詞就稱作為「形容詞性的動詞」，例如：「そ
　　　びえる、似る、優れる」.. 等。這些動詞在語義上屬於特殊動詞，使用時經常
　　　伴隨著「ている」使用。⑤ 表「經歷 ‧ 經驗」。將過去所曾發生的事情，以做
　　　為紀錄的方式來描述。意思是「過去曾經…」。⑥ 若以「まだ〜ていない」否
　　　定的型態出現，則表示「動作或作用尚未發生，尚未實現」（無論瞬間動詞或
　　　持續動詞皆然）。⑦ 若以「〜ないでいる」否定的型態出現，則表示「保持著
　　　不去做某事情的狀態」。

① ・先生は事務室で新聞を読んでいる。（他動詞）
　　（老師正在辦公室讀報紙。）

　　・子供たちは公園で遊んでいます。（他動詞）
　　（小孩們在公園快樂地玩耍。）

　　・真理ちゃんは泣いています。（自動詞／主語是人）
　　（真理正在哭。）

　　・外は雨が降っています。（自動詞／主語是物）
　　（外面正在下雨。）

② ・春日さんは結婚しています。（自動詞／主語是人）
　　（春日先生結婚了。）

　　・先生の名前を知っていますか。（他動詞／主語是人）
　　（你知道老師的名字嗎？）

　　・ドアが開いています。（自動詞／主語是物）
　　（門開著的。）

・椅子が壊れています。（自動詞／主語是物）

（椅子壊掉了。）

・天野さんは赤い服を着ています。（衣着他動詞／主語是人）

（天野小姐穿著紅色的衣服。）

・浜川さんはメガネをかけている。（衣着他動詞／主語是人）

（濱川先生帶著眼鏡。）

③・私は毎日、このプールで泳いでいる。

（我每天都在這個游泳池游泳。）

・山田さんは日本語学校で日本語を教えている。

（山田先生在日本語學校教日文。）

・休みの日は、いつもウーバーイーツで配達のアルバイトをやっています。

（假日我總是用 Uber Eats 送外賣打工。）

・秋葉原で安い電気製品を売っている。

（秋葉原有在賣便宜的電器用品。）

④・私は母に似ているとよく言われます。

（很多人都說我長得很像媽媽。）

・駅の向こうに超高層ビルがたくさんそびえている。

（車站的前方有很多高樓佇立著。）

・この作品は優れていますね。

（這作品很棒。）

辨析：

第②項跟第④項用法當中所提到的「衣著動詞」及「形容詞性的動詞」，若使用於形容詞子句
（名詞修飾／連體修飾節）中，亦可換成「～た」。

・メガネをかけている人 ＝ メガネをかけた人

・赤い服を着ている女の子 ＝ 赤い服を着た女の子

・優れ(すぐ)ている作品(さくひん) ＝ 優れ(すぐ)た作品(さくひん)

・そびえているビル ＝ そびえたビル

⑤ ・ロンドンにはもう３回(かい)行(い)っている。

　（我已經去過倫敦三次了。）

　・あの子(こ)は天才(てんさい)だ。５歳(さい)の時(とき)に既(すで)に作曲(さっきょく)している。

　（那小孩是天才，五歲的時候就已經會作曲了。）

⑥ ・陳(ちん)さんがまだ来(き)ていませんので、あと10分(ぷん)待(ま)ちましょう。

　（小陳還沒來，再等十分鐘吧。）

　・試験(しけん)はまだ終(お)わっていないから、教室(きょうしつ)を出(で)てはいけない。

　（考試還沒結束，不可以出教室。）

　・将来(しょうらい)のことはまだはっきりとは決(き)めていないんです。

　（將來的事我還沒決定。）

⑦ ・人間(にんげん)は、毎日誰(まいにちだれ)とも話(はな)さないでいると、どうなるんでしょうか。

　（人如果每天都不和他人講話的話，會怎麼樣呢？）

　・何(なに)もしないでいるより、チャレンジして失敗(しっぱい)するほうがいいと思(おも)います。

　（我認為比起什麼都不去做，勇於挑戰，然後失敗都還比較好。）

🔗 辨析：

補助動詞與本動詞之間，視語意需要，可以插入副助詞「は」或「も」，來表對比、累加或強調不滿的口氣。

・私(わたし)たちは結婚(けっこん)してはいますが、一緒(いっしょ)に住(す)んではいません。（對比）

（我們是有結婚啦，但沒有住在一起。）

・妹(いもうと)はダイエットのために水泳(すいえい)をしている。毎朝走(まいあさはし)ってもいる。（累加）

（妹妹為了減肥，有在游泳。每天早上也有在跑步。）

・**頼んでもいないのに、商品が送られてきた。**（強調不滿的口氣）

（我又沒有訂，對方卻把商品給送了過來。）

📄 **排序練習：**

01. 授業はもう ＿＿＿ ＿＿＿ ＿＿＿ ＿＿＿ 入りなさい。
　　1.早く　2.いるから　3.教室に　4.始まって

02. 試験の結果はまだ ＿＿＿ ＿＿＿ ＿＿＿ ＿＿＿ も仕方がない。
　　1.焦って　2.公表されて　3.から　4.いない

解答 01.（4 2 1 3）　02.（2 4 3 1）

34. ～てある

接続：動詞て形＋ある
活用：比照動詞「ある」
翻訳：有人把…(以致於現在還…)。某動作結果殘存…著的。
説明：① 使用「～に　～が　他動詞てある」的型式，表示「某人之前做了這個動作
（**並不強調為了特定目的**），而這個動作所造成的結果狀態還持續至今（多半都
是一目瞭然的狀態）。② 使用「～を　他動詞てある」的型式，表示「某人（多
為說話者本身）**為了某個目的**做了這個準備。此用法經常與副詞「もう」並用。
另外，此處的格助詞「を」也經常以表主題的副助詞「は」代替。

① ・わぁ、きれいなお部屋！机の上に花がたくさん飾ってありますね。
（哇，好漂亮的房間阿。桌上裝飾著很多漂亮的花。）

・事務室に今月の予定表が貼ってありますから、確認してきてください。
（辦公室貼有這個月的預定表，請去確認一下。）

・見て、この新しくできた本屋。階段にも本がたくさん並べてありますね。
（你看，這間新開的書店。樓梯也排著許多書。）

② ・私はもう大学院の研究計画表を作ってあります。
（我已經做好了研究所的研究計畫表。）

・社長、ロビーの前に車を止めてありますから、いつでも出発できます。
（社長，大廳前面已經停好了車子，隨時都可以出發囉。）

・冷蔵庫にジュースを冷やしてあるから、喉が渇いたらどうぞ。
（冰箱裡面冰有果汁，口渴的話，請去取用吧。）

・A：旅行の準備は進んでいる？
（A：旅行的準備有進展嗎？）
　B：ええ、新幹線の往復チケットとホテルを予約してあるから、心配しないで。
（B：有，我已經預約好新幹線的來回票以及飯店了，請別擔心。）

・新入生が来るので、私はもう机の上に本を準備してあります。
（因為新生會來，所以我已經把書都準備好放在桌上了。）

・鈴木さんへのプレゼント <s>(を)</s> はもう買ってありますか。

（給鈴木先生的禮物已經買好了嗎？）

・一応困らない程度のフランス語 <s>(を)</s> は身に付けてあるから、向こうでの生活は何とかやっていけると思う。

（因為我大致上已經學會了足以應付日常生活中使用的法文，因此在法國的生活應該還過得下去。）

05

📄 排序練習：

01. 外国人センターには、留学生の ＿＿＿ ＿＿＿ ＿＿＿ ＿＿＿ あります。
    1. 地図が　　2. 貼って　　3. ために　　4. 町の

02. 宿泊先のホテルには、もう ＿＿＿ ＿＿＿ ＿＿＿ ＿＿＿ ないでください。
    1. 連絡して　　2. あります　　3. 心配し　　4. から

解答 01.（3 4 1 2）02.（1 2 4 3）

05 單元小測驗

1. このコップは汚れて（　　）ので、換えていただけませんか。
   1　ある　　　　　2　いる　　　　　3　おく　　　　　4　くる

2. あの紙に何と書いて（　　）んですか。
   1　いく　　　　　2　きた　　　　　3　いる　　　　　4　ある

3. 日本に来る観光客は、年々増えて（　　）いるそうです。
   1　きた　　　　　2　きて　　　　　3　くる　　　　　4　いて

4. これから子どもの数が少なくなって（　　）かもしれません。
   1　いった　　　　2　いく　　　　　3　きた　　　　　4　きて

5. （　　）もいないのに、勝手に入ってくるなよ！
   1　呼んで　　　　2　呼んだ　　　　3　呼び　　　　　4　呼ぼう

6. 赤い服を（　　）女の子が、老婆を誘って山奥へ行った。
   1　着て　　　　　2　着た　　　　　3　着てある　　　4　着ておく

7. 3年前からゴミの ＿＿＿　★ ＿＿＿ ＿＿＿ きました。
   1　なって　　　　2　だんだん　　　3　少なく　　　　4　量が

8. これから、同じ会社で ＿＿＿ ＿＿＿ ★ ＿＿＿ いくだろう。
   1　減って　　　　2　働く　　　　　3　人が　　　　　4　定年まで

9. このスープは胡椒が ＿＿＿ ＿＿＿ ★ ＿＿＿ ですね。
   1　いて　　　　　2　入って　　　　3　辛い　　　　　4　たくさん

10. 集会の時間はもうみんなに ＿＿＿ ＿＿＿ ★ ＿＿＿ ください。
    1　あります　　　2　から　　　　　3　心配しないで　4　知らせて

第 06 單元：補助動詞 II

　　本單元學習五項 N3 常見的補助動詞以及補助形容詞「～てほしい」的各項用法。其中有些用法也已經在 N4 出現過。建議同學學習時，不需要死背每個補助動詞共有幾種用法，只要注意自己是否瞭解各項用法的意思即可。

35. 〜ておく

接続：動詞て形＋おく

活用：比照動詞「おく」

翻訳：① 把…做起來放（做好準備）。② 就這樣放著…。

説明：此補助動詞源自動詞「置く」。意思是：①「為達到某目的，事先做好準備」。
若欲「詢問對方，自己應該做怎樣的準備，請對方給予意見」時，可使用「〜
ておいたらいいですか。」的方式詢問。回答此提問時，可使用「〜ておいて
ください（敬體）／ておいて（常體）」的方式回答。② 表「放任不管、維持
原狀」。此用法經常配合副詞「そのまま」、「このまま」使用。此外，口語
表達時可以把「〜ておきます」說成縮約形「〜ときます」，如：「そこに置
いといて（置いておいて）ください。」（縮約形請參照本書第 156 項文法）

① ・旅行の前に新幹線のチケットを買っておきます。

（旅行之前，先把新幹線的車票買好。）

・A：ちょっと買い物に行ってくるから、今夜行くレストランの予約をお願いできる？

（A：我要去買一下東西，我能拜託你幫我預定今天晚上要去的餐廳嗎？）

　B：いいよ、わかった。予約しておくよ。

（B：好啊，沒問題。我會預約的。）

・A：先生、来週の授業までに何をしておいたらいいですか。

（A：老師，下週上課之前，我應該先做好什麼準備呢？）

　B：授業の前に、第 5 章を予習しておいてください。

（B：來上課前，請先預習好第五章。）

進階複合表現：

「〜ておく」＋「〜てくれない？」 （參照第 63 項文法）

・山下さん、来週の金曜日の夜、予定を空けておいてくれない？アメリカ支社の社長
との会食があるの。

（山下先生，下星期五晚上，你能不能把預定空下來？因為要和美國分公司的社長聚餐。）

 辨析：

本項文法「〜ておく」與第34項文法「〜てある」都有「做準備」的意思。「〜ておく」強調「做準備的動作」，而「〜てある」則是強調「其效果至今也還有效」。在時制上必須留意：「〜ておく／おきます」表動作尚未做；「〜ておいた／ておきました」表動作已做。但「〜てある／あります」表動作已做。

・今晩、人が来るのでビールを買っておきます。
（〜ておきます使用非過去，表示啤酒還沒買。強調稍後會去買啤酒做準備。）

・今晩、人が来るのでビールを買っておきました。
（〜ておきました使用過去式，表示啤酒已買好。強調之前已去買了啤酒做好準備。）

・今晩、人が来るのでビールを買ってある。
（〜てある使用非過去，啤酒已買好。強調現在已經有啤酒了。）

・試験のために、勉強をしておきました。単語も覚えてあります。
（為了考試，我讀書做好了準備，單字也記住了。）

如上例，「勉強をしておきました」強調「之前已經做好了準備，讀了書」。「単語も覚えてあります」，則是強調「之前背了單字，而單字現在還牢記在腦袋中」。

② ・明日会議がありますから、椅子はこのままにしておいてください。
（明天有會議，椅子就不要收，就這樣放著就好。）

・Ａ：うるさいから、テレビを消すよ。
（Ａ：很吵，我把電視關掉喔。）
Ｂ：まだ見ているから、つけておいて。
（Ｂ：我還在看，先開著別關。）

📄 排序練習：

01. 来週 ＿＿＿＿ ＿＿＿＿ ＿＿＿＿ ＿＿＿＿ おきます。
　　1. この本を　2. に　3. まで　4. 読んで

02. 暑いので、窓を ＿＿＿＿ ＿＿＿＿ ＿＿＿＿ ＿＿＿＿ 。
　　1. おいて　2. そのまま　3. 開けて　4. ください

解 01.（3214）02.（3214）

36. 〜てみる

接続：動詞て形＋みる
活用：比照動詞「みる」
翻訳：嘗試…。
説明：此補助動詞源自動詞「見る」，意思是「試試看做某事」。① 使用「〜てみる」
的型態時，表示「說話者自己嘗試做某事」；② 使用「〜てみたい」的型態時，
則是表示「說話者想要嘗試做某事」；③ 使用「〜てみてもいいですか」的型
態時，則是「詢問對方自己是否可以嘗試做某事」；④ 使用「〜てみてくださ
い（敬體）／てみて（くれ）（常體）／てみなさい（命令口吻）」型態時，
則是「說話者請對方嘗試做某事」，此用法亦可使用「〜てごらん」，來表達
大人對小孩的口吻。

① ・靴を買う前に、サイズが合うかどうか履いてみる。
　　（買鞋子之前，穿穿看尺寸合不合。）

② ・まだ富士山に登ったことがないから、機会があったら登ってみたい。
　　（我還沒爬過富士山，有機會的話我一定要嘗試爬爬看。）

③ ・このシャツ、ちょっと着てみてもいいですか。
　　（我可以試穿看看這件襯衫嗎？）

④ ・よかったら、どうぞ食べてみてください。
　　（不嫌棄的話，請您吃吃看。）

・それが本当に正しいかどうか、冷静に考えてみて（くれ）。
　　（那到底是不是對的，你冷靜想想看。）

・先生が言うとおりにやってみなさい。
　　（按照老師講的，試著做做看。）

・さあ、この箱を開けてごらん。
　　（來，把這個箱子打開看看。）

・あれは使^{つか}ってはみたが、使^{つか}いにくいのでもう使^{つか}うのをやめた。

（那個東西我是有嘗試用過了啦，只不過很難用，現在已經不用了。）

補助動詞「～てみる」與本動詞之間，視語意需要也可插入副助詞「は」，使用「～てはみ（ま
し）たが…」的型態來表達「說話者嘗試過後，但結果不如預期」。

進階複合表現：

「～てみる」＋「～てはどう？」

・Ａ：もう30歳^{さい}だし、この会社^{かいしゃ}も危^{あぶ}ないし、起業^{きぎょう}してみてはどうですか。

（Ａ：你已經三十歲了，這間公司也岌岌可危，你要不要試著創業看看呢？）

「～てみる」＋「～のもいいかもしれない」

・Ｂ：そうですね、会社^{かいしゃ}を辞^やめて独立^{どくりつ}してみるのもいいかもしれない。

（Ｂ：也是。辭掉公司，試著獨立看看或許不錯。）

📄 排序練習：

01. この英単語の意味が ＿＿＿ ＿＿＿ ＿＿＿ ＿＿＿ みる。
　　1. から　2. 辞書で　3. 調べて　4. わからない

02. スマホを ＿＿＿ ＿＿＿ ＿＿＿ ＿＿＿ 、高くて買えない。
　　1. は　2. が　3. みたい　4. 使って

解答 01.（4 1 2 3）02.（4 1 3 2）

37. ～てみせる

接続：動詞て形＋みせる
活用：比照動詞「みせる」
翻訳：做…給你看。
説明：此補助動詞源自動詞「みせる」，意思是：① 表示示範給對方看。若使用「～てみせてください（敬體）／てみせてくれませんか（敬體）／てみせてくれ（常體）／てみせて（常體）」的型態，則表示「說話者請求對方為自己示範某動作」。② 用於說話者向別人表達「如果自己有心、試圖去做，就一定做得到」的口氣。

① ・彼は新人だから、システムの使い方をやってみせた。
（他是新人，所以我操作一次系統的使用方法給他看。）

・クラウドストレージの使い方がよくわからないので、一度やってみせてくれませんか。
（我不太懂雲端硬碟的用法，可以請你用一次給我看嗎？）

② ・私が馬鹿だって！？絶対、第一志望の大学に受かってみせる。
（你說我是笨蛋！？我絕對考上第一志願大學給你看！）

・「太ってる」と言われて悔しい。必ず痩せてみせる。
（被人家說很胖好不甘心。我一定瘦下來給你看！）

進階複合表現：

「～てみせる」＋「～てもらう」

・操作の仕方を店員さんにやってみせてもらうのが一番いいです。
(請店員實際操作一次給你 / 我們看，是最好的。)

93

01. 必ず ＿＿＿ ＿＿＿ ＿＿＿ ＿＿＿ 。
　　1.能力試験に　2.今年の　3.合格して　4.みせる

02. 歌が上手だそうですね。機会が ＿＿＿ ＿＿＿ ＿＿＿ ＿＿＿ 。
　　1.みせて　2.歌って　3.ください　4.あったら

解 01. (2 1 3 4) 02. (4 2 1 3)

38. ～てしまう

接続：動詞て形＋しまう
活用：比照動詞「しまう」
翻訳：① 全部解決了，做完了。② 糟了，不小心…。③ (早在…的時候)，就已經…。
説明：此補助動詞源自動詞「しまう」，意思為：①「完了」之意。表示「事情已經全部做完，解決、處理完畢了」。經常會與「全部」、「もう」等副詞共用。若使用「～てしまってください」，則表示「說話者請對方將某件事情做完」。而「～てしまいましょう」則是「～てしまってください」較婉轉的講法。② 表示說話者「做了一件無法挽回的事情，而感到後悔、可惜、遺憾」。③ 若使用「～てしまっていた」的型態，則表示「在過去的某一時間已經完成」。多半會配合「～時には」使用，來表達「過去的某段時間」。此用法亦可使用過去完成式「～ていた」替換，但「～てしまっていた」更是加強了「徹底完了、無法彌補」的口氣。

①・カタカナは全部覚えてしまいました。
（片假名我全部都背熟了。）

・その本はもう読んでしまいました。
（那一本書我已經讀完了。）

・賞味期限が短いので、早めに食べてしまってください。
（因為保存期限很短，請儘早吃完。）

・来週で夏休みが終わりますよ。早く夏休みの宿題をしてしまいましょう。
（下星期暑假就結束了喔。快點把暑假作業做完吧。）

進階複合表現：

「～てしまう」＋「～たい」

・青木さん、先に帰っていいよ。この企画書は今日中にやってしまいたいので、私はもう少しやって帰ります。
(青木先生，你可以先回去喔。這個企劃書我想在今天把它做完，我再做一下再走。)

②・先生が大事にしていた花瓶を割ってしまいました。

（不小心把老師很寶貝的花瓶打破了。）

・電車に携帯を忘れてしまいました。

（我把手機忘在電車上。）

・最近一人暮らしを始めたが、一人分の量の食事を作るのが難しくて、
　いつも作りすぎてしまう。

（最近剛開始一個人生活，但做一人份量的餐很困難，常常都會做過多。）

・服は実際に着てみて、自分に合うかどうか確認してから買ったほうがいいのは
　わかっているが、フリマアプリで安い物を見つけると、つい買ってしまう。

（我知道衣服應該要實際試穿，先確認跟自己合不合適再購買比較恰當，但我只要在
跳蚤市場 APP 上看到便宜的，就會不自覺地買了。）

進階複合表現：

「〜てしまう」＋「〜ないように」

・間違って飲んでしまわないように、薬は子供の手の届かないところにしまって
　あります。

(為了以防不慎吃到，我都把藥收在小孩子拿不到的地方。）

③・私が駅に着いた時には、新幹線はもう行ってしまっていた。

（當我到車站的時候，新幹線已經開走了。）

・警察官が駆けつけた時には、彼はもう殺されてしまっていた。

（當警察趕到的時候，他已經被殺掉了。）

・今日の夕方、聞きたいことがあって、経理部の鈴木さんの所に行ったが、
　もう帰ってしまっていていなかった。

（今天傍晚，因為有事情要問，去了經理部鈴木先生那裡時，他已經回去了，不在了。）

辨析：

「てしまう」在口語表現上，會有縮約型「ちゃう／じゃう」、「ちまう／じまう」兩種講法。
後者口氣上比較粗俗。

・食べてしまった　　　→　食べちゃった　　／　食べちまった

・食べてしまいました　→　食べちゃいました

・飲んでしまった　　　→　飲んじゃった　　／　飲んじまった

・飲んでしまいました　→　飲んじゃいました

📄 排序練習：

01. かばんに財布を ＿＿＿ ＿＿＿ ＿＿＿ ＿＿＿ ました。
　　1. しまい　2. ましたが　3. 落として　4. 入れ

02. 来週までに出さなければならない ＿＿＿ ＿＿＿ ＿＿＿ ＿＿＿
　　ましたよ。
　　1. しまい　2. やって　3. 宿題は　4. もう

解 01. (4 2 3 1) 02. (3 4 2 1)

39. ～てほしい

接続：動詞て形＋ほしい　　名詞／ナ形容詞＋でいてほしい／であってほしい
活用：比照形容詞「欲しい」
翻訳：希望（某人做／維持）…。
説明：此補助形容詞源自形容詞「欲しい」，意思為「説話者希望某人做某動作或保持某的狀態」，希望的對象使用助詞「に」表示。

・あの子ったら、毎日遊んでばかりいて、もっと勉強してほしいわね。
（講到那個孩子，每天都在玩。真希望他可以再更用功一點。）

・母にはいつまでもきれいでいてほしい。
（真希望媽媽一直保持青春美麗。）

・父にはもっと長生きしてほしかった。
（真希望爸爸能夠再更長壽一點。）

・わあ、寒っ！早く暖かくなってほしいね。
（哇，好冷。真希望早點變暖和。）

・世の中はいつまでも平和であってほしい。
（希望人世間永保和平。）

・国へ帰っても、私のことを覚えていてほしい。
（即便回國，也希望你記得我。）

其他型態：

～ないでほしい（否定）

・私を置いて、一人でどこかに遊びに行かないでほしい。
（希望你不要把我一個人丟著，自己就跑到別處去玩。）

・国へ帰っても、私のことを忘れないでほしい。
（即便回國，也希望你不要忘記我。）

～てほしくない（否定）

・あの子には総理大臣のような無責任な大人になってほしくない。
（真不希望那孩子變得跟總理大臣一樣不負責任。）

「～てほしい」的否定形式有「～ないでほしい」以及「～てほしくない」兩種形式，前者帶有說話者「擔心、期望、請求」的語氣，後者帶有說話者「不滿、責罵、訓誡」的語氣。

📄 排序練習：

01. スミスさんには ＿＿＿ ＿＿＿ ＿＿＿ ＿＿＿ 、残念。
　　1. ほしかった　2. のに　3. 続けて　4. 日本語の勉強を

02. 私は父に ＿＿＿ ＿＿＿ ＿＿＿ ＿＿＿ ほしい。
　　1. ほめて　2. やったぞ　3. と　4. よく

解答 01.（4312）02.（4231）

1. すみません、昨日借りた傘を持ってくるのを（　　）しまいました。
　　1　忘れる　　　　2　忘れた　　　　3　忘れて　　　　4　忘れ

2. 料理ができないなんてとんでもない。明日、魚料理を作って（　　）。
　　1　おいた　　　　2　いる　　　　　3　ある　　　　　4　みせる

3. 我が国の選手に金メダルをとって（　　）。
　　1　ほしい　　　　2　いく　　　　　3　ある　　　　　4　くる

4. 必要な時いつでも着られるように、洗濯して（　　）。
　　1　あった　　　　2　おいた　　　　3　しまう　　　　4　ごらん

5. これ、美味しいよ。食べて（　　）。
　　1　みた　　　　　2　みて　　　　　3　みると　　　　4　みせ

6. 掃除していたら、うっかり花瓶を（　　）。
　　1　割っちまった　2　割っじまった　3　割れちまった　4　割れじまった

7. はさみは ＿＿＿＿ ＿＿★＿＿ ＿＿＿＿ ＿＿＿＿ ください。
　　1　おいて　　　　2　使ったら　　　3　戻して　　　　4　元の所に

8. これは自分で ＿＿＿＿ ＿＿★＿＿ ＿＿＿＿ ＿＿＿＿ 成功させてみせます。
　　1　必ず　　　　　2　仕事なんだ　　3　から　　　　　4　選んだ

9. 部屋が散らかって ＿＿＿＿ ＿＿＿＿ ＿＿★＿＿ ＿＿＿＿ しまいましょう。
　　1　早く時間を作って　　　　　　　　2　なるべく
　　3　片付けて　　　　　　　　　　　　4　きたないと思ったら

10. 子どもには ＿＿＿＿ ＿＿＿＿ ＿＿★＿＿ ＿＿＿＿ ほしくない。
　　1　みたいな　　　2　なって　　　　3　夫　　　　　　4　ダメ人間に

07

第 07 單元：接辞 I

　　所謂的接辞，指的就是「不能單獨使用，一定要配合前方動詞或形容詞一起使用」的品詞。而接辞又分為放在詞彙前方的「接頭辞」以及放在詞彙後方的「接尾辞」，接下來兩單元所介紹的都是接尾辞。在詞彙後方加上接尾辞後，原本語彙的詞性會改變。例如：「使う」為動詞，但若使用接尾辞「～やすい」，則「使いやすい」整體會變成一個形容詞，因此學習時必須注意一下每個接尾辞後方的活用。

40. ～やすい

接続：動詞ます＋やすい
活用：やすく＋動詞
翻訳：容易…。輕鬆…。
説明：① 前接意志性動詞，表示「該動作很容易做」。② 前接無意志動詞，表示「動不動就容易變成某個樣態」。褒貶語意皆可使用。③「わかりやすい」則為「容易理解」之意。

① ・この鞄は大きくて使いやすいので、海外旅行に持っていくのにちょうどいい。
　（這包包很大很好用，出國玩時拿來用剛剛好。）

　・この靴は適度に柔らかく、幼児に履きやすくできています。
　（這鞋子柔軟度剛剛好，兒童很容易穿。）

　・温かい飲み物を飲んで喉を温めると、歌う時に高い声が出しやすくなりますよ。
　（喝熱飲，讓喉嚨溫暖，唱歌時就容易唱出高音喔。）

② ・最近の天気は風邪を引きやすいですから、健康に注意してください。
　（最近的天氣很容易感冒，請多注意健康。）

　・Ａ社の製品は壊れやすいから、Ｂ社のを買ったほうがいいよ。
　（Ａ公司的產品動不動就會壞掉，你最好還是買Ｂ公司的。）

③ ・この教科書は初めて勉強する人にもわかりやすいから、勉強が楽しくなります。
　（這本教科書對於第一次學習的人而言也淺顯易懂，讀起來很有趣。）

　・その問題点をもっとわかりやすく説明してもらえますか。
　（能不能請你再把那個問題點說明得淺顯易懂一點。）

　・調査の結果を説明する時、グラフを示しながら説明するとわかりやすくなります。
　（在說明調查結果時，一邊使用圖表一邊說明，會比較容易明白喔。）

📄 排序練習：

01. この万年筆は ＿＿＿＿ ＿＿＿＿ ＿＿＿＿ ＿＿＿＿ です。
　　1.良くて　2.やすい　3.書き　4.品質が

02. 雨で ＿＿＿＿ ＿＿＿＿ ＿＿＿＿ ＿＿＿＿ いますから、気をつけてください。
　　1.道が　2.滑り　3.なって　4.やすく

解 01.（4132）02.（1243）

41. ～にくい

接続：動詞ます＋にくい
活用：にくく＋動詞
翻訳：很難…。不容易…。
説明：① 前接意志性動詞，表示「某動作做起來很費勁或很困難」。② 前接無意
　　　志動詞，表示「不容易發生或變成某個樣態」。褒貶語意皆可使用。③「わ
　　　かりにくい」則為「很難理解之意」。

① ・このメーカーの電子辞書は操作しにくいです。
　　（這製造商的電子辭典很難操作。）

　　・この町に新しいデパートができてから、毎日うるさくて住みにくくなった。
　　（自從這個城鎮開幕了一間新的百貨公司之後就每日都很吵，變得很難居住。）

　　・職場に傷つきやすい同僚がいて、仕事がやりにくくて困っています。
　　（職場上有位容易心靈受創的同事，所以工作很難做，很困擾。）（＊註：「傷つきや
　　すい」請參照 40 項文法用法②）

② ・これは割れにくいガラスでできていますから、簡単には割れませんよ。
　　（這是不易破的玻璃所製成的，所以沒那麼簡單就會破掉喔。）

　　・本日は雪が降りにくい首都圏でも積雪が観測されています。
　　（今天，就連不容易下雪的首都圏，都有觀測到積雪。）

③ ・その辞書の説明はわかりにくいです。
　　（那本字典的說明很難懂。）

　　・文章は、長くなればなるほどわかりにくくなる。
　　（文章越長就會變得越難理解。）

　　・あの教授の本は、専門用語やわかりにくい言葉がいっぱい出てきて読みにくいです。
　　（那個教授的書，用了一堆專業術語跟很困難的詞彙，很難讀懂。）

排序練習：

01. この鞄は _____ _____ _____ _____ 。
   1. 使い　2. です　3. にくい　4. 重くて

02. この服は _____ _____ _____ _____ います。
   1. 生地で　2. 乾き　3. 作られて　4. にくい

解 01.（4 1 3 2）02.（2 4 1 3）

42. ～がたい

接続：動詞ます＋がたい
活用：がたく＋動詞
翻訳：難以…。不可…。
説明：表某動作很難實行，前方只可接續意志性動詞。經常使用於認知類動詞「想像
　　　する、認める、賛成する」以及發言類動詞「言う、表す」等。另外，「得がたい」
　　　為慣用表現，是「難得」之意。

・人が人の命を奪うなんて、許しがたい。
（人居然奪取了人的性命，實在不可原諒。）

・あの誠実な人が親友を裏切るなんて、信じがたいことだ。
（那個老實正派的人居然會背叛親友，真是令人難以置信。）

・お笑い芸人になるのが夢ですが、とても順調とは言いがたいです。
（我的夢想是當個搞笑藝人，但真的談不上是順利。）

・地震の被災地にボランティアに行き、得がたい体験をしてきた。
（我去了地震的災區當義工，得到了很難得的體驗。）

🔖 辨析：

「～にくい」與「～がたい」的語意不同。「～にくい」用於說話者對某件事情客觀地評價。
有可能是褒，亦有可能是貶，要看前後文而定。如「この紙コップは使いにくいです」（這個
紙杯很難用）為貶意。「このコップは割れにくいです」（這個杯子不容易破）則為褒獎。就
有如這兩例，可以是用來描述「使う」這種人的行為的動詞，亦可是用來描述「割れる」這種
表物體性質的動詞。

　　但「～がたい」則主要用於表示說話者的心理層面、思考層面因素。讓說話者「對於做某事，
心理上產生抗拒感」，因此前接的動詞會有語意限制，多半使用「認知類」以及「發言類」動
詞。如「その要求は受け入れがたい」（那個要求令人難以接受），表說話者對於對方的要求
難以接受，認為這是個無理的要求，因而心理產生抗拒感。

排序練習：

01. あんなに元気だった山田さんが癌に ＿＿＿ ＿＿＿ ＿＿＿ ＿＿＿ です。
　　1. 信じ　2. がたい　3. とは　4. かかった

02. 最近あの子の態度は、 ＿＿＿ ＿＿＿ ＿＿＿ ＿＿＿ 。
　　1. 私には　2. 理解し　3. がたく　4. なった

解答 01.（4 3 1 2）02.（1 2 3 4）

43. ～さ

接続：イ形容詞語幹／ナ形容詞語幹＋さ

翻訳：…度。

説明：表「可以計算、衡量或感覺出來的程度」。多用於形容外顯的特質。前面可接續表屬性的形容詞或表感情感覺的形容詞。而當形容詞語幹接上「～さ」以後，即從形容詞轉品為名詞。

・エベレストの高さは何メートルか、教えてください。

（喜馬拉雅山聖母峰的高度是幾公尺呢？請告訴我。）

・誰もいない静かさは、何よりも怖いと思う。

（我覺得沒有任何人的寂靜，比什麼都要恐怖。）

・君はその映画の面白さがわからないの？残念。

（你不懂那個電影哪裡有趣喔，真可惜。）

・一人暮らしの寂しさに耐えられない。

（我無法忍受獨居生活的寂寞。）

📄 排序練習：

01. 海の ＿＿＿ ＿＿＿ ＿＿＿ ＿＿＿ すればいいですか。
　　1.調べる　2.どう　3.には　4.深さを

02. 彼は緯度の高い所から来ましたから ＿＿＿ ＿＿＿ ＿＿＿ ＿＿＿ 。
　　1.慣れて　2.います　3.寒さ　4.に

解 01.（4132）02.（3412）

44. ～み

接続：イ形容詞語幹／ナ形容詞語幹＋み
翻訳：…感。…度。…的性質…。
説明：表「說話者所感覺到對於某事物的狀態或性質的程度」。多用於形容內在蘊含的特質。這種抽象的概念，無法用數字精準地測量出來，因此像是「大きい、真面目、うれしい」這種明顯表程度的字眼就無法使用成「～み」。另外，「楽しみ」則為慣用表現，中文則譯為「很期待」。

・今年のすいかは甘みが足りない。
（今年的西瓜，甜度不夠。）

・決して敵に弱みを見せてはいけない。
（絕對不可以讓敵人看到自己的弱點。）

・息子を亡くした苦しみがあなたにわかるの？
（你能了解失去兒子的痛苦嗎?）

・あの芸能人が言っていることはいつも新鮮みがない。
（那個藝人說的事情，總是沒有新鮮感。）

📄 排序練習：

01. これはとても ＿＿＿＿ ＿＿＿＿ ＿＿＿＿ ＿＿＿＿ 、ぜひ読んでみてください。
　　　1.ある　2.深みが　3.から　4.本です

02. 明日のパーティー、 ＿＿＿＿ ＿＿＿＿ ＿＿＿＿ ＿＿＿＿ 。
　　　1.います　2.して　3.に　4.楽しみ

解 01.（2 1 4 3）02.（4 3 2 1）

109

45. ～め

接続：イ形容詞語幹＋め
活用：め＋に＋動詞／め＋の＋名詞
翻訳：程度較為…。
説明：此接尾辞源自於「目（め）」，用來表「程度的稍微增加或減少」。多使用於
　　　「有正反對立語意」的形容詞，如：「多め／少なめ」（多與少）、「早め／遅め」
　　　（早與晚）、「長め／短め」（長與短）…等。

・塩をもう少し多めに入れてください。
（請在多加一點點鹽巴。）

・ネギは長めに切ってください。
（蔥請再切長一點。）

・エアコンを少し弱めにしてください。
（請把冷氣轉小一點。）

・物が増えて、部屋が狭くなったので、もう少し広めの部屋に住みたいです。
（因為東西增加，房間變得很窄，所以想要住稍微寬一點的房間。）

・20分早めの電車に乗ると、通勤ラッシュを避けられると思う。
（只要搭乘再早 20 分鐘的電車，應該就能避開通勤的擁擠時段。）

📄 **排序練習：**

01. 最近は ＿＿＿ ＿＿＿ ＿＿＿ ＿＿＿ います。
　　1.スカートが　2.短め　3.流行って　4.の

02. 砂糖は ＿＿＿ ＿＿＿ ＿＿＿ ＿＿＿ 。
　　1.のほうが　2.です　3.少なめ　4.いい

解 01.（2413）02.（3142）

07 單元小測驗

1. あの真面目な男が犯人だなんて、信じ（　　）ことだ。
   1　たがる　　　　　2　がたい　　　　　3　やすい　　　　　4　っぽい

2. （　　）のない男は女性にモテません。
   1　面白い　　　　　2　面白み　　　　　3　面白め　　　　　4　面白

3. 日本に来て始めて桜の（　　）がわかった。
   1　美しさ　　　　　2　美しめ　　　　　3　美しく　　　　　4　美しき

4. この靴は大きすぎて、とても走り（　　）かった。
   1　にくく　　　　　2　にくい　　　　　3　にく　　　　　　4　にくき

5. 買ったばかりのティッシュは２週間でなくなるから、次は（　　）買おうと思う。
   1　多いに　　　　　2　多さに　　　　　3　多みに　　　　　4　多めに

6. この製品は皆さんからのご意見のおかげで、更に使い（　　）進化してきた。
   1　にくく　　　　　2　がたく　　　　　3　やすく　　　　　4　たかく

7. 会議で ＿＿＿＿ ＿＿＿＿ ＿★＿ ＿＿＿＿ とても大切です。
   1　伝えるのは　　　2　わかりやすく　3　自分の　　　　　4　意見を論理的に

8. ３つの ＿＿＿＿ ＿＿＿＿ ＿★＿ ＿＿＿＿ 強みだ。
   1　話せる　　　　　2　のが　　　　　3　外国語が　　　　4　彼の

9. 今日は、いつも ＿＿＿＿ ＿★＿ ＿＿＿＿ ＿＿＿＿ 間に合いませんでした。
   1　電車に　　　　　2　早めにうちを　3　出ましたが　　4　より

10. あの国の人は ＿＿＿＿ ＿★＿ ＿＿＿＿ ＿＿＿＿ 生活をしているそうだ。
   1　がたい　　　　　2　想像し　　　　3　私たち　　　　　4　には

08

第 08 單元：接辞 II

本單元延續上一單元，學習 5 個 N3 考試當中常見的接尾辞。
第 49 項「～おきに」與第 50 項「～ごとに」意思上容易搞混，
學習時請特別留意。

46. ～だらけ

接続：名詞＋だらけ
活用：～だらけだ／だらけです。
　　　～だらけの＋名詞
　　　～だらけに＋動詞
翻訳：滿是…淨是…。
説明：用來表示物體整體皆被同樣性質的（不乾淨的）東西覆蓋住。「だらけ」只能用於負面的東西，不能有正面的東西。因此不能有「庭は花だらけだ」這樣子的講法。另外，「傷だらけ」為慣用表現，為「片體鱗傷、傷痕累累」之意。

・弟は片付けをしないので、部屋がゴミだらけです。
（弟弟都不整理的，所以房間堆滿垃圾。）

・泥だらけの手で握手しないでください。
（請不要用滿是泥巴的手跟我握手。）

・扇風機は、ひと夏使っただけでも埃だらけになってしまう。
（電風扇就算只用了一個夏天，也會搞得滿面塵埃。）

・運転が下手で、買ったばかりの車はもう傷だらけです。
（因為我開車技巧不好，剛買的車已經刮得傷痕累累了。）

進階複合表現：

「～だらけ＋のに」

・教室はゴミだらけなのに誰も片付けない。
（教室明明就垃圾一堆，卻沒人清理。）

01. そんな ＿＿＿＿ ＿＿＿＿ ＿＿＿＿ ＿＿＿＿ 触らないでください。
　　1. 私の　2. 手で　3. 油だらけの　4. 携帯に

02. あんなに ＿＿＿＿ ＿＿＿＿ ＿＿＿＿ ＿＿＿＿ だ。
　　1. 初めて　2. 泥だらけに　3. のは　4. なった

解答 01.（3 2 4 1）　02.（2 4 3 1）

47. ～っぽい

接続：名詞／イ形容詞語幹／ナ形容詞語幹／動詞ます+っぽい
活用：比照イ形容詞
翻訳：① 有…個性、傾向。② 有…性質。有…的感覺。帶有…色系。
説明：① 前接動詞時，表示具有某種「傾向」、「容易動不動就做某事」。多用於負面的評價。若使用「怒る、忘れる」等等動詞，則表示這個人動不動就生氣、有忘記的傾向。② 前接名詞或形容詞時，表示具有某種「特性」、「狀態」。例如：和「男、女、子供」等詞使用，則是說這個人的個性很像小孩、男生等。和「水っぽい、湿っぽい、熱っぽい」則是「有潮濕的感覺」、「好像發燒了」。若與顏色詞一起使用，表示帶有這個色系，如「黄色っぽい、黒っぽい、赤っぽい」。

① ・彼は女性に惚れっぽい性格です。
（他的個性就是容易迷上女生。）

・彼は飽きっぽい性格で、一つの仕事を長く続けることがあまりない。
（他的個性容易厭煩，很少能長期持續做同一個工作。）

・最近はだんだん忘れっぽくなって、困っています。
（最近越來越健忘了，很困擾。）

② ・彼女は、考え方が子供っぽい。
（她的想法很幼稚。）

・春になると、明るくて白っぽい服装をする人が多くなる。
（一到了春天，穿著明亮白色系服裝的人就會增多。）

・その話はどうも嘘っぽいね。
（那件事情聽起來感覺上就假假的。）

01. 父は ＿＿＿＿ ＿＿＿＿ ＿＿＿＿ ＿＿＿＿ と叱られてしまうんです。
　　1．っぽい　2．意見する　3．性格で　4．怒り

02. 彼は手術をしてから、＿＿＿＿ ＿＿＿＿ ＿＿＿＿ ＿＿＿＿ 。
　　1．っぽく　2．怒り　3．います　4．なって

解 01.（4 1 3 2）02.（2 1 4 3）

48. ～っぱなし

接続：動詞ます＋っぱなし
活用：～っぱなしだ／っぱなしです。
　　　～っぱなしの＋名詞
　　　～っぱなしで／に＋動詞
翻訳：置之不理，放著不管。
説明：源自於動詞「放す」，因此亦可寫成漢字「っ放し」。意思是「事情做了之後，沒有收拾殘局，就放任著這樣的結果狀態不管，而一直保持著…的狀態」。多用於負面的評價。

・電気をつけっぱなしで寝ると、体に良くないそうです。
（開著燈不關的狀態下睡覺，聽說對身體不太好。）

・ドアを開けっ放しだと、蚊が入ってしまうよ。
（門如果開著不關，蚊子會跑進來喔。）

・5分間蛇口を開け、流しっぱなしにした場合、約60リットルの水が流れます。
（把水龍頭開起來放水流五分鐘，大約會流掉六十公升的水。）

・風呂の水を出しっ放しにしたから、水浸しになってしまった。
（因為浴室的水放著沒關，因此整個淹水了。）

📄 排序練習：

01. 暑かったので、飼っている犬の ＿＿＿ ＿＿＿ ＿＿＿ ＿＿＿ 出かけた。
　　1. エアコンを　2. つけ　3. っぱなしで　4. ために

02. 酔っていたせいか、お風呂のお湯を ＿＿＿ ＿＿＿ ＿＿＿ ＿＿＿
　　ました。
　　1. にして　2. しまい　3. 寝て　4. 出しっぱなし

解答 01.（4 1 2 3）02.（4 1 3 2）

117

49. ～おきに

接続：数量名詞＋おきに
翻訳：隔…。
説明：此接尾語源自「置き」一詞，前接表示距離、時間等數量名詞，
　　　表達動作的間隔。

・オリンピックは３年おきに開かれる。
（奧運隔三年舉辦一次。）

・１メートルおきに、木を植えます。
（隔一公尺，種一棵樹。）

・食事は２、３時間おきに食べるほうが、無駄な脂肪がつきにくいと言われています。
（用餐最好是每隔二、三小時吃一次，據說這樣比較難以囤積脂肪。）

・このホテルは、宿泊客が隣り合わせにならないように、一部屋おきに空室になる
　ようにしています。
（這間飯店為了讓客人不要比鄰而居，盡量在安排房間時，讓每隔一間都空著。）

其他型態：

～おきだ（文末表現）

・Ａ：あなたは毎日お風呂に入りますか。
　（A：你會每天洗澡嗎？）
　Ｂ：いいえ、一日おきです。
　（B：我每隔一天洗一次。）

📄 排序練習：

01. 学校では ＿＿＿ ＿＿＿ ＿＿＿ ＿＿＿ が鳴る。
    1. に　2. 1時間　3. 始業ベル　4. おき

02. この辺り ＿＿＿ ＿＿＿ ＿＿＿ ＿＿＿ が発生するそうだ。
    1. 10年　2. 巨大地震　3. おきに　4. では

解 01.（2 4 1 3）　02.（4 1 3 2）

50. 〜ごとに

接続：名詞＋ごとに
翻訳：各…。每…。
説明：此接尾語源自「每（ごと）」一詞，用於① 表示每一個事物都…② 表示特定數
　　　量的每一單位重複。

① ・チラシを家ごとに配る。

（每家每戶都發送傳單。）

・彼は会う人ごとに、話しかけた。

（他向見到的每一個人搭話。）

・当店は高速の Wi-Fi 環境と、各席ごとに電源コンセントを完備しております。

（本店除了有高速 Wi-Fi 網路外，各個座位都還設置有電源插座。）

② ・オリンピックは4年ごとに開かれる。

（奧運每四年舉辦一次。）

・1時間ごとに体温を計ってください。

（請每個小時量一次體溫。）

・1メートルごとに、木を植えます。

（每一公尺，種一棵樹。）

🔗 辨析：

「〜ごとに」的第②種用法與「〜おきに」語意相似。「おきに」以中間的間隔為基準、「ご
とに」則是以單位的點為基準。因此「3日おきに」（隔三天）＝「4日ごとに」（每四天）；
「1年おきに」為「一年有，一年沒有」、「1年ごとに」則是「每年都有」。

另，例句中出現的「1メートルおきに」與「1メートルごとに」，前者指「樹跟樹的距離間
隔為一公尺，不包含樹本身的厚度」，後者則為「一公尺的距離就會有一棵樹，包含樹的厚
度」。

排序練習：

01. この ＿＿＿＿ ＿＿＿＿ ＿＿＿＿ ＿＿＿＿ やインテリアが異なります。
　　　1.間取り　　2.旅館は　　3.客室　　4.ごとに

02. 契約社員の ＿＿＿＿ ＿＿＿＿ ＿＿＿＿ ＿＿＿＿ 。
　　　1.更新する　　2.1年　　3.雇用契約は　　4.ごとに

解 01. (2 3 4 1) 02. (3 2 4 1)

1. 公園で泥（　　　）になって、子どもと遊んでいました。
　　　1　だらけ　　　　2　っぽい　　　　3　っぱなし　　　4　ばかり

2. そんな服を着ると、子ども（　　　）見えるよ。
　　　1　っぽい　　　　2　っぽく　　　　3　っぽいに　　　4　っぽくて

3. 田中さんはいつも書類を出し（　　　）にするから、困っているんです。
　　　1　だらけ　　　　2　おき　　　　　3　っぱなし　　　4　ごと

4. このチラシを家（　　　）配ってきてください。
　　　1　おきに　　　　2　ごとに　　　　3　だらけ　　　　4　っぱなし

5. 私はスマホを1年（　　　）買い替えています。
　　　1　おいて　　　　2　おきに　　　　3　おくに　　　　4　おきで

6. 私は（　　　）っぽい性格で、何をやっても長続きしない。
　　　1　飽きる　　　　2　飽きた　　　　3　飽きて　　　　4　飽き

7. テレビを付け ＿＿＿ ＿＿＿ ＿★＿ ＿＿＿ 画面を見つめます。
　　　1　していると　　2　じっと　　　　3　赤ちゃんは　　4　っぱなしに

8. 戦時中、街には ＿＿＿ ＿★＿ ＿＿＿ ＿＿＿ いるという、
　　厳戒態勢でした。
　　　1　兵士　　　　　2　100メートル　3　が立って　　　4　おきに

9. 道端に倒れている ＿＿＿ ＿★＿ ＿＿＿ ＿＿＿ 腕を強く掴んだ。
　　　1　私の　　　　　2　血だらけの　　3　手で　　　　　4　兵士は

10. 最初に会った ＿＿＿ ＿＿＿ ＿★＿ ＿＿＿ 私はよく言われます。
　　　1　印象が　　　　2　見えたと　　　3　子供っぽく　　4　時の

09

第 09 單元：被動

　　本單元學習被動句（受身）。被動句雖然於 N4 範圍就已經學習過，但僅局限於幾個粗淺的基本用法。本單元則是有系統地將日文 N3 考試範圍中的「直接被動」與「間接被動」作系統上的整理。第 51~53 項的被動句屬於直接被動，第 54~56 項則屬於間接被動。學習時，可不需太在意被動句的種類，只要懂意思，挑選助詞及造句時能寫出正確句子即可。另外，由於將動詞改為被動形屬於 N4 範疇，因此本書不再贅述。

51.「ＡはＢを」型與「ＡはＢに」型

接続：動詞ない形＋（ら）れる
活用：比照Ⅱ類動詞 (下一段動詞)
翻訳：被…。
説明：所謂的直接被動，指的就是像下例一樣，可以直接從主動句轉換成被動句，而
　　　不需增減任何助詞的被動式。這裡介紹將「Ａは（が）　Ｂを」型與「Ａは（が）
　　　Ｂに」型的主動句，改為被動句。Ａ、Ｂ皆為「人」。至於主動句使用哪種型式，
　　　取決於動詞的語意。但改為被動句後，皆為「Ａは（が）　Ｂに」的型式。

・主動句「Ａは　Ｂを」型　→　被動句「Ｂは　Ａに」型

　　主動：先生は　太郎を　叱った。
　　　　（老師罵了太郎。）
　　被動：太郎は　先生に　叱られた。
　　　　（太郎被老師罵了。）

　　主動：誰かが　展示物を　持ち去った。
　　　　（有人將展示物拿去。）
　　被動：展示物は　誰かに　持ち去られた。
　　　　（展示物不知道被誰拿走了。）

・主動句「Ａは　Ｂに」型　→　被動句「Ｂは　Ａに」型

　　主動：先生は　太郎に　話しかけた。
　　　　（老師對太郎搭話。）
　　被動：太郎は　先生に　話しかけられた。
　　　　（太郎被老師搭話。）

　　主動：犬が　子供に　噛みついた。
　　　　（狗咬了小朋友。）
　　被動：子供が　犬に　噛みつかれた。
　　　　（小朋友被狗咬了。）

01. 私 _____ _____ _____ _____ 叱られました。
　　1.に　2.は　3.子供の時　4.よく母

02. 今日、学校 _____ _____ _____ _____ られました。
　　1.褒め　2.先生　3.に　4.で

52.「ＡはＢに物／事を」型

接続：動詞ない形＋（ら）れる
活用：比照Ⅱ類動詞 (下一段動詞)
翻訳：被…。
説明：延續上一項文法。若主動句為「Ａは（が）Ｂに 物／事を」型，則「物／事を」
　　　的部分助詞不改變。Ａ、Ｂ皆為「人」。

・主動句「Ａは　Ｂに　物／事を」型　→　被動句「Ｂは　Ａに　物／事を」型

　　　主動：部長は　私に　仕事を　頼んだ。
　　　　　　(部長託付了我工作。)
　　　被動：私は　部長に　仕事を　頼まれた。
　　　　　　(我被部長託付了工作。)

　　　主動：警察は　私に　住所と電話番号を　聞いた。
　　　　　　(警察問了我住址與電話號碼。)
　　　被動：私は　警察に　住所と電話番号を　聞かれた。
　　　　　　(我被警察問了住址與電話號碼。)

　　　主動：田中さんは　私に　鈴木さんを　紹介した。
　　　　　　(田中先生介紹鈴木先生給我。)
　　　被動：私は　田中さんに　鈴木さんを　紹介された。
　　　　　　(我被田中先生介紹了鈴木先生。)

🔖 辨析：

若動詞為「貸す、売る、やる／くれる」等，本身有相對應語意的動詞「借りる、買う、もらう」時，則不會改為被動句。

・田中さんは　鈴木さんに　本を　貸した。（田中先生借書給鈴木先生。）

×鈴木さんは　田中さんに　本を　貸された。

○鈴木さんは　田中さんに　本を　借りた。（鈴木先生向田中先生借書。）

01. 新宿駅で外国人の ＿＿＿ ＿＿＿ ＿＿＿ ＿＿＿ 聞かれた。
　　　1.道　2.を　3.に　4.女性

02. 隣のおじさんに変な ＿＿＿ ＿＿＿ ＿＿＿ ＿＿＿ しまった。
　　　1.みんなに　2.教えられて　3.日本語を　4.笑われて

53. 「AはBに引用節或複合格助詞」型

接続：動詞ない形＋（ら）れる
活用：比照II類動詞（下一段動詞）
翻訳：被…。
説明：延續上一項文法。若主動句為「Aは（が）　Bに　引用節或複合格助詞」型，
　　　則「引用節或複合格助詞」的部分助詞不改變。A、B皆為人。（「～ように」
　　　的用法請參照本書第100項文法。）

・**主動句「Aは　Bに　引用節と」型　→　被動句「Bは　Aに　引用節と」型**

主動：部長は　私に　仕事中にスマホを使ってはいけないと　言った。

（部長對我說工作時不可以用智慧型手機。）

被動：私は　部長に　仕事中にスマホを使ってはいけないと　言われた。

（我被部長說了工作時不可以用智慧型手機。）

・**主動句「Aは　Bに　～ように」型　→　被動句「Bは　Aに　～ように」型**

主動：監督は　選手に　練習を繰り返すように　命じた。

（監督命令選手要反覆練習。）

被動：選手は　監督に　練習を繰り返すように　命じられた。

（選手被監督命令要反覆練習。）

・**主動句「Aは　Bに　～について」型　→　被動句「Bは　Aに　～について」型**

主動：昨日会った外国人は　私に　日本の伝統芸能について　聞いた。

（昨天遇到的外國人問我有關日本傳統藝能的事。）

被動：私は　昨日会った外国人に　日本の伝統芸能について　聞かれた。

（我被昨天遇到的外國人問了有關日本傳統藝能的事。）

辨析：

直接被動，動作都是直接作用、影響在接受動作的人身上，如51~52項文法的例句：太郎直
接接受到老師的責罵；「咬」這個動作直接作用在小孩身上；部長請託的工作直接落在我身上。
這點與後面即將介紹的間接被動不同，詳細請留意第54項文法的說明。

📄 排序練習：

01. 教室で遅くまで学園祭の準備をしていた ＿＿＿＿ ＿＿＿＿ ＿＿＿＿ ＿＿＿＿
言われた。
1. 先生に　2. 学生たちは　3. 帰れと　4. すぐに

02. 面接で、面接官に ＿＿＿＿ ＿＿＿＿ ＿＿＿＿ ＿＿＿＿ かもしれませんよ。
1. ついて　2. 世界情勢に　3. 聞かれる　4. 最近の

54. 間接被動（他動詞）

接続：動詞ない形＋（ら）れる
活用：比照II類動詞（下一段動詞）
翻訳：因…做了某事，而導致（某人）感到困擾。
説明：所謂的間接被動，指的就是「某人做了一件事情，間接影響到某人，使此人感到困惑，麻煩」。然而，「間接被動」可不像「直接被動」這樣不需增減任何助詞。使用「間接被動」時，「被動句」會比「主動句」多出一個「格（名詞＋助詞）」。這是因為「間接被動」多半帶有受害的語意在，為了明確點出承受動作的人（即受害者），因此必須將此人明確講出來，才會多出一個格。此外，還有一個要點，就是加害者都必須使用表示對象的助詞「に」（實際對話中，受害者與加害者經常會省略）。

主動：　　　　　　カラスが　ゴミを　荒らした。（烏鴉亂翻垃圾。）
被動：住民が　カラスに　ゴミを　荒らされた。（居民被烏鴉亂翻垃圾。）

　　如上例，主動句為「烏鴉亂翻垃圾」。而這一件事情間接影響到了「周遭居民」的生活，因此必須將「居民」點出，放在被動句主語的位置，表示受害者之意。而加害者烏鴉，就使用助詞「に」表示。

主動：　　　　　隣の人が　たばこを　吸う。（隔壁的人抽菸。）
被動：私は　隣の人に　たばこを　吸われる。（我被隔壁吸菸的人影響到。）

・レストランで、隣の人にたばこを吸われてゆっくり食べられなくなった。
（在餐廳時，由於隔壁桌有人在抽菸，導致我無法好好享用。）

主動：　　　　　誰かが　電気を　消す。（某人關燈。）
被動：私は　誰かに　電気を　消される。（我被某人關燈一事影響到。）

・学校の寮では、10時になると電気を消されて、勉強できない。
（在學校的宿舍，一到十點就會熄燈，因此無法念書。）

主動： 誰かが ビルを 建てた。(某人蓋了大樓。)

被動：私は 誰かに ビルを 建てられた。(我被某人蓋大樓一事影響到。)

・うちの向こうに新しいビルを建てられて、港が見えなくなりました。
（我家對面蓋了一棟新大樓，所以看不見海港了。）

主動： 夫が 夜遅くまで 仕事を する。(老公工作到很晚。)

被動：私は 夫に 夜遅くまで 仕事を される。(我被老公工作到很晚一事影響到。)

・夜遅くまで夫に仕事をされると、うるさくて眠れなくなるんです。
（我老公只要晚上工作到很晚，我就會被吵到睡不著。）

📄 排序練習：

01. 自宅の駐車場の前に ＿＿＿＿ ＿＿＿＿ ＿＿＿＿ ＿＿＿＿ 遅刻してしまいました。

　　1.出られなくて　2.止められて　3.仕事に　4.車を

02. 良子は夫に ＿＿＿＿ ＿＿＿＿ ＿＿＿＿ ＿＿＿＿ 迫られた。

　　1.ことを　2.浮気の　3.離婚を　4.知られて

解答 01.（4 2 1 3）02.（2 1 4 3）

55. 間接被動（自動詞）

接続：動詞ない形＋（ら）れる
活用：比照 II 類動詞 (下一段動詞)
翻訳：因…的發生，而導致（某人）感到困擾。
説明：延續上一項文法。在日文中，若要表達「一件事情的發生（自動詞），間接影
　　　響到某人」，我們亦可以將這自動詞句改為被動句。這算是日文在表達上比起
　　　其他語言特殊的地方。如例句一：「下雨（自動詞）這件事，影響到了我，使
　　　得我不得不中斷原訂的行程（無論我有沒有被雨水直接淋到）」。這時日文就
　　　會使用自動詞的間接被動形式來表達。

主動：　　　　雨が　降る。(下雨。)
被動：私 は　雨に　降られる。(我被下雨一事影響到。)

・日曜日は遊びに出かけたんですが、途中で雨に降られました。
　(星期天我出門去玩了，但是途中下起了大雨 (導致無法盡興)。)

主動：　　　　　友達が　来る。(朋友來玩。)
被動：私 は　友達に　来られる。(我被朋友來玩一事影響到。)

・明日テストがあるのに、友達に来られて勉強ができなくなってしまった。
　(明天有考試，但朋友卻來訪，導致我無法讀書。)

主動：　　　　　　奥さんが　逃げた。(老婆逃跑了。)
被動：山本さん は　奥さんに　逃げられた。(山本先生被老婆逃跑一事影響到。)

・山本さんは奥さんに逃げられて、最近落ち込んでいます。
　(山本先生的夫人不告而別逃跑了，因此山本先生最近很沮喪。)

主動：　　　　　　　子供が　死んだ。(孩子死了。)

被動：| あのおばさん | は　子供に　死なれた。(那個大嬸被孩子死去一事影響到。)

・あのおばさんは、子供に死なれたせいで、すっかり元気を無くしてしまった。
(那大嬸由於兒子過世了，因此她失去了元氣。)

📄 排序練習：

01. 昨日、引っ越してきたばかりの ＿＿＿＿ ＿＿＿＿ ＿＿＿＿ ＿＿＿＿
　　寝られなかった。
　　１.全然　　２.騒がれて　　３.隣の人に　　４.大声で

02. 次の日に大切な ＿＿＿＿ ＿＿＿＿ ＿＿＿＿ ＿＿＿＿ 　、困りました。
　　１.友達に来られて　　２.夜遅くに　　３.試験がある　　４.のに

56. 所有物被動

接続：動詞ない形＋（ら）れる
活用：比照Ⅱ類動詞 (下一段動詞)
翻訳：被…。
説明：所謂的所有物被動，指的就是主動句的受詞（目的語「～を」的部分）為「某人的某物」、或「某人的身體某部分」時，在改被動句時，必須將此人提前作為主語，來表達此人為受害者。

主動： 泥棒 が 花子の財布 を 盗んだ。(小偷偷了花子的錢包。)
被動： 花子 は 泥棒に 財布 を 盗まれた。(花子被小偷偷了錢包。)

　　若不使用上述的「所有物被動」形式將「花子の」的部分單獨移前當主語，亦可使用直接被動的形式更改（參考 51 項文法）。但在日文中，這種帶有受害語意的句子比較少使用直接被動的形式，且若使用直接被動的形式表達，就不帶有花子「受害」的語意了。

主動： 泥棒 が 花子の財布 を 盗んだ。(小偷偷了花子的錢包。)
被動： 花子の財布 が 泥棒 に 盗まれた。(花子的錢包被小偷偷了。)

　　所有物被動亦有「Aは（が）　Bの物を」型以及「Aは（が）　Bの物に」型兩種形式。至於主動句使用哪種型，則是取決於動詞的語意。下面依序介紹。

・**主動句「Aは　Bの物を」型　→　被動句「Bは　Aに　物を」型**

主動： 犬が 私の手 を 噛んだ。(狗咬了我的手。)
被動： 私 は 犬に 手 を 噛まれた。(我被狗咬了手。)

主動： 友達が 私の服 を 汚した。(朋友把我的衣服弄髒了。)
被動： 私 は 友達に 服 を 汚された。(我被朋友弄髒了衣服。)

主動： 痴漢が 私のお尻 を 触った。(色狼摸了我的屁股。)
被動： 私 は 痴漢に お尻 を 触られた。(我被色狼摸了屁股。)

・主動句「Aは Bの物に」型 → 被動句「Bは Aに 物に」型

主動： 変なおじさんが │私 のほお│ に キスした。（怪叔叔親了我的臉頬。）

被動：│私│は 変なおじさんに │ほお│ に キスされた。（我被怪叔叔親了臉頬。）

📄 排序練習：

01. 試験の時、隣の ＿＿＿ ＿＿＿ ＿＿＿ ＿＿＿ 見られてしまった。
　　1.を　2.に　3.答え　4.人

09

02. つい先日、子供に ＿＿＿ ＿＿＿ ＿＿＿ ＿＿＿ 換えました。
　　1.買い　2.新しく　3.壊されて　4.パソコンを

解答 01.（4 3 2 1） 02.（4 3 2 1）

09 單元小測驗

1. 私は山田さん（　　）新しい仕事を頼まれました。
    1　を　　　　　　2　で　　　　　　3　が　　　　　4　に

2. 子供の時、私は毎朝早く母（　　）起こされました。
    1　が　　　　　　2　は　　　　　　3　に　　　　　4　と

3. 机に置いてあった辞書（　　）誰か（　　）持っていかれてしまった。
    1　に／と　　　　2　を／と　　　　3　に／を　　　4　を／に

4. 昨日、友達に（　　）たので、レポートの締め切りには間に合わなかった。
    1　来られ　　　　2　来され　　　　3　来させ　　　4　来らされ

5. 警察（　　）ここに自転車を止めるな（　　）言われた。
    1　に／と　　　　2　に／を　　　　3　を／と　　　4　を／に

6. 私はラッシュアワーの電車で知らない人に足（　　）踏まれた。
    1　の　　　　　　2　に　　　　　　3　を　　　　　4　が

7. 一人で ＿＿＿ ＿＿＿ ★＿＿ ＿＿＿ いろいろ聞かれた。
    1　お巡りさんに　2　歩いて　　　　3　いたら　　　4　夜の街を

8. 冷蔵庫に入れておいた ＿＿＿ ＿＿＿ ★＿＿ ＿＿＿ 食べられた。
    1　を　　　　　　2　に　　　　　　3　ケーキ　　　4　弟

9. 家の前 ＿＿＿ ＿＿＿ ★＿＿ ＿＿＿ 、迷惑しています。
    1　駐車されて　　2　を　　　　　　3　車　　　　　4　に

10. 昨日知り合った ＿＿＿ ★＿＿ ＿＿＿ ＿＿＿ 言われた。
    1　人に　　　　　2　好きだ　　　　3　と　　　　　4　ばかりの

10

第 10 單元：使役

57. 他動詞的使役
58. 自動詞的使役
59. 其他種類的使役
60. 使役被動

　　本單元學習使役句。使役句雖然於 N4 範圍就已經學習過，但僅局限於幾個粗淺的基本用法。本單元則是有系統地將日文 N3 考試範圍中的各種使役句作系統上的整理。在學習使役句時，被役者（動作者）要使用助詞「に」還是「を」，需要稍微留意。另外，學習時可不需太在意使役句的種類，只要懂意思，挑選助詞及造句時能寫出正確句子即可。由於將動詞改為使役形屬於 N4 範疇，因此本書不再贅述。

57. 他動詞的使役

接続：動詞ない形＋（さ）せる
活用：比照 II 類動詞 (下一段動詞)
翻訳：讓…。使…。令…。
説明：使役句，意思為「某人發話施令，要求或命令另一個人做某行為」。主動句的
主語（「～は」或「～が」的部分）即是做動作的人。但改為使役句後，此人
仍為做動作的人，但由於多了一個發號施令的人，因此發號施令的人在使役句
中，會放置於「～は（が）」的位置當主語，而做動作的人（被命令的人、被
役者），則會隨著動詞為自動詞或他動詞，所使用的助詞會有所不同。他動詞
改為使役句，被役者必須使用「に」（子供に宿題をさせる）。

主動：　　　　　学生は　教室を　掃除する。(學生打掃教室。)
使役：先生は　学生に　教室を　掃除させる。(老師叫學生打掃教室。)

・あまりにも汚いので、先生は学生に教室を掃除させました。
　(因為太髒了，所以老師叫學生打掃了教室。)

主動：　　　　　秘書は　会議の資料を　用意する。(秘書準備會議的資料。)
使役：社長は　秘書に　会議の資料を　用意させる。(社長叫秘書準備會議的資料。)

・社長は秘書に、午後の会議に使う資料を用意させました。
　(社長叫秘書準備了下午會議要用的資料。)

主動：　　　　　父は　新しい服を　買う。(爸爸買新衣服。)
使役：母は　父に　新しい服を　買わせる。(媽媽讓爸爸買新衣服。)

・来週、結婚記念日なので、母は父に新しい服を買わせた。
　(因為下星期是結婚紀念日，所以媽媽讓爸爸買了新衣服。)

辨析：

「着させる、見させる」與「着せる、見せる」的不同

「着る」、「見る」這兩個動詞為他動詞，若將其改為使役形，則分別為「着させる」、「見させる」。

- 母は 妹に 服を 着させる。
- 先生は 生徒に 答えを 見させる。

上兩例的意思分別為：「媽媽叫妹妹穿衣服（做穿衣服這個動作的是妹妹）」、「老師讓／叫學生看答案（拿答案起來看的人是學生）」。

- 母は 妹に 服を 着せる。
- 先生は 生徒に 答えを 見せる。

然而，「着せる」與「見せる」這兩個動詞只是一般他動詞，並非使役形，因此作動作的人就是主語位置「〜は」的人。因此上述兩例，做動作的人並不是妹妹也不是學生。也就是說，上兩句的意思分別為：「媽媽拿起衣服，穿在妹妹身上（媽媽做動作）」、「老師秀出答案給學生看（老師做動作）」。

- 人形に 服を 着せる。

因此，當你幫娃娃穿衣服時，就只能使用「着せる」一詞，除非是在演恐怖片，否則不會使用「着させる」（叫娃娃自己動手穿衣服）。

進階複合表現：

「〜（さ）せる」＋「〜てみる」

- 子供の感性を磨くために、ピアノを習わせてみるのもいいかもしれない。

（為了要磨練小孩的感性，讓他試著學鋼琴看看，或許不失為一個好方法。）

「〜（さ）せる」＋「（よ）うか（意志）」

- 息子がユーチューバーになりたいと言っているから、動画の編集を習わせようかと思っているんだけど、5歳じゃまだ早いでしょうか。

（我兒子說他想當 YouTuber，所以我想說讓他學剪接影片，他才五歲，會太早嗎？）

01. 子供にジュース ＿＿＿＿ ＿＿＿＿ ＿＿＿＿ ＿＿＿＿ 悪いですよ。
　　1. のは　　2. 飲ませる　　3. ばかり　　4. 体に

02. 会社内部の資料は、他の ＿＿＿＿ ＿＿＿＿ ＿＿＿＿ ＿＿＿＿ ください。
　　1. 会社の　　2. ないで　　3. 見せ　　4. 人に

解 01. (3 2 1 4)　02. (1 4 3 2)

58. 自動詞的使役

接続：動詞ない形＋（さ）せる
活用：比照 II 類動詞 (下一段動詞)
翻訳：讓…。使…。令…。
説明：延續上一項文法的説明。若是自動詞改為使役句，發號施令的人仍是放置於「～
　　　は（が）」的位置當主語。至於做動作的人（被命令的人、被役者），助詞則
　　　有使用「に」的情況，亦有使用「を」的情況。

主動　　：　　　太郎は　出張に　行く。(太郎去出差。)
使役 ①：部長は　太郎に　出張に　行かせる。(部長讓太郎去出差。)
使役 ②：部長は　太郎を　出張に　行かせる。(部長叫太郎去出差。)

① 若使用「に」，也就是「太郎に　行かせる」的話，則語意偏向「允許」。意思是「部
長有考量到太郎的意志，太郎想去，所以允許他去」。② 但若使用「を」，也就是「太
郎を行かせる」的話，則語意偏向「強制」。意思是「部長不管太郎想不想去，就是一
定要他去」。

① **被役者＋に**

・父は留学したがっている弟に、アメリカへ留学に行かせた。
（爸爸讓很想去留學的弟弟去美國留學。）

・大切な契約だから、あいつに行かせるのは心配だ。
（因為這是很重要的契約，讓那傢伙去我有點擔心。）

・母は姉にものすごく高い塾に通わせています。
（媽媽讓姐姐去上很貴的補習班。）

② **被役者＋を**

・父は弟をアメリカへ留学に行かせた。（行く：意志動詞）
（爸爸讓 / 叫弟弟去美國留學。）

141

・先生は、田中さんを廊下に立たせました。（立つ：意志動詞）
（老師叫田中站在走廊／老師叫田中站在走廊罰站。）

・吉田さんはいつも面白い話をして、みんなを笑わせます。（笑う：無意志動詞）
（吉田先生總是講些很好笑的事情，使得大家哄堂大笑。）

・女性を泣かせてはいけませんよ。（泣く：無意志動詞）
（不可讓女人哭泣。）

📎 辨析：

如前述說明，使役的對象若使用「に」，則會有「允許」的含義在。而如果這個自動詞本身是「無意志動詞」的話，若還使用「尊重對方意願」的「に」，就會顯得很矛盾。例如「笑う」（無意志動詞）一例：「大家哈哈大笑」是無意志的動作，並不是「吉田先生允許大家笑，大家才笑」，而是吉田先生的話題很好笑，所以「誘發」了大家歡樂的感情。因此被役者「みんな」僅可使用「を」。「泣く」一詞同理，也是感情的誘發，因此被役者也是只能使用「を」。但「行く、立つ」兩例為意志動詞，因此可視語境需求，被役者可以使用「に」亦可使用「を」。

・冷凍庫で氷を凍らせる。
（放在冷凍庫讓冰塊結冰。）

此外，上例的被役者部分「冰塊」為無情物，因此語境並不是「允許冰塊結凍，它才結凍的」。像這樣「被役者為無情物」的情況，亦只能使用「を」。

📎 辨析：

儘管被役者使用助詞「に」，含有「允許」的意思，但若我們在句子中使用含有「強制語意」的「副詞」（這裡為「無理矢理に」），則無論使役的對象是選擇「に」或「を」都會有強制的語意。無論選擇哪個助詞，都一定是「強制小孩去補習班」的意思。

・嫌がる子供に／を無理矢理塾へ行かせる。

如上述兩個辨析的說明，正因為自動詞改使役句時，使役的對象若使用「に」，會有上述許多限制，因此在教學上為避免初學者誤用，偏好直接要學生將自動詞的直述句改使役句時就使用「を」。

進階複合表現：

「～（さ）せる」＋「～てみせる」

・担任：うちのクラス全員が馬鹿だって？絶対にクラス全員を第一志望校に
合格させてみせる！

（級任老師：你說我們班全部都是笨蛋？我一定讓全班都考上第一志願給你看！）

「～（さ）せる」＋「～てしまう」

・小学生の時、あまりにも勉強ができなかったので、両親を泣かせてしまった
ことがある。

（我國小的時候因為書念得太差，曾經還讓爸媽哭了出來。）

排序練習：

01. 先生は、宿題をしてこなかった ＿＿＿ ＿＿＿ ＿＿＿ ＿＿＿ 立たせま
した。
1.廊下　2.生徒　3.を　4.に

02. なぜ、幼い子供 ＿＿＿ ＿＿＿ ＿＿＿ ＿＿＿ へ行かせたの？
1.で　2.を　3.病院　4.一人

解答 01.（2314）02.（2413）

59. 其他種類的使役

接続：動詞ない形＋（さ）せる
活用：比照Ⅱ類動詞（下一段動詞）
翻訳：導致…。
説明：延續上兩項文法。57 與 58 介紹自他動詞使役的基本用法。這裡則分別介紹「責任使役」、「原因主語使役」、以及「慣用的使役表現」。① 責任使役：表說話者覺得「這件不好的事情會發生，是起因於自己」，因此帶有感到自責的語感。經常與表達遺憾的「～てしまう」共用。② 原因主語使役：學到目前為止的使役各種用法，發號施令者都是「人」。唯獨這個用法當中的發號施令者為「一件事」。當我們要表達「某件事使人…」或「某件事致使某狀況發生」時，亦可使用使役句。這是較為文書上的表達方式。翻譯為「（某事）導致…」。③ 以「人は　（自己身體的一部分）を　させる」的句型，用來比喻、或用於慣用表現。這個用法在翻譯成中文時，會使用主動句來翻譯。以上三種用法，被役者部分的助詞皆只可使用「を」，不可使用「に」。

① **責任使役：**

・私の不注意で、子供を死なせてしまった。
（由於我的不小心，讓孩子死掉了。）

・私のせいで、彼を事故に遭わせてしまった。
（因為我的過失，讓男朋友遇到了交通車禍。）

・すみません、私のためにそんな大金を使わせて。
（不好意思，讓你為了我花大錢。）

・お待たせしました。
（讓您久等了。）

② **原因主語使役：**

・過度な開発が、地球の環境を悪化させてしまった。
（由於過度的開發，導致地球環境的惡化。）

・インターネットの普及は、不正コピーを増加させた。
（網路的普及，導致盜版的情況增多了。）

・予防宣伝の不徹底が、新型コロナウイルスを蔓延させた。

（預防宣導的不周，導致新型冠狀病毒武漢肺炎的蔓延。）

・転勤の辞令が、兄を苦しませていた。

（調職的任免命令，讓哥哥感到很痛苦。）

③ **慣用的使役表現：**

・子供たちは、あの映画を目を輝かせて観ていました。

（小孩們目不轉睛地盯著那部電影看。）

・うっかり口を滑らせて、しゃべってはいけないことを言ってしまった。

（不小心說溜了嘴，講了些不該講的事。）

・先生からの忠告に、絵里ちゃんは不満そうに口を尖らせて言い返した。

（繪里對於老師的忠告，很不滿地嘟著嘴回話。）

・警察は犯罪経過のビデオを目を光らせて見ていた。

（警察睜大眼睛看著犯罪過程的錄影帶。）

📄 **排序練習：**

01. 自分の ＿＿＿ ＿＿＿ ＿＿＿ ＿＿＿ しまった。
　　 1. させて　 2. けがを　 3. 彼女に　 4. 不注意で

02. 政府の ＿＿＿ ＿＿＿ ＿＿＿ ＿＿＿ 要因だ。
　　 1. 無責任な　 2. 態度こそが　 3. 被害を　 4. 広がらせた

60. 使役被動

接続：動詞ない形＋（さ）せられる
活用：比照 II 類動詞 (下一段動詞)
翻訳：① 被迫做… ② 被搞到變成… ③ 覺得…。
説明：此為使役「（さ）せる」與被動「（ら）れる」複合而成的用法。稱作「使役
　　　被動（使役受身）」。使役被動形，一定是先改為使役，再改為被動。用法有三：
　　　①「受到某人的命令或指示，不得不去做某事」、「被別人強制（做某事）…」。
　　　動作者（被強迫做事的人）放在「は（が）」的位置，發號施令者（強迫別人
　　　的人），則放在「に」的位置。②「被某人搞到…」。第二種用法的語境，雖
　　　然沒有任何人強迫動作者做某事，但因為一些原因，而使做動作者（放在「は
　　　（が）」的位置），被某人（放在「に」的位置）搞到不得不做某事 / 落得某
　　　種結果、下場。③ 使用表達感情感覺或者思考的動詞，如「驚く、がっかりす
　　　る、考える、納得する」等，用來表達「某事引發了說話者的感情感覺或思考」。
　　　這種用法，並沒有任何人做某事，或者任何人強迫動作者做某事。表達原因的
　　　部分，使用助詞「～に」或者表原因的子句「～て」。

五段動詞（一類動詞）改為使役被動形時，有兩種改法，請參照下例：

五段動詞（一類動詞）：
言う　　→　言わせる（使役）＋られる（受身）＝言わせられる＝言わされる
書く　　→　書かせる（使役）＋られる（受身）＝書かせられる＝書かされる
飲む　　→　飲ませる（使役）＋られる（受身）＝飲ませられる＝飲まされる

一段動詞（二類動詞）：
見る　　→　　見させる（使役）＋られる（受身）＝見させられる
食べる　→　食べさせる（使役）＋られる（受身）＝食べさせられる

カ行変格（三類動詞）：
来る　　→　来させる（使役）＋られる（受身）＝来させられる

サ行変格（三類動詞）：
する　　→　させる（使役）＋られる（受身）＝させられる

① ・子供に玩具を買わされた。

　　（被小孩強迫買了玩具 / 被小孩鬧到不得不去買玩具給他。）

・選手たちはコーチにグランドを走らされた。

（選手們被教練罰跑操場。）

・太郎は親に嫌いな野菜を食べさせられた。

（太郎被父母強迫吃下他不喜歡吃的蔬菜。）

・子供の時、私は母に塾に行かせられました／行かされました。

（我小時候被媽媽硬是送去補習班。）

・私はみんなの前で話すのが苦手なのに、パーティーでスピーチをさせられました。

（我很不擅長在大家面前講話，但在派對時卻被拱上台致詞。）

② ・何らかのトラブルで、妹は彼氏に泣かされた。

（因為某些糾紛，妹妹被男朋友搞哭。）

・予約したのに、レストランで1時間以上も待たされた。

（明明就已經先預約了，但還是在餐廳被迫等了一個多小時。）

・たった1時間で九九を全部覚えた娘にびっくりさせられました。

（女兒一小時就把九九乘法表背熟，真是嚇了我一大跳。）

③ ・初めて北京へ行ったが、空気の悪さに驚かされた。

（我第一次去北京，就被空氣差到嚇到。）

・彼はずっと頭痛に悩まされている。

（他一直受到頭痛所困擾。）

・汚れた川を見て、環境問題を考えさせられた。

（看著污染的河川，引發我省思關於環境的問題。）

📄 **排序練習：**

---

01. 先月会社を ＿＿＿＿ ＿＿＿＿ ＿＿＿＿ ＿＿＿＿ 今仕事がないんです。

　　1. られ　2. させ　3. 辞め　4. て

02. 昨日病院 ＿＿＿＿ ＿＿＿＿ ＿＿＿＿ ＿＿＿＿ しまった。

　　1. で　2. て　3. 待たされ　4. 3時間も

---

1. 私はいつも娘（　　）掃除を手伝わせています。
    1　で　　　　　　2　が　　　　　　3　を　　　　　　4　に

2. 厳しい先生（　　）何回も作文を書き直させられた。
    1　を　　　　　　2　に　　　　　　3　は　　　　　　4　が

3. 彼女（　　）泣かせてしまったら、どうすればいいですか。
    1　に　　　　　　2　を　　　　　　3　で　　　　　　4　へ

4. 子供の時、母（　　）嫌いな野菜（　　）食べさせられた。
    1　を／に　　　　2　は／を　　　　3　に／を　　　　4　に／で

5. 新しい電車の路線の開通は、この町をさらに発展（　　）。
    1　された　　　　2　させた　　　　3　せられた　　　4　させられた

6. 受けたくないのに、毎年先生に日本語能力試験を＿＿＿＿いる。
    1　うけされて　　2　うけられて　　3　うけなくて　　4　うけさせられて

7. うっかり口を　＿＿＿＿　＿＿＿＿　★　＿＿＿＿　社長に言ってしまった。
    1　ことを　　　　2　いけない　　　3　言っては　　　4　滑らせて

8. 自分の不注意で、息子を　＿＿＿＿　＿＿＿＿　★　＿＿＿＿　今でも忘れられない。
    1　しまった　　　2　交通事故で　　3　死なせて　　　4　ことを

9. 歌が　＿＿＿＿　★　＿＿＿＿　＿＿＿＿　られた。
    1　カラオケで　　2　のに　　　　　3　歌わせ　　　　4　嫌いな

10. 車に乗る前に、子供を　＿＿＿＿　★　＿＿＿＿　＿＿＿＿　がいいです。
    1　ておいた　　　2　ほう　　　　　3　行かせ　　　　4　トイレへ

11

第 11 單元：請求與命令

　　本單元學習的前三項文法「～てくれ」、「～てもらいたい」與「～てもらえない？」，源自於 N4 學習過的補助動詞「～てくれる」、「～てもらう」，因此本書不再贅述。此外，最後兩項「～てあげてください」與「～てもらってください」則是牽扯到「你、我、他」三人語境的用法，學習時須留意「說話者」、「動作者」與「得到恩惠者」三者角色分別為誰。

61. ～てくれ

接続：動詞て形＋くれ

翻訳：命令對方做…。

説明：此用法語意跟「～てください」接近，但「～てください」口氣上為「請求、
規勸、輕微的命令」，而「～てくれ」口氣上為「強烈的命令、男性口語上的
請求」。否定形為「～ないでくれ」。此外，此句型僅限於對比自己身份地位
低的人使用，且不適合女性使用。

・今すぐ帰ってくれ。

（現在馬上給我回去！）

・そんな恥ずかしいこと、止めてくれよ。

（那樣丟人的事情，不要做阿。）

・みんな、聞いてくれ。大事な話があるんだ。

（各位，聽阿。我有很重要的事情要講。）

・そんなことを言わないでくれよ。

（不要講那樣的話啦。）

・せっかくのデートなんだし、頼むからそんな不機嫌な顔をしないでくれよ。

（難得我們約會阿，不要裝一副臭臉啦。拜託啦。）

進階複合表現：

「～ておく」＋「～てくれ」

・山下、金曜日の夜、予定を空けておいてくれ。新入社員の歓迎会をするから。

（山下，星期五晚上，你把預定空出來。要辦新進員工的歡迎會。）

排序練習：

01. _____ _____ _____ _____ くれよ。
   1. 許して　2. 何度も　3. から　4. 謝った

02. 愛している _____ _____ _____ _____ くれよ。
   1. から　2. も　3. 行かないで　4. どこへ

62. 〜てもらいたい

接続：動詞て形＋もらいたい
活用：比照助動詞「たい」
翻訳：希望對方…。
説明：此句型源自於補助動詞「〜てもらう」加上希望助動詞「〜たい」的用法。用於表達「說話者希望他人去做某事」。

・私の書いた作文を見てもらいたいんだけど、10分ほど時間がある？
（我想請你看一下我寫的作文，可以給我十分鐘嗎？）

・ポイ捨てはやめてもらいたいね。
（希望大家別再隨手亂丟垃圾了。）

・今度、引っ越すんだけど、手伝ってもらいたいんだ。
（我要搬家了，想請你幫忙。）

・母に私の手作りケーキを食べてもらいたくて、クール宅急便で実家に送りました。
（我想讓媽媽吃吃看我做的手工蛋糕，所以用了冷凍宅配送回娘家。）

🔗 辨析：

「〜てもらいたい」與第39項的「〜てほしい」語意用法接近，但「〜てもらいたい」前接的動詞必須是意志動詞，「〜てほしい」則無此限制。

　　✕ 子供に医者になってもらいたい。

　　○ 子供に医者になってほしい。

由於「希望兒子將來能夠成為醫生」為無意志的動作，故使用「〜てほしい」會比較恰當。

🔗 辨析：

此句型文法上的限制與「〜てもらう」一樣：主語只能是說話者，希望的對象則是使用助詞「に」。正因為主語一定為說話者，因此口語時經常會省略主語「私は」，因為不說也知道。另外，希望做事的對象若為聽話者（第二人稱），也通常會省略「あなたに」。

01. 駆け込み ＿＿＿＿ ＿＿＿＿ ＿＿＿＿ ＿＿＿＿ ですね。
　　　1. やめて　　2. もらいたい　　3. 乗車は　　4. 危ないので

02. 父にもっと ＿＿＿＿ ＿＿＿＿ ＿＿＿＿ ＿＿＿＿ 一言も言ってくれない。
　　　1. 褒めて　　2. 褒め言葉は　　3. のに　　4. もらいたい

解 01.（3 4 1 2）　02.（1 4 3 2）

63. 〜てもらえない？／てくれない？

接続：動詞て形＋もらえない／くれない
活用：比照動詞「もらう／くれる」、「いただく／くださる」
翻訳：能否請你…。
説明：使用否定疑問形式「〜てもらえない？」或「〜てくれない？」的形式，來表禮貌請求「能否（是否可以）…」。亦可使用其肯定疑問形式「〜てもらえる？」、「〜てくれる？」或其謙讓語「〜ていただけませんか」、「〜てくださいませんか」，表更謙讓地請求。至於使用否定疑問還是肯定疑問，使用「〜てもらえる」系列或是「〜てくれる」系列，語意都一樣。

・ちょっと、エアコンつけてもらえない／てくれない？暑いんだ。
（可不可以請你開一下冷氣，有點熱耶。）

・山田君、銀行へ行くなら、ついでにコンビニに寄ってもらえる／てくれる？
（山田，如果你要去銀行，能不能請你順便繞去便利商店一下？）

・先輩、コピー機の使い方を教えていただけませんか／てくださいませんか。
（學長，能否請你教我一下影印機的使用方法？）

・ピアノを習いたいんですが、いい先生を紹介していただけませんか／てくださいませんか。
（我想學鋼琴，能否請你介紹好老師給我呢？）

進階複合表現：

「〜ておく」＋「〜てもらえない？」

・すみませんが、この書類を広瀬さんに渡しておいてもらえませんか。午後の会議で使うんです。
（不好意思，能不能幫我把這個文件交給廣瀬先生呢？下午的會議需要用到。）

154

排序練習：

01. 昨日先生が言ったこと ＿＿＿＿ ＿＿＿＿ ＿＿＿＿ ＿＿＿＿ いただけませんか。

　　 1.説明して　2.もっと　3.詳しく　4.について

02. 昨日のニュースで言っていた ＿＿＿＿ ＿＿＿＿ ＿＿＿＿ ＿＿＿＿ ませんか。

　　 1.店の　2.名前を　3.もらえ　4.教えて

64. ～てあげてください

接続：動詞て形＋あげてください
活用：比照動詞「くださる／くれる」
翻訳：請你為了某人做…。
説明：本句型最後以「～てください／くれ／くれないか」結尾，表示「說話者請聽話者做某事」。而前面的「～てあげて」部分，則為「給第三者的恩惠」之意（「～てやって」則為第三者為下位者時）。因此，當「說話者希望聽話者能夠為了第三者做某事」時，就會使用此句型。此外，「～てあげてください」是三者中最客氣的講法；「～てあげてくれ」則帶有命令的口氣，且不適合女性使用；「～てあげてくれない？」則是屬於較口語的用法。

・あの子は今回随分頑張ったから、せめて一言でも褒めてあげてください。

（那孩子這次很努力，請你至少說聲獎勵的話給他聽吧。）

・鈴木君、新入社員に会社の方針を説明してあげてくれ。

（鈴木，請你為新進的員工說明公司的方針。）

・山田さん、会議の資料を陳さんに持っていってあげてくれない？
　読みたいって言っているから。

（山田先生，能不能幫我把會議的資料拿去給小陳。他說他想看。）

・小さいお子様は自分ではできないので、大人の方が手伝ってやってください。

（因為小孩子自己辦不到，所以請大人幫忙他一下吧。）

・皆さん、浅井さんは先週会社に入ってきたばかりなので、色々教えてやってください。

（各位，淺井上星期剛進公司，請各位多教教他。）

📄 排序練習：

01. 電車で妊娠している女性を ＿＿＿ ＿＿＿ ＿＿＿ ＿＿＿ ください。
　　1. 席を　　2. 見かけたら　　3. あげて　　4. 譲って

02. 弟の ＿＿＿ ＿＿＿ ＿＿＿ ＿＿＿ と父に頼まれた。
　　1. やって　　2. 見て　　3. 宿題を　　4. くれ

解 01.（2143）02.（3214）

11

65. ～てもらってください

接続：動詞て形＋もらってください
活用：比照動詞「くださる／くれる」
翻訳：請你去叫某人做…。
説明：本句型最後以「～てください／くれ／くれないか」結尾，表示「說話者請聽話者做某事」。而前面的「～てもらって」部分，則為「向第三者的尋求幫助」之意。因此，當「說話者希望聽話者能夠去請（叫）第三者來做某事」時，就會使用此句型。此外，「～てもらってください」是三者中最客氣的講法；「～てもらってくれ」則帶有命令的口氣，且不適合女性使用；「～てもらってくれない？」則是屬於較口語的用法。

・英語、読めないんですか。じゃあ、松本さんに訳してもらってください。
　アメリカで暮らしていたから。

（你看不懂英文阿。那請松本先生幫你翻譯吧。因為他曾經住過美國。）

・大至急、鈴木くんに来てもらってくれ。

（請你立刻去叫鈴木先生過來。）

・ねぇ、愛子ちゃん、中村さんとは親友だったよね。
　中村さんにフランスで買ったワインを1本分けてもらってくれない？
　うちの旦那、フランスのワインに目がないの。お願い！

（愛子，你跟中村是好朋友對吧。能不能請你叫中村先生把他在法國買的酒
　分給我一瓶呢？因為我老公很喜歡喝法國酒。拜託。）

📄 **排序練習：**

01. 自他動詞の問題については ＿＿＿ ＿＿＿ ＿＿＿ ＿＿＿ 。
　　1. もらって　2. 林先生に　3. ください　4. 教えて

02. 教科書を忘れた ＿＿＿ ＿＿＿ ＿＿＿ ＿＿＿ ください。
　　1. 人は　2. 見せて　3. もらって　4. 隣の人に

解答 01.（2 4 1 3）02.（1 4 2 3）

158

11 單元小測驗

1. 山田さんは新人だから、そばで見て（　　）くれ。
   1　やって　　　　2　くれて　　　　3　やらないで　　4　くれないで

2. おい、君。会議室での喫煙はやめて（　　）。
   1　くる　　　　　2　くれ　　　　　3　もらえ　　　　4　こい

3. すみません、この字の読み方を教えて（　　）ませんか。
   1　いき　　　　　2　き　　　　　　3　いただけ　　　4　いただき

4. えっ、パンフレットがないんですか？
   じゃあ、鈴木さんが持っていますから、鈴木さんに見せて（　　）ください。
   1　あげて　　　　2　もらって　　　3　くれて　　　　4　やって

5. 最近は、若い人にもっと起業して（　　）と、大学の授業で起業に関する科
   目が増えてきている。
   1　もらえない　　2　もらいたい　　3　くださる　　　4　あげる

6. すまないが、息子に数学を教えて（　　）くれないか。
   1　あげて　　　　2　くれて　　　　3　もらって　　　4　くださって

7. 運動会でお子様が頑張っている ＿＿＿ ＿＿＿ ＿＿★＿＿ ＿＿＿ ください。
   1　見て　　　　　2　姿を　　　　　3　あげて　　　　4　是非

8. 教えたいけど、他の ＿＿＿ ＿＿＿ ＿＿★＿＿ ＿＿＿ ？今忙しいんだ。
   1　教えて　　　　2　くれない　　　3　もらって　　　4　人に

9. テレビ局を ＿＿＿ ＿＿＿ ＿＿★＿＿ ＿＿＿ ませんか。
   1　んですが　　　2　いただけ　　　3　案内して　　　4　見学したい

10. せっかくの海外旅行なんだから、＿＿＿ ＿＿＿ ＿＿★＿＿ ＿＿＿ くれよ。
    1　言わないで　　2　今すぐ　　　　3　帰りたい　　　4　なんて

12

第 12 單元：使役＋授受

66.～（さ）せてあげる
67.～（さ）せてくれる
68.～（さ）せてもらう

　　本單元學習使役動詞，分別再加上補助動詞「～てあげる」、「～てくれる」以及「～てもらう」的用法。學習時要留意誰為「發號施令者、允許者」，誰為「做動作者」。

66. ～（さ）せてあげる

接続：動詞ない形＋（さ）せてあげる／（さ）せてやる

活用：比照動詞「あげる／やる」

翻訳：讓你 / 他…。

説明：語意與一般使役句（沒有使用「～てあげる／てやる」的使役句）相同，意思是「說話者讓某人去做某事」。但當使役後面加上「てあげる／てやる」時，則表示說話者的心態，是持「許可、放任、施予恩惠」的態度。使用「～てやる」時，上對下的口氣較「～てあげる」更加強烈。

・そんなに行きたいのなら、行かせてやるよ。（許可）

（你那麼想去，那就讓你去啦。）

・昨日の会議は大変だったから、起こさないでもう少し寝させてあげましょう。（放任）

（昨天的會議很辛苦，你就別把他叫醒了，讓他多睡一會兒吧。）

・選手たちは今回の試合で頑張ったから、1 週間ほどの休みを取らせてやった。（施予恩惠）

（選手們這次的比賽很努力了，所以讓他們放一個禮拜左右的假。）

進階複合表現：

「～させてあげる」＋「～から」

・好きな物を買わせてあげるから、一緒に買い物に行かない？

（我讓你買你喜歡的東西，要不要跟我一起去購物啊？）

「～させてやる」＋「～たい」＋「と思う」

・子供にもっといい教育を受けさせてやりたいと思う。

（我想讓小孩子接受更好的教育。）

「～させてあげる」 + 「～たらどう」

・A：息子が留学したいと言うのですが、心配で私は反対なんです。

（A：兒子說他想去留學，但我很擔心，所以反對。）

B：心配でしょうが、いい経験になりますから、行かせてあげたらどうですか。

（B：擔心是一定會的啦，但應該會是個好經驗，你就讓他去吧。）

📄 排序練習：

01. あの子がそんなにやりたい ＿＿＿ ＿＿＿ ＿＿＿ ＿＿＿ 。

    1. させて　2. のなら　3. やれ　4. 好きに

02. 恋人と別れて、悲しい時は、気が済むまで ＿＿＿ ＿＿＿ ＿＿＿ ＿＿＿

    かも。

    1. 泣かせて　2. あげる　3. 一番いい　4. のが

67. ～（さ）せてくれる

接続：動詞ない形＋（さ）せてくれる

活用：比照動詞「くれる」

翻訳：① (對方) 讓我 / 或某人做…。② 請讓我…/ 能否讓我…。

説明：① 使用「～させてくれる／くれない／くれた」等直述句的形式，來表達「對方允許我 / 或某人去做某事」。② 使用「～させてくれ」、「～させてくれない？」或「～させてください」、「～させてくれませんか」等祈使、命令句的形式，來表達「請對方允許我做…」，是一種「請求」的表現。後兩者在口氣上較為客氣。

① ・親は親戚からお金を借りて、私を留学させてくれた。

（父母向親戚借錢，讓我去留學。）

・父は私に一人で映画を観に行かせてくれない。

（爸爸不讓我獨自一人去看電影。）

・うちの会社は残業が少なく、用事がある日は早く帰らせてくれるので、いい会社です。

（我們公司很少加班，而且有事情的日子還會讓員工提早回去，是個好公司。）

・終電に乗り遅れた時、いつも泊まらせてくれる友達に感謝しています。

（我很感謝當我沒趕上末班電車時，總是讓我住在他家的朋友。）

進階複合表現：

「～させてくれる」＋「～たり、～たり　する」

・この会社は、どんな仕事でもやってみたいと言えば、新入社員でも挑戦させてくれたり、手伝わせてくれたりします。

（這間公司，無論什麼工作，只要你說你想做，就算你是新進員工，也會讓你挑戰，讓你幫忙做做看。）

② ・お願い、水を飲ませてくれよ。

（拜託，請讓我喝水。）

・すみませんが、今日は早めに帰らせてくれませんか。

（不好意思，今天可不可以讓我提早回家呢？）

・今回の仕事はぜひ、私にやらせてください。

（這次的工作，請務必讓我做。）

・その件については、少し考えさせてくれませんか。

（關於這件事，能不能稍微讓我考慮一下？）

📄 **排序練習：**

01. 中学の時、父は私 ＿＿＿ ＿＿＿ ＿＿＿ ＿＿＿ させてくれた。
     1. アメリカ　2. 留学　3. へ　4. を

02. 中村さんが作ったケーキを ＿＿＿ ＿＿＿ ＿＿＿ ＿＿＿ ください。
     1. させて　2. 一口　3. 私にも　4. 食べ

解 01.（4 1 3 2）02.（3 2 4 1）

68. ～（さ）せてもらう

接続：動詞ない形＋（さ）せてもらう／（さ）せていただく

活用：比照動詞「もらう／いただく」

翻訳：① 由我來…。讓我們…。② 我做了…。③ 能否請讓我…。

説明：① 使用非過去的「～させてもらう」或其謙讓形式「～させていただきます」，表示「說話者向對方表達自己欲做某事」。「～させていただきます」口氣上較為客氣。② 使用過去式的「～させてもらった」，則表示「自己已做了某事，且帶有說話者自己主動而為（沒有得到他人許可）」的語感。若使用其謙讓形式「～させていただきました」，則帶有「說話者深感榮幸」的語感。③ 若是使用其可能型的否定疑問「～させてもらえない？／させていただけませんか」，則為「請求」之意。語意與67項的「～させてくれる」的第②項用法相同，兩者可替換。

① ・出張のレポート、読ませてもらうよ。

（你出差的報告，我要拿來讀了喔。）

・本日は臨時休業させていただきます。

（今天我們臨時停業。）

・では、新郎の友人として、一言ご挨拶させていただきます。

（接下來，作為新郎的朋友，讓我在此說一句話。）

・申し訳ございませんが、締め切りは今週までとさせていただきます。

（不好意思，截止日我們規定只到這個星期為止。）

② ・出張のレポート、読ませてもらったよ。契約取れて良かったね。

（你出差的報告，我讀過了。恭喜你拿到了訂單。）

・先週はインフルエンザで、1週間ほど会社を休ませてもらった。

（上個禮拜因為流感，我向公司請了大概一星期的假。）

・先生がお書きになった論文を読ませていただきました。素晴らしかったです。

（老師您所寫的論文，我已經讀過了。很棒。）

・お土産でいただいた大福を食べさせていただきました。大変おいしかったです。

（您旅行帶回來給我的豆餡年糕，我吃了。非常好吃。）

③・明日<ruby>明日<rt>あした</rt></ruby>のパーティー<ruby>会場<rt>かいじょう</rt></ruby>を<ruby>見学<rt>けんがく</rt></ruby>させてもらえないかしら。

（明天的舞會會場能不能讓我參觀一下？）

・<ruby>次<rt>つぎ</rt></ruby>の<ruby>発表会<rt>はっぴょうかい</rt></ruby>では、<ruby>私<rt>わたし</rt></ruby>に<ruby>発表<rt>はっぴょう</rt></ruby>させてもらえませんか。

（下次的發表會能不能讓我發表呢？）

・<ruby>申<rt>もう</rt></ruby>し<ruby>訳<rt>わけ</rt></ruby>ございませんが、<ruby>今日<rt>きょう</rt></ruby>は<ruby>早<rt>はや</rt></ruby>めに<ruby>帰<rt>かえ</rt></ruby>らせていただけませんか。

（對不起，今天能否提早讓我回家呢？）

・<ruby>気分<rt>きぶん</rt></ruby>が<ruby>悪<rt>わる</rt></ruby>いので、この<ruby>部屋<rt>へや</rt></ruby>でちょっと<ruby>休<rt>やす</rt></ruby>ませていただけませんか。

（我有點不舒服，能不能讓我在這個房間稍歇一會兒？）

辨析：

第 67 項文法第②項用法「～させてくれ／くれないか／ください」，與第 68 項文法第③項用法「～（さ）せてもらえない／ていただけませんか」兩者意思接近。只不過「くれる」系列的主語為對方，語意偏向「希望對方能夠讓我…」，「由對方做允許」的語感較強。而「もらう」系列的主語為我方，語意則偏向「我希望對方能夠讓我…」，「由我去請求對方允許」的語感較強。此外，需注意「もらう」系列的一定要使用其可能形「～（さ）せてもらえませんか」、「～（さ）せていただけませんか」。日文中，沒有「～（さ）せてもらいませんか」、「～（さ）せていただきませんか」這兩種用法（參照第 63 項文法）。

排序練習：

01. 経済学の ＿＿＿ ＿＿＿ ＿＿＿ ＿＿＿ ませんか。
　　1. させて　2. ノートを　3. もらえ　4. コピー

02. 今日は約束がある ＿＿＿ ＿＿＿ ＿＿＿ ＿＿＿ いただきます。
　　1. これで　2. 失礼　3. ので　4. させて

12 単元小測験

1. 修学旅行に（　　）両親に感謝しています。
   1　行かせてくれた　　　　　　　　2　行かれてもらった
   3　行かせてもらった　　　　　　　4　行かれてくれた

2. 具合が悪いので、ちょっと休ませて（　　）。
   1　あげられる　　　2　もらえる　　　3　ください　　　4　くれられる

3. そんなに見たければ見せて（　　）よ。
   1　くる　　　　　　2　いく　　　　　3　やる　　　　　4　いる

4. 庭がとてもきれいなので、写真を撮らせて（　　）か。
   1　あげません　　　　　　　　　　2　やりません
   3　いただきません　　　　　　　　4　いただけません

5. 大雨のため、今日は臨時休業（　　）いただきます。
   1　されて　　　　　2　させて　　　　3　させられて　　　4　されらせて

6. 他に用がないなら、帰（　　）わよ。
   1　させてくれる　　2　らせてもらう　3　させてあげる　　4　らせてくれる

7. 死に _____ _____ ★_____ _____ よ。
   1　やる　　　　　　2　たければ　　　3　あの世へ　　　4　行かせて

8. 今度の _____ ★_____ _____ _____ ください。
   1　ぜひ　　　　　　2　やらせて　　　3　僕に　　　　　4　仕事は

9. 今度の _____ _____ ★_____ _____ ませんか。
   1　もらえ　　　　　2　やらせて　　　3　仕事は　　　　4　僕に

10. 先週貸して _____ _____ ★_____ _____ ました。面白かったです。
    1　本を　　　　　　2　読ませて　　　3　いただき　　　4　くれた

13

第 13 單元：條件、逆接 I

本單元學習「～と」、「～たら」、「～ば」以及「～なら」等四個條件句形式的用法。除了複習 N4 已學習過的部分外，也學習 N3 會考的其它用法，並交叉比對其異同。最後兩單元則是學習表逆接的「～ても」以及「～のに」。學習時，要特別留意各個句型的後句是否能夠接續意志表現。

69. 〜と

接続：動詞原形、ない形＋と／イ形容詞い＋と／ナ形容詞だ＋と
翻訳：① 一…就…。② 做了之後，繼續做…。③ 如果…就會…。
説明：① 表「條件」。使用於「只要前述事件一發生／只要做了前述的動作，後面一
　　　定就會跟著發生」，因此都不是單一性、一次性的事件，每次只要遇到這個狀
　　　況就會有這個結果。後句只可使用現在式（非過去）。② 表「繼起」。使用於
　　　「某人做了前述動作後，立即緊跟著做後述動作」。前後句的動作者是同一人，
　　　且為一次性的動作。後句會使用過去式。③ 表「警告」。用於警告聽話者「若
　　　做了 … 動作」就會有後述的後果。前後句動作者可為不同人。

① ・春になると、暖かくなります。
　（一到了春天，就會變暖和。）

　・今晩 10 時になると、月食が始まります。
　（今晚十點一到，月蝕就會開始。）

　・このつまみをまわすと、音が大きくなります。
　（轉這個旋鈕，聲音就會變大。）

　・あの交差点を右へ曲がると、左に銀行があります。
　（在那個十字路口往右轉，左邊就會有銀行。）

　・昼寝をするのは気持ちがいいが、夜寝られないと困るので、やめたほうがいいよ。
　（睡午覺很舒服，但晚上睡不著就麻煩了，最好還是不要。）

　・私は周りがうるさいと、勉強に集中できません。
　（我只要周遭太吵，就無法集中精神讀書。）

　・私は静かだと眠れないので、繁華街にある家に引っ越した。
　（我只要太安靜，就會睡不著，所以搬到了位於鬧區的房子。）

📎 辨析：

表「條件」的「～と」後句不能有「意志、命令、勧誘、許可、希望…」等表現。如果後句有「意志、命令、勧誘、許可、希望…」，必須要改用下一項文法：「たら」。

× 桜が咲くと、花見に行くつもりです。

○ 桜が咲いたら、花見に行くつもりです。（櫻花開了以後，我打算去賞花。）

× 食事ができると、呼んでください。

○ 食事ができたら、呼んでください。（飯做好了後，請叫我。）

② ・彼はメールを読み終えると、すぐに返事を書き始めた。
（他讀完電郵後，就立刻寫了回信。）

・彼女は父親の顔を見ると、わっと泣き出した。
（她一見到了父親的臉，就「哇」地哭了出來。）

・彼女は今朝起きると、すぐインスタにパジャマ姿の写真を載せた。
（她早上一起床，就馬上把自己穿睡衣的樣子 PO 上 IG。）

・うちに帰ると、すぐに電車に傘を忘れたことを思い出した。
（我回家以後就馬上想起了把傘忘在電車上。）

📎 辨析：

有別於第 ① 種表「條件」的用法，後句不能有意志表現，第 ② 種表「繼起」的用法，後句可以有意志表現。

③・動くな！動くと撃つぞ！

（別動，你動我就開槍！）

・それを食べると死んじゃうよ！

（你吃了那個就會死掉喔。）

・それ以上近づくと殺すわよ！

（你再過來我就殺了你！）

📄 排序練習：

01. 私は恋人 _____ _____ _____ _____ なってしまいます。
    1. ないと　2. 心配に　3. からの　4. 連絡が

02. 私は部屋に _____ _____ _____ _____ 電源を入れた。
    1. パソコンの　2. 入る　3. と　4. すぐ

13

解答 01.（3 4 1 2）02.（2 3 4 1）

70. 〜たら

接続：動詞た形＋たら／イ形容詞<del>い</del>＋かったら／ナ形容詞、名詞＋だったら
翻訳：① 假設…。② 一…就…。
説明：① 表「假設的條件句」。「假設的」，意指「不見得會發生的」。例如「我中
　　　樂透」之類的。此用法經常配合表達假設的副詞「もし」使用。其否定形式為「〜
　　　なかったら」。② 表「確定的條件句」。「確定的」，意指「一定會發生的」。
　　　例如「明天天亮」後，或者「今天下班」後…等等。此用法不可與表達假設的
　　　副詞「もし」使用。無論上述哪種用法，後句皆無文法限制（也就是可以有意志、
　　　命令、勧誘、許可、希望…等表現）。另外，表「確定的條件句」無否定形式。

① ・宝くじが当たったら、タワーマンションの最上階の部屋を買います。
　　（如果中了彩卷，我要買超高層住宅的頂樓房間。）

　　・明日、もし天気が良かったら出かけましょう。
　　（如果明天是好天氣，就一起出門吧。）

　　・娘と結婚してくれたら、１億円の謝礼を差し上げます。
　　（你如果跟我女兒結婚，我就給你一億元的謝禮。）

　　・もし生まれてくる子が男の子だったら、「いさむ」という名前を付けましょう。
　　（如果即將出生的孩子是個男孩的話，就取名為阿勇吧。）

　　・明日会社に来なかったらクビだ！
　　（你如果明天沒來公司，就把你開除！）

② ・10時になったら、出かけましょう。
　　（到了十點，我們就出門吧。）

　　・春になったら、花が咲きます。
　　（到了春天，花就會開。）

　　・空港に着いたら連絡して。すぐ迎えに行くから。
　　（到機場後聯絡我一下，我馬上去接你。）

　　・子供が大人になったら、どんな人になってほしいですか。
　　（小孩長大之後，你希望他變成怎樣的大人呢？）

📎 辨析：

「〜と」與「〜たら」

上一個文法項目的辨析，提及應該將「〜と」改成「〜たら」的兩句話，其實就是「〜たら」第 ② 種用法，表「確定的條件句」。

- 桜が咲いたら、花見に行くつもりです。

- 食事ができたら、呼んでください。

而在「〜たら」② 表「確定的條件」當中的第二個例句：「春になったら、花が咲きます」，亦可改寫為「春になると、花が咲きます」。因為這句話的後面「花が咲きます」是無意志的表現，因此亦可使用「〜と」，兩者意思無太大的差別。

但是第一個例句「10 時になったら出かけましょう」這句話卻不能改為「（×）10 時になると出かけましょう」。因為「出かけましょう」是有意志的表現。

進階複合表現：

「〜たら」＋「どう」（表提案）

- 顔色が悪いね。病院へ行ってみたらどう？
（你臉色不太好耶，要不要去醫院？）

📄 排序練習：

01. お金持ち ＿＿＿＿ ＿＿＿＿ ＿＿＿＿ ＿＿＿＿ する旅行に行きたい。
   1. 家族で　2. に　3. 世界を一周　4. なったら

02. スマホを ＿＿＿＿ ＿＿＿＿ ＿＿＿＿ ＿＿＿＿ してください。
   1. ツイッターを　2. 私の　3. フォロー　4. 買ったら

解答 01.（2 4 1 3）　02.（4 2 1 3）

71. ～ば

接続：動詞条件形＋ば／イ形容詞語幹＋ければ／名詞、ナ形容詞＋なら（ば）

翻訳：① 做了…就…。② …如果，就…。③ 既…又…。

説明：此句型會隨著前接的品詞不同，而有不同的意思與文法限制。① 前接動詞時，用來表達「為了要讓後述事項成立，前面的動作是必要條件」。例如例句一，意思就是「想要搞懂使用方法，讀說明書是必要的條件」。② 前接名詞、形容詞、狀態性動詞（ある、いる、できる…等），或者動詞否定形「～なければ」時，用來表達假設的條件句。意思與表假設條件的「～たら」類似。③ 表「並列」。以「Ａも～ば、Ｂも～」的型態，來表達兩個特徵、狀態都有。多使用形容詞與狀態性動詞。

① ・説明書を読めば、使い方がわかります。

（讀了說明書，你就知道怎麼用了。）

・おじいさんに聞けば、昔のことがわかります。

（你去問爺爺，就知道以前的事了。）

・本屋に置いていない本でも、ネットで探せば見つかると思いますよ。

（書店沒有的書，只要上網找應該就找得到喔。）

・彼はおとなしい性格なので、優しく接してあげればすぐに仲良くなれる
と思います。

（他個性溫順，你只要對他好，馬上就會變好朋友喔。）

📎 辨析：

「動詞＋ば」的後句，都是說話者想要它成立的。例如第一句的意思是，說話者想要「了解」使用方法，所以必須要讀說明書。如果後句並不是說話者希望達到的結果，則不太適合使用「～ば」。

？徹夜すれば、お肌の状態が悪くなりますよ。（熬夜，皮膚狀況會變差喔。）

如上例，說話者想表達並不是想要把皮膚狀況搞差，而是要給對方警告。因此這句話較適合改成「～と」或「たら」。

○ 徹夜すると／徹夜したら、お肌の状態が悪くなりますよ。（熬夜，皮膚狀況會變差喔。）

② ・機会があれば、月へ行ってみたいです。

（有機會的話，我想去月球看看。）

・明日、荷物が着かなければ連絡してください。

（如果明天行李沒有寄達，請聯絡我。）

・答えが正しければ、○を付けてください。

（如果答案正確的話，請畫上圈圈。）

・この方法がだめなら（ば）、あの方法でやりましょう。

（如果這個方法行不通，就用那個方法吧。）

・A：こちらの戸建てはいかがですか。

（A：這間透天如何呢？）

　B：値段は安いけど、駅からは遠いね。

（B：價格是很便宜啦，但離車站很遠耶。）

　A：高くても駅に近いほうがよければ、こちらのマンションはどうでしょうか。

（A：貴一點但離車站進一點比較好的話，那這間華廈大樓如何？）

・A：来週、東京に出張するんだけど、安いビジネスホテル、知らない？

（A：下星期我要去東京出差，你知道有哪間便宜的商務旅館嗎？）

　B：駅の近くでなくてもよければ、友人が経営している民泊はどう？

（B：如果不在車站附近也可以的話，要不要去我朋友開的民宿？）

辨析：

「動詞＋ば」的使用規則上繁複，它跟「～と」一樣，後句不可以有「意志、命令、勸誘、許可、希望…」等表現。但若前方為名詞、形容詞、狀態性動詞或者是所有動詞否定形，以及前後主語不同時，則沒有這個規則的制約（可以使用意志…等表現）。

1. **前方為形容詞時，後句則可使用意志表現：**
　例：安ければ、買いたいです。

2. **前方動詞為「狀態性」述語（ある、いる）時，後句亦可使用意志表現：**
　例：お金があれば、買いたいです。

3. **前句跟後句主語不同時，後句亦可使用意志表現：**
　例：あなたが行けば、私も行きたいです。

因此本書將前接一般動作動詞的用法歸類在用法①，前接名詞、形容詞、狀態性動詞以及動詞否定形的用法歸類在用法②。

③・彼は英語もできれば、日本語もできる。

（他既會英文，又會日文。）

・今は雪も降っていれば、風も吹いています。

（現在既下雪又刮大風。）

・彼女は頭も良ければ、スタイルもいいです。

（她頭腦又好，身材也棒。）

・俺は暇もなければ、金もない。

（我沒錢也沒閒。）

📄 排序練習：

01. 一生懸命 ＿＿＿ ＿＿＿ ＿＿＿ ＿＿＿ なるよ。
    1. 練習　2. うまく　3. きっと　4. すれば

02. この鞄は色も ＿＿＿ ＿＿＿ ＿＿＿ ＿＿＿ です。
    1. いい　2. きれい　3. ならば　4. デザインも

解答 01.（1432）02.（2341）

72. ～なら

接続：動詞／イ形容詞普通形＋なら　　名詞／ナ形容詞語幹＋なら
翻訳：① 的話…。② 主題。③ 假設，如果…。④ 如果是…的話，就…。
説明：① 承接對方所言或所見的樣態，進而陳述說話者自己的意見、請求或意志。故後句為有意志的表現，不可接自然變化。② 表「主題」。說話者將他人談論時所提及的事物（名詞）挑出來作為主題，繼續作敘述。前方僅可接續名詞。③表「假設的條件句」。也就是前句只是假設性的事情，不見得真的會發生。故可配合「もし」使用。④ 表「與事實相反的條件句」。前句一定是與事實相反的。常用在說話者對於「沒發生這件事情」，表達感嘆、可惜之情，因此常配合「のに」使用。（此用法可替換為「たら」。）

① ・A：ちょっとコンビニへ行ってくる。
　（A：我去一下便利商店就回來。）
　B：コンビニへ行くなら、ついでにたばこを買ってきて。
　（B：你要去便利商店的話，順便幫我買包香菸。）

・A：今の仕事、上司がうるさくて嫌になっちゃう。
　（A：現在這個工作，上司很囉唆，讓人覺得很煩。）
　B：そんなに嫌なら辞めたら。
　（B：如果那麼討厭的話，那就辭掉工作吧。）

・（子供が何もしていないのを見て）母：そんなに暇なら勉強しなさい。
　（看著什麼都不做的小孩）　　（母：你如果太閒的話就去讀書。）

② ・A：どこか和食のいい店、知らない？
　（A：你知道哪裡有好吃的和食店嗎？）
　B：寿司なら、本屋の隣が美味しいよ。
　（B：壽司的話，書店旁那家不錯喔。）

・A：誕生日のお祝いに、山田さんにネクタイをあげることにしない？
　（A：要不要送山田先生領帶，作為他的生日禮物？）
　B：そうね、ネクタイなら銀座にいいお店があるわよ。
　（B：好啊，領帶的話，銀座有一間不錯的店。）

・キャッシュレス決済なら、Paypayがお得です。
　（行動支付的話，Paypay比較划算。）

📎 辨析：

「なら」亦可放置於助詞後方使用，表「其他場合或許不是這樣，但如果是…的話，就可以」。
但沒有「がなら」、「をなら」的形式。

- あなたとなら、キスしてもいいよ。(如果是你的話，我可以跟你接吻。)

- 渡辺さんになら、安心して任せられる。(若是渡邊先生，可以安心交給他。)

- 駅前までなら、乗せてあげるよ。(我可以載你到車站前。)

- ちょっとだけなら、貸してあげてもいい。(一點點的話，我還可以借你。)

③・山田さんが来るなら、パーティーは盛り上がるだろう。（○ 来たら）
　(山田先生如果有來，派對應該會更加熱鬧吧。)

- 先生の家へ行くなら、前もって連絡したほうがいいよ。（✕ 行ったら）
(如果你要去老師家，最好事先聯絡。)

- 海外旅行へ行くなら、ビジネスクラスで行く。（✕ 行ったら）
(如果要出國去玩，我要搭商務艙去。)

- 海外旅行へ行くなら、お土産を買ってきてくださいね。（○ 行ったら）
(如果要出國去玩，記得買紀念品回來給我。)

📎 辨析：

「～たら」與「～なら」兩者皆有表假設條件的用法。兩者的不同，在於「A たら B」，時間上一定是 A 先發生，再發生 B。但「A なら B」，則有可能是 A 先發生、亦有可能是 B 先發生。例如第一句例句，順序上為「山田先生來」，之後「派對才會熱鬧」。因此這句話亦可改寫為「山田さんが来たら、パーティーは盛り上がるだろう」。但例句二，順序上則是「先聯絡」，之後才「去老師家」。因此這句就無法使用「たら」改寫。例句三與四，正好為「A 後 B 先」與「A 先 B 後」的對照組。

「～ため」＋「～なら」

・あなたのためなら、死んでもいい。

（為了你，我去死都可以。）

④・こんな時、山田さんがいたなら助けてくれたのに。（○いたら）

（這種時候，要是山田先生在的話，他就會救我了。）

・もう少しスピードを落としていたなら、
事故は起きなかっただろう。（○落としていたら）

（如果能夠再稍微放慢速度的話，事故就不會發生了吧。）

・私が彼なら、あんなことはしなかっただろう。（○彼だったら）

（如果我是他，應該不會做那種事。）

13

排序練習：

01. 大学院に ＿＿＿ ＿＿＿ ＿＿＿ ＿＿＿ 読みなさい。
　　1.この　2.なら　3.進む　4.本を

02. あなたに ＿＿＿ ＿＿＿ ＿＿＿ ＿＿＿ なかった。
　　1.ことも　2.なら　3.出会わなかった　4.こんなに苦しむ

解答 01.（3 2 1 4）　02.（3 2 4 1）

73. ～ても

接続：動詞て形＋ても／イ形容詞い＋くても／ナ形容詞、名詞＋でも
翻訳：① 即便…也…。② 就算不…也…。③ 無論…都…。④ 隨時都會…。
説明：表「逆接」。① 以「Aても、B」的形式來表達「一般而言，原本A成立，照
理說應該B也成立，但卻沒有」。例如例句一：一般而言，下雨天理應不會洗
衣服（因為無法曬乾），但說話者卻不這麼做，即便下雨了，仍然做洗衣服這
個動作。這樣的表現，就稱作「逆接／逆態表現」。② 其否定形式為「～なく
ても」。③ 若與表程度的副詞「どんなに」、「いくら」或疑問詞併用，以「ど
んなに／いくら／疑問詞～ても」的形式，則表達「即便前述的程度再高、再
大／無論前述條件如何，後述的結果事態都不會改變／都會成立」。若使用同
一動詞的肯定與否定，以「Aても、Aなくても」形式，則表達「即便前述事項
做或不做，後述的結果事態都不會改變／都會成立」。④ 另外，「いつ～ても
おかしくない」的形式為慣用表現，意思為「就目前的狀況下，隨時都有可能
發生（任何時機點發生都不奇怪）」。

① ・雨が降っても、洗濯します。
（即使下雨，也要洗衣服。）

・安くても、私はグループ旅行が嫌いです。
（再怎麼便宜，我也討厭團體旅行。）

・便利でも、スマホは使いません。
（再怎麼方便，我也不用智慧型手機。）

・日曜日でも、働かなければならない。
（就算是星期天，我也得工作。）

② ・それくらい言われなくてもわかるよ。
（那樣簡單的事，不用你講我也知道。）

・お母さんがせっかく作ってくれた料理なんだから、美味しくなくても全部食べろ！
（因為是媽媽專程做給你吃的料理，即便不好吃你也給我全部吃光！）

・この大学の学生でなくても、学生食堂に入れます。
（即便不是這間大學的學生，也是可以進學生食堂。）

③・どんなに頑張っても、給料が上がらない。

（無論怎麼努力，薪水都不會上升。）

・いくら給料が良くても、会社での人間関係が良くなければ仕事は長続きしません。

（薪水再怎麼好，只要在公司的人際關係不好，工作就很難持久。）

・誰が何と言っても、僕は彼女と結婚します。

（不管誰怎麼說，我就是要跟她結婚。）

・一度契約をしたら、使っても使わなくても、毎月課金され続ける仕組みのことを
「サブスクリプション制」と言います。

（一旦簽了約，無論你用不用，每個月都還是會持續被扣款，這就叫做「訂閱制」。）

進階複合表現：

「～てもらう」＋「～ても」

・どんなに優秀な先生に教えてもらっても、自分自身にやる気がなければ意味がない
と思う。

（無論請多優秀的老師來教，自己如果沒有心的話，一點意義都沒有。）

④・Ａ：空が暗いですね。

（Ａ：天色很暗耶。）
　Ｂ：そうですね。雨がいつ降ってもおかしくないですね。

（Ｂ：是啊，隨時都有可能會下雨。）

・Ａ：この決算書、やばくない？

（Ａ：這個決算書，有點糟糕耶。）
　Ｂ：そうね。このままだと会社がいつ倒産してもおかしくないね。

（Ｂ：是啊，再這樣下去，公司遲早會倒閉。）

・彼はいつ首相になってもおかしくない実力を持っている。

（他很有實力，哪一天當上了首相也不奇怪。）

13

01. 野球の試合は ＿＿＿＿ ＿＿＿＿ ＿＿＿＿ ＿＿＿＿ 行います。
　　1.通りに　　2.予定　　3.雨　　4.でも

02. 息子に何を ＿＿＿＿ ＿＿＿＿ ＿＿＿＿ ＿＿＿＿ ない。
　　1.感謝され　　2.ても　　3.やって　　4.あげ

解 01.（3421）　02.（3421）

74. 〜のに

接続：動詞、イ形容詞普通形＋のに／ナ形容詞、名詞＋だったのに / なのに

翻訳：明明就…卻…。

説明：與上一項文法「〜ても」相同，用於表達「逆接」表現。使用「A のに、B」的形式，來表達「一般而言，原本 A 成立，照理說應該 B 也成立，但卻沒有」。「のに」與「ても」的不同點在於，「ても」前方的敘述可以是「假設性的」（因此ても可與たとえ、もし…等表假設的副詞並用），而「のに」前方的敘述只能是「確定的、事實的」。「のに」前方可以是現在式、亦可以是過去式。另外，「のに」多半帶有說話者驚訝、不滿的語氣在。

・もうすぐ卒業するのに、就職先がまだ決まっていない。
（馬上就要畢業了，但卻還找不到工作。）

・約束をしたのに、彼女は来ませんでした。
（明明就約好了，但她卻沒來。）

・今日は暑いのに、彼はエアコンをつけないで勉強しています。
（今天明明就很熱，但他卻不開冷氣在讀書。）

・今日は日曜日なのに、働かなければなりません。
（今天明明是星期天，卻還是得工作。）

・今日は休日なのに、会社に行くんですか。
（今天明明是假日，你還要去公司啊？）

・つきあい始めた頃はいい雰囲気だったのに、彼が最近なんだか冷たい。
（剛開始交往的時候氣氛明明就不錯，但總覺得他最近很冷淡。）

進階複合表現：

「〜たばかり」＋「のに」

・妹は先月新しい洋服を買ったばかりなのに、もう別のがほしいと言っている。
（我妹上個月才剛買新的衣服，現在卻又說想要其他的了。）

辨析：

「～のに」後方不可接續說話者的命令、勸誘、許可、希望…等表現，但「～ても」無此限制。

○ 雨が降っても出かけましょう。（即便下雨，我們還是出門吧。）

× 雨が降るのに出かけましょう。

其他型態：

～のに。（文末表現）

・田村君、来なかったの？今日必ず来るって言ってたのに。

（田村君沒來嗎？他明明就說他今天會來。）

排序練習：

01. ここは ＿＿＿ ＿＿＿ ＿＿＿ ＿＿＿ どうしてあまり人が来ないの？
   1. きれい　2. のに　3. な　4. 景色が

02. このパソコンはそんなに ＿＿＿ ＿＿＿ ＿＿＿ ＿＿＿ 故障する。
   1. よく　2. ない　3. のに　4. 古く

解答 01.（4 1 3 2）　02.（4 2 3 1）

13 單元小測驗

1. 田村さんですか。田村さん（　　）教室にいるよ。
 　　1　ったら　　　　2　とは　　　　　3　なら　　　　　4　でも

2. さっきまでいい天気（　　）のに、急に雨が降り始めた。
 　　1　だった　　　　2　かった　　　　3　だ　　　　　　4　な

3. ボーナスが（　　）、テレビを買い換えよう。
 　　1　出ると　　　　2　出たと　　　　3　出たら　　　　4　出れば

4. この町にはデパートも（　　）、映画館もあって便利です。
 　　1　あると　　　　2　あったら　　　3　あるなら　　　4　あれば

5. この観光スポットはお金を（　　）入れますよ。
 　　1　払っても　　　2　払わなくても　3　払わないと　　4　払わないでも

6. 彼は彼女からのラブレターを（　　）、ゴミ箱に投げ捨てた。
 　　1　読み終えると　2　読み終えるなら　3　読み終えれば　4　読み終えても

7. 就職する ＿＿＿＿ ＿★＿ ＿＿＿＿ ＿＿＿＿ 思いますよ。
 　　1　会社が　　　　2　いいと　　　　3　大きな　　　　4　なら

8. 彼は私と ＿＿＿＿ ＿★＿ ＿＿＿＿ ＿＿＿＿ 密かに連絡を取っているようです。
 　　1　女性と　　　　2　付き合って　　3　他の　　　　　4　いるのに

9. これは ＿＿＿＿ ＿＿＿＿ ＿★＿ ＿＿＿＿ だから、心配しないで。
 　　1　仕事　　　　　2　できる　　　　3　なくても　　　4　経験が

10. 結婚したら ＿＿＿＿ ＿＿＿＿ ＿★＿ ＿＿＿＿ どうですか。
 　　1　行けなくなるから　　　　　　　2　行ってみたら
 　　3　今のうちに　　　　　　　　　　4　留学に行きたくても

14

第 14 單元：條件、逆接 II

延續上一單元，本單元學習條件句「～と」、「～たら」、「～ば」以及「～なら」等形式的進階用法。學習時需要注意一下後句的種類及語意。

75. ～たら～た

接続：動詞た形＋たら

翻訳：…之後，結果 (發生了)。

説明：表「前述事項結束之後，就發生或發現了後述事項的結果（後句都必須是無意志表現）」。後句都是說話者原本沒有預期到或未知的事物，是因為前面這件事，而重新認知、發現到了後句的結果，因此後件多半帶有點說話者的驚訝之情。

・携帯の電源を入れたら、メールが 10 通も来ていた。

（打開手機的電源，發現傳來了 10 封簡訊。）

・昼ご飯を食べたら、急に眠くなった。

（吃完午餐後，突然睏了起來。）

・冷蔵庫の中をのぞいたら、何も入っていなかった。

（往冰箱裡一看，才發現原來裡面什麼都沒有。）

・シャワーを浴びたら、元気になった。

（淋了浴後，就變得有精神了。）

・デパートへ行ったら、今日は休みだったということがわかった。

（去到了百貨公司，才知道原來今天沒有營業。）

・昨日の夜、高校時代にずっと同じクラスだった友人と、無料通話アプリを使って話していたら、いつの間にか夜が明けていて驚いた。

（昨天晚上，跟高中時代一直同班的朋友用免費通話 APP 聊天，結果講著講著天就亮了，嚇了一跳。）

～と～た

・彼女が車の事故で入院したと聞き、慌てて病院へ行ってみると、思っていたよりも
　元気で安心した。

（聽到女朋友發生車禍住院了，我急忙趕去醫院看，結果她比想像中的還要有精神，這
　就讓我放心了。）

辨析：

此文法與第 70 項文法不同的是，第 70 項所學習的「假設條件」與「確定條件」說話時都尚
未發生，因此後句的時制都為非過去。而此處的「～たら～た」則為「事實條件」，描述過去
已發生的一件事情之先後順序，因此後句的時制為過去式。

排序練習：

01. 山田さんにもらった ＿＿＿ ＿＿＿ ＿＿＿ ＿＿＿ なりました。
　　　1. すっかり　2. 元気に　3. 飲んだら　4. 薬を

02. 事務室に ＿＿＿ ＿＿＿ ＿＿＿ ＿＿＿ ことに気がついた。
　　　1. 入る　2. と　3. いない　4. 誰も

解 01.（4312）02.（1243）

76. ～だったら／でしたら

接続：名詞修飾形＋のだったら／名詞、ナ形容詞＋な＋のだったら
翻訳：如果是那樣的話…。
説明：用於「承接對方講過的話，進而表達自己的態度跟意見」。若直接置於句首，
　　　則使用「だったら／でしたら」的型態。若前面接續其他品詞，則使用「～の（
　　　ん）だったら／～の（ん）でしたら」的型態。語意接近「それなら」「それ
　　　では」。

・Ａ：この仕事は、私一人ではできないと思います。
（Ａ：我覺得這個工作我沒有辦法一個人完成。）
　Ｂ：でしたら、鈴木さんにもお願いしてはどうでしょう。
（Ｂ：如果是這樣的話，不然也請鈴木先生來幫你如何。）

・Ａ：どうしてもうまくできなんだ。
（Ａ：我怎麼也做不好。）
　Ｂ：だったら私がやるよ。
（Ｂ：那我來做吧。）

・あなたが行かないんだったら、私も行かないよ。
（如果你不去的話，那我也不去喔。）

・飲みに行くのでしたら、誘ってください。
（你如果要去喝一杯的話，記得約我喔。）

・そんなに嫌いなんだったら、無理に読まなくてもいいよ。
（如果你那麼不喜歡，那就不要勉強去讀了。）

14

01. 病気 ＿＿＿ ＿＿＿ ＿＿＿ ＿＿＿ 遊んでは駄目よ。
   1. ん　2. な　3. 外で　4. だったら

02. パソコンを買うん ＿＿＿ ＿＿＿ ＿＿＿ ＿＿＿ ほうが安くなるかも
   しれませんよ。
   1. 待った　2. 少し　3. だったら　4. もう

77.～たら／ば～（のに）

接続：比照「たら（た形）、ば（条件形）」

翻訳：① 如果…就…。② 要是…的話，就（能）…。

説明：表「與事實相反的條件句」（也就是前述事項都沒發生、都不是事實）。用法有：
① 說話者「慶幸」前述事項並未發生。此用法不可使用「のに」（因為是慶幸的語氣）。② 說話者因為前述事項無法實現或與現狀不符，而感到「遺憾」。此時多半會搭配著「のに」使用（因為是遺憾的語氣）。此用法與第 72 項文法「～なら」第④ 個用法的意思相同。

① ・もし昨日のパーティーに田中のヤツが来ていたら、思う存分楽しめなかった。
（如果昨天的派對田中那傢伙有來的話，我們就無法玩得很盡興了。）

・もう２センチ背が低ければ、選手になれなかった。
（如果我再矮個兩公分，就當不了選手了。）

・あの飛行機に乗っていたら事故に遭っていた。
（若是搭上了那班飛機，就遇到空難了。）

② ・お金があれば買えたのに。
（如果有錢就買得起了。）

・今度の試合、鈴木さんが参加してくれたら勝てたのに。
（這次的比賽如果鈴木有參加的話，就會贏了。）

・もっと前からダイエットしていれば、今日ウエディングドレスが着られたのに。
（如果我提早開始瘦身的話，今天就可以穿得下婚紗了。）

辨析：

第 70 項文法「～たら」與第 71 項文法「～ば」的條件句皆為尚未發生，是講述未來的事情，因此後句使用非過去。而這裡的「～たら／ば～のに」則是已發生，是在講述過去的事，因此後句必須使用過去式。

01. 昨日 ＿＿＿ ＿＿＿ ＿＿＿ ＿＿＿ 美術館に入ることができなかった。
　　 1. 買わなかった　2. 今日　3. チケットを　4. ら

02. 今日の授業が ＿＿＿ ＿＿＿ ＿＿＿ ＿＿＿ 見に行ったのに。
　　 1. 休講だと　2. いたら　3. 知って　4. 映画を

解 01. (3 1 4 2)　02. (1 3 2 4)

78. 〜のでは（んじゃ）

接続：名詞修飾形／名詞な＋のでは／んじゃ

翻訳：如果是…(這種情況)的話，就(不太好)…。

説明：說話者根據目前聽到的狀況，表示「在這樣的狀況之下，事情可能不樂觀」。
後面多是說話者抱持著否定的態度的字眼。如：「困る」、「大変」之類的。
口語時經常以「〜んじゃ」的形式替代。

・そんなに子供のことが心配なのでは、どこにも旅行に行けないよ。

（如果你這麼樣地擔心小孩的話，哪兒都不用去玩了。）

・こんなに寒いのでは、今日のハイキングは大変だろうなぁ。

（像這麼冷的話，今天健行應該會很艱難。）

・動詞の活用もできないんじゃ、N3 の試験は無理だろう。

（如果連動詞變化都不會的話，那 N3 應該是考不過吧。）

・1 年に 300 万円もかかるんじゃ、とても留学には行けないね。

（如果一年要花到三百萬日元，那留學真的是去不成了。）

排序練習：

01. まだ自分で ＿＿＿ ＿＿＿ ＿＿＿ ＿＿＿ 行けないよ。
　　1. 料理が　2. のでは　3. お嫁に　4. 作れない

02. 毎日 3 時間もかけて通勤している ＿＿＿ ＿＿＿ ＿＿＿ ＿＿＿ も
　　足りないよ。
　　1. いくつ　2. あって　3. 体が　4. のでは

解 01.（1 4 2 3）02.（4 3 1 2）

14

193

79. ～たら／と／ばいい

接続：比照「たら（た形）、と（普通形）、ば（条件形）」
翻訳：① 建議你，應該…會比較好。② 如果…就好了。要是…該有多好。
説明：主要有兩種用法：① 表「建議」。建議對方做某事，以得到好的結果。若使用
　　　「～たら／ばいいですか」等疑問句的形式，則用來表達「說話者向對方尋求
　　　建議」。② 表「希望」。說話者表達自己的願望，常常用於現狀與願望不符或
　　　者願望難以實現的狀況，因此句尾有時會伴隨著「のに」、「が」等詞語。

① ・疲れているようだね。午後は客が少ないから、休んだらいいよ。
　　（你好像累了，下午客人很少，你去休息吧。）

　・眠れない時はホットミルクを飲むといいですよ。
　　（睡不著的時候，建議你去喝杯熱牛奶喔。）

　・寝たければ寝ればいい。
　　（想睡的話，就去睡。）

　・新しいコピー機の使い方がよくわからないのですが、誰に聞けばいいですか。
　　（我不太會用新的影印機耶，我應該去問誰呢？）

② ・明日、利香ちゃんに会えたらいいなぁ。
　　（如果明天可以見到利香小姐就好了。）

　・家がもっと広いといいのになぁ。
　　（如果我家能夠再大一點就好了。）

　・明日の運動会、雨が降らなければいいですね。
　　（明天運動會，希望別下雨阿。）

　・もう少し時間があればいいのに。
　　（如果有更充裕的時間就好了。）

01. テレビ局を見学したい _____ _____ _____ _____ いいですか。
　　1. ですが　2. 申し込んだら　3. どこに　4. の

02. 学校の _____ _____ _____ _____ のに。
　　1. もっと　2. いい　3. 運動場が　4. 広ければ

解答 01. (4 1 3 2)　02. (3 1 4 2)

14 單元小測驗

1. ご飯を（　　）たら急に眠くなった。
　　1　食べる　　　　2　食べて　　　　3　食べた　　　　4　食べ

2. アメリカへ（　　）だったら、秋のほうがいいですよ。
　　1　行ったん　　　2　行くん　　　　3　行かなかっ　　4　行き

3. あの時、山田さんが助けてくれ（　　）、大変なことになっていた。
　　1　たら　　　　　2　れば　　　　　3　なかったら　　4　ないで

4. あの時、部長の言うことを聞いて（　　）、今ごろは昇進できたのに。
　　1　いれば　　　　2　いて　　　　　3　いても　　　　4　いなくて

5. 一日も早く病気が治る（　　）ですね。
　　1　たらいい　　　2　ばいい　　　　3　といい　　　　4　てもいい

6. まだ日本語で作文が（　　）、日本の大学に入るのは無理だろう。
　　1　書けても　　　2　書けないんじゃ　3　書けたら　　　4　書けると

7. 眠い ＿＿＿ ＿＿＿ ★ ＿＿＿ ですよ。
　　1　いい　　　　　2　飲むと　　　　3　時は　　　　　4　コーヒーを

8. 30年前の ＿＿＿ ＿＿＿ ★ ＿＿＿ 、おいしかった。
　　1　飲んで　　　　2　ワインを　　　3　みたら　　　　4　古い

9. どうしても ＿＿＿ ＿＿＿ ★ ＿＿＿ 言っておいてあげる。
　　1　彼に　　　　　2　だったら　　　3　言えないの　　4　私から

10. あの時、先生が ＿＿＿ ＿＿＿ ★ ＿＿＿ いたら今ごろ出世
　　できたのに。
　　1　紹介して　　　2　読んで　　　　3　くれた　　　　4　本を

15

第 15 單元：接續表現

本單元學習 N3 常見的幾個接續表現。第 80 項文法「〜間（に）」，要注意有無助詞「に」，會影響後面接續的句子種類。第 81 項文法「〜うちに」，則是要注意後句是意志表現還是非意志表現，會影響整句話的意思。最後一項文法「〜ために」，則是隨著前接的詞彙不同，則會有不同的用法。

80. ～間（あいだ）（に）

接続：名詞修飾形＋間に
翻訳：在…的期間內。
説明：此句型用於表達「在一段期間內所發生的事情、或所做的動作」。① 若「間」
的後方加上了「に」，以「～間に」的形式，則後接的動作必須為「一次性」、
或「瞬間性」的。表「在那段期間內，做了某事 / 發生了某事」。② 若「間」
的後方沒有「に」，僅以「～間」（或「～間は」）的形式，則後接的動作必
須是「持續性」、或「多次反復性」的動作或狀態。表「在那段期間內，一直
持續著某個狀態」。

① ・私が出かけている間に、友達が来ました。
（在我出門的期間內，朋友來訪了。）

・私が出かけている間に、妹は宿題をした。
（在我出門的期間內，妹妹做了功課。）

・山田さんは夏休みの間に、引っ越してきました。
（山田先生在暑假的時候，搬來了。）

・母がテレビを見ている間に、誰かが来た。
（媽媽在看電視的時候，有人來了。）

② ・私が出かけている間、彼女はずっと部屋で寝ていた。
（在我出門的期間內，女朋友一直在房間裡睡覺。）

・母が出張している間、父は毎日食事を作ってくれました。
（爸爸在媽媽出差的期間，每天做飯給我吃。）

・山田さんは夏休みの間、ずっとニューヨークにいました。
（山田先生在暑假的期間，一直待在紐約。）

・鈴木さんは会議の間、ずっと携帯のゲームで遊んでいた。
（鈴木在會議的期間，一直在玩手機遊戲。）

🔖 辨析：

本項文法「間（に）」與第 05 項文法「まで（に）」一樣，有沒有加「に」，都會影響後面接續的句子。「間に」與「までに」，後方都是接續「一次性、瞬間性」的動作。前者為「某段期間內，發生了後述一次性的動作」；後者為「某個時間到來前，做某一次性的動作（期限）」。至於「間」與「まで」（沒有に），後方都是接續「持續性」的動作。前者為「某段期間內，某動作一直持續著」；後者為「某個時間到來之前，某動作一直持續著」。

📄 排序練習：

01. おなかを ＿＿＿ ＿＿＿ ＿＿＿ ＿＿＿ トイレへ行った。
　　1. 間に　2. 授業の　3. ので　4. 壊した

02. 夏休みの ＿＿＿ ＿＿＿ ＿＿＿ ＿＿＿ 勉強していた。
　　1. ずっと　2. 間　3. 図書館で　4. 彼は

15

解答 01.（4 3 2 1）02.（2 4 3 1）

81. ～うちに

接続：名詞修飾形＋うちに

翻訳：① 趁著…的時候，做某事。② 在…的過程中，即發生了。

説明：① 後接「意志性動詞」，表「在前接動詞或名詞的狀況還持續之下，說話者要做某事（意志性動作）」。中文翻譯成「趁著…的狀況還維持時，去做某事」。
② 後接「無意志動詞」，表「在前接動詞或名詞的狀況還持續之下，發生的一件沒有預想到的、並改變了狀況的事情（無意志動作）」。中文翻譯成「在…的過程中，發生了」。

① ・授業で習ったことを、忘れないうちに復習したほうがいいです。

（在課堂上所學到的東西，最好趁著還沒忘記時，就複習會比較好喔。）

・妹がロンドンに留学しているうちに、一度遊びに行ってみたい。

（想趁著妹妹還在倫敦留學的時候，去玩一次。）

・さあ、どうぞ。冷めないうちに召し上がってください。

（來，請吧。趁著還沒冷，盡快享用。）

・両親が元気なうちに、親孝行しないと後悔するよ。

（不趁著雙親還健在時好好孝順父母的話，會後悔喔。）

・若いうちに起業しておけば良かったのに。

（如果當初有趁年輕時創業，就好了。）

・学生のうちに遊んでおかないと、社会人になったら遊べなくなる。

（如果不趁著學生時代好好玩一玩的話，開始上班後就不能玩了。）

② ・小林君は本を読んでいるうちに眠ってしまいました。

（小林君書讀著讀著，就睡著了。）

・去年買ったワンピースは、一度も着ないうちに太ってしまって着られなくなった。

（去年買的連身長裙，一次也還沒穿就發胖穿不下去了。）

・彼女は恥ずかしがり屋で、スピーチをしているうちに顔が真っ赤になった。

（她是很害羞的人，演講說著說著，臉就變紅了。）

・授業は、始めは難しくてわからなかったが、聞いているうちにだんだん
わかってきた。

（上課一開始很難，聽不懂。但聽著聽著，就漸漸明瞭了。）

・受験勉強はつらいですが、勉強を続けるうちに色々なことがわかるようになって、
楽しさを感じるようになりました 。

（升學考試很辛苦，但書讀著讀著，就懂了許多東西，也讓我感到了讀書的喜悅。）

📄 排序練習：

01. 雨が ＿＿＿＿ ＿＿＿＿ ＿＿＿＿ ＿＿＿＿ ましょう。
　　1. 帰り　2. うちに　3. 降らない　4. 家へ

02. テレビを ＿＿＿＿ ＿＿＿＿ ＿＿＿＿ ＿＿＿＿ 暮れてしまった。
　　1. うちに　2. 見て　3. 日が　4. いる

解答 01.（3 2 4 1）02.（2 4 1 3）

82. ～ついでに

接続：動詞普通形／名詞の＋ついでに

翻訳：順便…。

説明：① 以「Aついでに、B」的形式，表達「利用做 A 這件事的機會，順便做 B」。
A 若為名詞，則多為動作性名詞。② 同樣語意之下，它亦可做接續詞使用。

① ・夏休みに帰国したついでに、進学に必要な書類を準備してきた。

（我暑假回國，順便準備了升學時所需要的文件。）

・ロンドンの国際セミナーに出席するついでに、イギリスの友人を訪ねよう。

（我去倫敦出席研討會時，順便拜訪英國的朋友。）

・買い物のついでに、郵便局へ行ってきた。

（買東西，順道去了郵局。）

・散歩のついでに、今月号の雑誌を買ってきてもらえますか。

（你去散步時，可不可以順道幫我買本這個月的雜誌？）

② ・スーパーへ買い物に行った。ついでに、近くの本屋に寄ってみた。

（我去超市買東西，順道去了附近的書局。）

・コンビニへ行くのなら、ついでに、コーヒーを買ってきて。

（如果你要去便利商店，順便幫我買咖啡。）

📄 排序練習：

01. 散歩 ＿＿＿ ＿＿＿ ＿＿＿ ＿＿＿ 野菜を買ってきた。

　　　1. する　2. 八百屋で　3. 駅前の　4. ついでに

02. 母は駅まで ＿＿＿ ＿＿＿ ＿＿＿ ＿＿＿ 晩ご飯を買ってきた。

　　　1. いった　2. 送って　3. ついでに　4. 客を

解 01.（4 3 2）02.（4 2 1 3）

83. 〜たびに

接続：動詞原形／名詞の＋たびに

翻訳：每當…都…。

説明：漢字寫成「度に」。以「Aたびに、B」的形式，表達「每次只要A發生／或做A這件事情，就一定會變成B的狀況／發生B這件事情」。B的部分不可以有說話者的請求、命令等表現。

・このアルバムを見るたびに、故郷にいる両親のことを思い出す。
（每當看了這個相簿，我就會想起故郷的雙親。）

・おばさんに会う度に、必ず「いつ結婚するの」と聞かれる。
（每次跟阿姨見面，都一定會被問到說「什麼時候要結婚」。）

・おじさんは外国へ行くたびに、珍しいお土産を買ってくる。
（叔叔每次去國外，都會買珍貴的紀念品給我。）

・テストの度に、もっと勉強しておけば良かったと後悔する。
（每次考試，我都會後悔說，早知道當初就好好讀書。）

📄 排序練習：

01. 井嶋さんは ＿＿＿ ＿＿＿ ＿＿＿ ＿＿＿ 買ってきてくれる。
　　　1. 旅行に　2. 行く　3. お土産を　4. たびに

02. この曲はすごく ＿＿＿ ＿＿＿ ＿＿＿ ＿＿＿ 出てきます。
　　　1. 涙が　2. 良くて　3. たびに　4. 聴く

解 01.（1243）02.（2431）

15

203

84. ～たまま／のまま

接続：動詞た形／イ形容詞い／名詞の／ない＋まま
活用：ままだ。
　　　まま（で）、
　　　ままの＋名詞
翻訳：① 保持…的狀態。② 在…的狀態之下做…。
説明：以「Ａまま、Ｂ」的形式，表 ①「Ａ狀態一直持續，未改變」。或表 ②「在保持著Ａ的狀態之下，做Ｂ」。Ａ與Ｂ的主語，必須為同一人。

① ・うちの子は遊びに行ったまま、まだ帰ってこない。
　　（我家那孩子出去玩，到現在還沒回來。）

　　・年を取っても、美しいままでいたい。
　　（就算老了，也想一直維持著美貌。）

　　・彼とは連絡がないまま、１か月経ちました。
　　（跟他一直沒連絡，就這樣過了一個月。）

　　・久しぶりに実家に帰ったが、私の部屋は昔のままだった。
　　（很久沒回娘家／老家了。我的房間還是跟以前一樣沒變。）

② ・昨日は窓を開けたまま寝てしまったせいで、風邪を引いてしまいました。
　　（昨天開著窗，就這麼睡著了，因此感冒了。）

　　・今日は暑いので、ペットのためにエアコンを消さないまま出かけた。
　　（因為今天很熱，為了寵物，我沒關冷氣就出門了。）

　　・この野菜は生のままで食べたほうが美味しいよ。
　　（這個蔬菜要生吃才好吃喔。）

　　・学生服のままでパチンコに行ったら、お巡りさんに叱られた。
　　（穿著學生制服就去了小鋼珠店，結果被警察罵了。）

排序練習：

01. 彼女は _____ _____ _____ _____ 出かけた。
　　　1. パジャマ姿　　2. ままで　　3. の　　4. 町へ

02. 私の _____ _____ _____ _____ 残されている。
　　　1. 故郷は　　2. ままの　　3. 町並みが　　4. 昔の

解 01.（1 3 2 4）　02.（1 4 2 3）

85. ～ため（に）

接続：名詞修飾形＋ため（に）
活用：ためだ。
　　　ため（に）、
　　　ための＋名詞
翻訳：① ② 為了。③ 因為。
説明：此句型會因為前接的詞彙語意以及動詞時制的不同，意思也不同。總共有三種
用法：① 表「目的」。前接「動詞原形」或「動作性名詞」，表「為了達到某目的，
　　　而做了後述事項」。後述事項多為意志性的動作。② 表「利益」。前接表「機
　　　關團體」或「某人」的詞彙，表「為了此人 / 此團體的利益」。後述事項多為
　　　意志性的動作。③ 表「原因」。前接「動詞た形」或「名詞、形容詞」，表「造
　　　成後述事項結果的原因」。後述事項多為非意志性的動作。此外，有沒有加上
　　　「に」，意思差別不大。

① ・日本の大学に入るために、日本語を勉強しています。

　（為了進入日本的大學，我現在正在學習日文。）

・部長は会議に出るため、わざわざオーストラリアまで飛んでいった。

　（部長為了出席會議，特地飛去澳洲。）

・お互いの理解のために、パーティーが開かれた。

　（為了相互理解，舉辦了派對。）

② ・家族のために、一生懸命働きます。

　（為了家人，我努力地工作。）

・結婚する二人のためのパーティーが開かれた。

　（為了慶祝即將結婚的兩人，舉行了一個派對。）

・会社のために、家族を犠牲にしてまで働く必要はない。

　（沒必要為了公司，工作到犧牲家庭這種地步了。）

・山田さんは犬のために、庭付きの一戸建てを購入した。

　（山田先生為了他的小狗，買了有庭院的獨棟別墅。）

③・父はたばこを吸いすぎたために、病気になってしまいました。

（爸爸因為抽菸抽太多，所以生病了。）

・私が住んでいるアパートは、大きい通りに近いためうるさいです。

（我住的公寓因為離大馬路很近，所以很吵。）

・工事現場は危険なために、入ることは許されていません。

（因為施工現場很危險，所以不允許進入。）

・長く続いた内戦のため、大勢の人が死にました。

（因為內戰持續很久，死了很多人。）

進階複合表現：

「〜のは〜だ」＋「〜ため」

・野菜が枯れてしまったのは、気温が低すぎたためだと思う。

（蔬菜之所以會枯萎，我想是因為氣溫太低的緣故。）

15

排序練習：

01. 事故 ＿＿＿ ＿＿＿ ＿＿＿ ＿＿＿ しまった。
 1. の　2. 電車が　3. 遅れて　4. ために

02. 雨が降った ＿＿＿ ＿＿＿ ＿＿＿ ＿＿＿ 数が少なかった。
 1. 来る　2. 店に　3. 客の　4. ために

15 　單元小測驗

1. 彼が出かけている（　　　）、私はずっと手紙を書いていた。
   　　1　間　　　　　　　　2　間に　　　　　　　3　うちに　　　　　　4　までに

2. 彼が出かけている（　　　）、パーティーの準備をしておこう。
   　　1　間　　　　　　　　2　間に　　　　　　　3　まで　　　　　　　4　までに

3. 忘れない（　　　）、メモをとっておきます。
   　　1　間　　　　　　　　2　間に　　　　　　　3　うちに　　　　　　4　までに

4. 報告書は今週の金曜日（　　　）提出してください。
   　　1　間　　　　　　　　2　のうちに　　　　　3　まで　　　　　　　4　までに

5. 大学の会議に出席する（　　　）、お世話になった先生に会いに行った。
   　　1　ついでに　　　　　2　までに　　　　　　3　たびに　　　　　　4　ままに

6. タピオカミルクティーは今まであまり飲まれていなかった（　　　）、
   注目されなかった。
   　　1　うちに　　　　　　2　ように　　　　　　3　ために　　　　　　4　たびに

7. 若い ＿＿＿ ＿＿＿ ＿★＿ ＿＿＿ とったら後悔するぞ。
   　　1　おかないと　　　　2　勉強して　　　　　3　年を　　　　　　　4　うちに

8. 学生の時 ＿＿＿ ＿＿＿ ＿★＿ ＿＿＿ 英語に苦労しています。
   　　1　勉強しなかった　　2　今　　　　　　　　3　英語を　　　　　　4　ため

9. ポケットに ＿＿＿ ＿＿＿ ＿★＿ ＿＿＿ 洗濯してしまった。
   　　1　入れた　　　　　　2　まま　　　　　　　3　シャツを　　　　　4　千円札を

10. 電車に ＿＿＿ ＿＿＿ ＿★＿ ＿＿＿ メールが来た。
   　　1　いる　　　　　　　2　友達から　　　　　3　間に　　　　　　　4　乗って

16

第 16 單元：文末表現

86. 〜だろう／でしょう
87. 〜だろうか／でしょうか
88. 〜ではないか
89. 〜（よ）うとする
90. 〜のだ／んです

本單元彙整了 N3 常見的文末（句尾）表現。第 86 項文法「〜だろう／でしょう」會隨著語尾的語調上揚或下降，會有不同的意思。第 88 項文法「〜ではないか」雖然都是下降語調，但會隨著口氣的不同，會有不同的解釋。因此這兩項特別容易在聽力考試中出現。第 90 項的「〜んです（のだ）」的用法極多，本文中將會詳細舉例說明各種語境，各代表著什麼含意。

86. ～だろう／でしょう

接続：普通形＋だろう／でしょう　　ナ形容詞だ、名詞だ＋でしょう

翻訳：① …對吧。② 可能…吧。③ 實在是很…啊。非常…。

説明：「だろう」為常體；「でしょう」為敬體。主要用法有三：① 表「確認」。伴隨著語尾語調上揚。用於「尋求聽話者的同意及確認」。此種用法常常會省略成「でしょ」、「だろ」。口語會話時，無論男女性，使用「でしょう／でしょ」較為妥當，因為「だろう／だろ」在語感上比較高壓，故多為男性對自己較親密的家人或部屬使用。前方欲確認的事項可以是未發生、也可以是已發生，故前方的句子可以是現在式、亦可以是過去式。但當「だろう」前接過去式時，可省略「だ」。例如：「言っただろう→言ったろう」（我就說吧！）「寒かっただろう→寒かったろう」（很冷，對吧！）。② 表「推測」。伴隨著語尾語調下降。用於表示「對過去或未來無法確切斷定的事做推測」。也由於是推測的語氣，因此也經常與表推測的副詞「たぶん」（大概）、「きっと」（一定）一起使用。③ 表「感動」。用於「說話者強調自己心情很感動、很激動」時。語意為「實在是很…啊」。此用法經常與副詞「なんと」（怎麼那麼…）、「なんて」（多麼地…）等一起使用。

① ・ねぇ、この服、自分で作ったの。素敵でしょう。

　（告訴你喔，這件衣服是我自己做的。很漂亮吧！）

・その携帯、高かったでしょう。

　（你那隻手機，很貴對吧。）

・明日、パーティがあるでしょう。あなたも参加する？

　（明天有舞會對吧。你要出席嗎？）

・子：父さん、ホッチキスある？

　（子：爸，有釘書機嗎？）

　父：ほら、あそこにあるだろう。

　（父：有阿，在那裏對吧。）

・だから言ったろう。課長にあんなことを言うなって。

（我就跟你說吧。叫你別跟課長講那種事。）

② ・大阪では、たぶん今はもう桜が咲いているだろう。

（大阪現在大概櫻花應該開了吧。）

・この程度の論文なら、高校生にも書けるだろう。

（這種水準的論文，連高中生都寫得出來吧。）

・今の経営状態から見ると、今年の社員旅行はきっと無理でしょう。

（從現在的經營情況來看，今年應該沒辦法去員工旅行了吧。）

・これからも、日本に来る留学生が増えていくでしょう。

（從今以後，來日本的留學生應該會增加吧。）

進階複合表現：

「～だろう（推測）」＋「と思う」

・午後は社長が来るだろうと思うので、仕事をさぼらないほうがいいよ。

（我想下午社長應該會來，所以你最好別偷懶。）

「～だろう（推測）」＋「名詞」

・私は将来、夫となるだろう人と地元で暮らしたいです。

（我將來想跟可能會當我老公的人，在老家當地生活。）

辨析：

關於上述的進階複合表現，引用節「～と思う」前方只能接續常體句，因此上述例句不可改為「社長が来るでしょうと思う」。此外，「だろう」的後方可接續名詞，但「でしょう」不行，因此上述例句亦不可改為「夫となるでしょう人」。

③ ・わぁ、なんてきれいな夕日だろう。この世の物とは思えない程だ。

（哇，怎麼會有這麼漂亮的夕陽阿！漂亮到讓人家覺得這不是這世上的東西。）

・なんて、かわいい子でしょう。

（這孩子，怎麼這麼可愛啊！）

進階複合表現：

這裡學到的「～だろう」的三種用法，經常會與「～のだ（んです）」的句型一起使用，藉以強調「說話者看到某場景或得知某狀況後，進而 ① 向說話者進行確認；② 表達推測；③ 發自內心的感動」。（有關於「～のだ（んです）」詳細用法，請參照第 90 項文法。）

① 「～のだ（んです）」＋「～だろう（確認）」

・新しいスマホ買ったんだって？新型は軽いんだろう？
（聽說你買了新的智慧型手機？新型的很輕吧？）

② 「～のだ（んです）」＋「～だろう（推測）」

・朝からにやにやして、きっと何かいいことがあったのだろう。
（他從早上就一直笑，一定是有什麼好事。）

③ 「～のだ（んです）」＋「～だろう（感動）」

・わぁ、この花、なんてきれいなんだろう！
（哇，這花，怎麼這麼漂亮啊！）

・あの子ったら、なんてかわいいのでしょう。
（那孩子，怎麼會這麼可愛阿！）

排序練習：

01. これだけお土産を ＿＿＿ ＿＿＿ ＿＿＿ ＿＿＿ だろう。
　　1.買って　2.あの子も　3.満足する　4.くれば

02. このダイヤ、7色に ＿＿＿ ＿＿＿ ＿＿＿ ＿＿＿ のだろう。
　　1.美しい　2.なんと　3.輝く　4.とは

解答 01.（1 4 2 3）02.（3 4 1 2）

212

87.～だろうか／でしょうか

接続：普通形＋だろうか／でしょうか
翻訳：不知道是否…啊。
説明：① 以常體「～だろうか」的形式，並以「自言自語」的方式發話時，則表示說話者「對於事情的可能性，抱有懸念、擔心」的語氣。② 若以敬體「～でしょうか」的形式，並「針對對方（第二人稱）詢問」時，則表示說話者「以推測的方式，進而柔和、禮貌地詢問對方答案」。此用法可直接替換為「～ますか」，但「～でしょうか」在口氣上比「～ますか」更為和緩。

① ・あの子は字がうまく書けるようになるだろうか。
（那孩子，到底有沒有辦法學會寫字啊。）

・あの子に会うのは１年ぶりだなぁ。話せるようになっただろうか。
（已經一年沒有看到那孩子了。不知道他現在會不會講話了。）

・今度の計画はうまくいくだろうか。
（這次的計畫不知道會不會順利。）

・あんなことが起こって、妻は私を信じてくれるだろうか。
（發生了那樣的事情，老婆還會相信我嗎。）

② ・今夜のパーティー、椋太さんは来るでしょうか。
（請問今天晚上的派對，椋太會不會來呢？）

・先生にクラスメートの住所を聞いたら、教えてくれるでしょうか。
（如果我問老師同學家的住址，老師會告訴我嗎？）

・令和元年は何月何日から始まったでしょうか。
（請問令和元年是從幾月幾號開始了呢？）

・来週、仕事で札幌へ行くことになりましたが、北海道はもう寒いでしょうか。
（我下星期因公要去札幌，現在北海道已經變冷了嗎？）

16

辨析：

由於此用法是向對方進行禮貌地詢問，因此會使用敬體「でしょうか」的形式。若聽話者是平輩或下屬，而說話者是詢問關於第三人事宜時，亦會有使用常體「だろうか」的情況。

・A：絵里香ちゃん、今夜の誕生日パーティーに来てくれるだろうか。

（A：繪里香小姐會不會來今天晚上的派對呢？）

・B：大丈夫だよ、きっと来てくれるよ。

（B：別擔心啦，她一定會來的拉。）

進階複合表現：

「～から（原因）」＋「～だろうか」

・雨が降ったからだろうか、今日は特売日なのにお客様があまり来ないね。

（不知道是不是因為下雨，今天明明就是特賣日，但都沒什麼客人耶。）

排序練習：

01. この計画に ＿＿＿＿ ＿＿＿＿ ＿＿＿＿ ＿＿＿＿ か。
    1. くれる　2. 社長は　3. だろう　4. 賛成して

02. 一生懸命作ったが、先生は ＿＿＿＿ ＿＿＿＿ ＿＿＿＿ ＿＿＿＿ だろうか。
    1. 私の　2. 認めて　3. 作品を　4. くれる

解 01.（2 4 1 3）02.（1 3 2 4）

88. 〜ではないか

接続：普通形＋ではないか／じゃないか
翻訳：這不是…嗎。
説明：「〜ではないか」在口語時，可以使用縮約形「〜じゃないか」、「〜じゃない」，亦可使用敬體「〜ではありませんか」的形式。主要有三種用法，語調都是下降調。① 表「驚訝、驚嘆」。當說話者發現或遇到一件沒有預期到的事情時，說話者會用這種方式表達自己的驚訝，感動之情。② 表「責罵」。當對方（下屬或同輩）做錯事時，可用這種口氣來指責對方，試圖讓他知道整件事是因他而起。③ 表「提醒、確認」。用於提醒對方一個事實，一個對方本身應該也知道的事實，以爭取對方的認同或說服對方時使用。由於此用法多用於口語上，因此多以縮約形「じゃないか」的形態出現，較少使用「〜ではないか」。

① ・すごい、これは 100 年前に盗まれた名画ではないか。
（哇，這不是一百年前被偷走的名畫嗎！）

・山田君の作った料理、結構美味しいじゃありませんか。
（山田先生做的料理，還蠻好吃的耶。）

・よぉ、田村さんじゃないか。久しぶりだね、元気？
（嗨，這不是田村先生嗎。好久不見了，最近好嗎？）

・これ、たっちゃんが作ったの？なかなか上手にできているじゃない！
（這是小太做的喔？做得真棒耶！）

② ・その件が破談になったのは君のせいじゃないか。よくも平気でいられるよね。
（那件事情到最後會破局，都是你的錯不是嗎。你居然還可以一副無所謂的樣子。）

・どうしたの、遅かったじゃないか。
（發生了什麼事？怎麼這麼慢阿。）

・課長にあんなことを言って、ちょっとまずいではありませんか。
（你對課長說了那樣的事情，有點糟糕喔。）

・ねぇ、君、玄関の前に車を止めて…。困るじゃないか！
（喂，你！在玄關前面停車，我們很困擾耶！）

③・あの子はまだ子供じゃないか。一人で遠くへ行かせてはいけないよ。

（他只不過是個孩子不是嗎。不應該讓他一個人去遠行阿。）

・今、あの国は戦争中じゃないか。こんな時期に行くのは危ないよ。

（現在那個國家正在戰爭中耶，這個時期去那裏很危險。）

・ねぇ、隣に田中っていう人がいるじゃないか。あの人、宝くじに当たったって。

（鄰居不是有一個叫做田中的人嗎，聽說他中了彩卷耶。）

・ほら、あそこに白いビルがあるじゃないか。銀行はそのビルの中にあるよ。

（你看，那裏不是有一棟白色的大樓嗎。銀行就在那裏面喔。）

排序練習：

01. 庭に ＿＿＿＿ ＿＿＿＿ ＿＿＿＿ ＿＿＿＿ が出たじゃないか。
　　 1.ある　2.新芽　3.枯れた　4.木に

02. 会議中に ＿＿＿＿ ＿＿＿＿ ＿＿＿＿ ＿＿＿＿ じゃないか。
　　 1.駄目　2.携帯で　3.話したり　4.して

解答 01.（1342）　02.（2341）

216

89 ～（よ）うとする

接続：意向形＋（よ）うとする。
活用：比照動詞「する」
翻訳：① 試圖…。試著要…。② 正要…。即將要…。③ 做也不做…。說怎麼也不做…。
説明：① 若前接的動詞為「人為的，意志性」的動作，則解釋為「嘗試要去做某事」、
　　　「正要去做某事」。若與「～たら」或「～時」一起使用，表示「當某人要
　　　做某事時，就發生了後述事情來打斷此動作」。② 若前接的動詞為「非人的，
　　　非意志性」的，則解釋為「動作或變化即將發生」。③ 否定的形態為「（よ）
　　　うと（は／も）しない」，表示「別人不肯…做」。都是用於敘述他人不願意
　　　按照說話者的期待做事，因此不可使用於第一人稱。

①・息子はアメリカの大学に入ろうとしている。
　（我兒子試著要考進美國的大學。）

　・あの子は英単語を一生懸命覚えようとしている。
　（那孩子努力地要去背住英文單字。）

進階複合表現：

「～（よ）うとする」＋「～時」

・昨日、学校を出ようとした時に、校長先生に呼び止められたんです。
（昨天當我要走出學校的時候，被校長叫住了。）

「～（よ）うとする」＋「～たら～た」

・桜がきれいに咲いていたので、スマホで桜を撮ろうとしたら電源が切れてしまった。
（櫻花開得很漂亮，但當我要用手機拍照時，就沒電了。）

「～（よ）うとする」＋「～ても」

・家族旅行に行こうとしても、なかなか子供たちは一緒に行きたがりません。
（就算想要全家一起去旅行，小孩卻都不太想跟。）

「〜（よ）うとする」＋「〜ば〜ほど」

・完璧にやろうとすればするほど、うまくいかないんです。

（越是試著做到完美，越是不順利。）

② ・ほら、見て。夕日は地平線に沈もうとしている。

（看阿，夕陽正要往地平線西沉。）

・楽しかったゴールデンウィークも終わろうとしている。

（快樂的黃金週也即將要結束。）

・それは、まるで今にもこの世が終わろうとしているような風景だった。

（那是個彷彿是世界就即將要毀滅的景象。）

・電車のドアが閉まろうとした時、一人のおじいさんが飛び込んできたんです。

（當電車門即將要關閉的時候，有位老爺爺衝了進來。）

③ ・うちの旦那は、病気の時も医者に行こうとしない。

（我家那老公，生病的時候，說什麼也不去看醫生。）

・昨日拾ってきた犬は、いくらえさをやっても食べようとしない。

（昨天撿來的小狗，無論怎麼餵飼料，牠都不吃。）

・あの子はいくら叱っても勉強しようとはしない。

（那孩子，不管怎麼罵，他就是不讀書。）

・怪我人を助けようともしないで、写真ばかり撮っている記者の行為に批判が殺到している。

（記者不試圖去救傷患而只顧著拍照片的行為，引起了廣大的批評。）

📄 排序練習：

01. 今朝、5時に ＿＿＿ ＿＿＿ ＿＿＿ ＿＿＿ 起きられなかった。

　　1. ようと　2. 起き　3. したが　4. 眠くて

02. 利香ちゃんは生意気で、 ＿＿＿ ＿＿＿ ＿＿＿ ＿＿＿ ともしない。

　　1. 挨拶　2. しよう　3. 返事を　4. しても

90. ～のだ／んです

接続：名詞修飾形＋のです／んです　　名詞な／ナ形容詞な＋のです／んです。
活用：比照助動詞「です／だ」
翻訳：① 為什麼…。② 因為…。③ 應該…・一定…。④ 啊，原來…。⑤ 去做…！
　　　⑥ 我就是要做…！⑦ 耶…・喔…。⑧ 不好意思，我想…。⑨ 並不是…而是…。
　　　⑩ 阿（你也知道）因為…啊。
説明：「～んです」為「～のです」的口語説法，其用法有下列數種：
　　　① 表「詢問」。看到一個狀況，要求對方説明時。此時會使用疑問形「～んで
　　　　すか」或者「～の？」的型態。
　　　② 表「回答」。回答上個用法問題，或説明理由時。此時會使用肯定形「～ん
　　　　です」或者「～の」的型態。
　　　③ 表説話者對於眼前看到的狀況進行「闡釋」。此狀況的解釋為説話者自己的
　　　　推測。經常使用「～んですね」或者「～んだ」的型態。
　　　④ 表「領悟」。説話者發現一個新事實，並接納此事實時。
　　　⑤ 表「命令」。用於口氣強烈的命令。
　　　⑥ 表説話者的「強烈意志、主張」。
　　　⑦ 表「與前句的關聯性」，多帶有説話者「高興、悲傷」的語氣。
　　　⑧ 用於「話題的提起」。放在請求句的前面，讓人不感到唐突。使用「～んで
　　　　すが」的型態。
　　　⑨ 對於對方的誤解，進行解釋時，會使用否定句「～んじゃなくて」來修正對
　　　　方的認知，並告知對方正確資訊。
　　　⑩ 若與表原因、理由的接續助詞「から」並用，以「～のだから／～んですか
　　　　ら」的形式，則表示「説話者強調此原因聽話者應該也知道」，再次舉出來，
　　　　目的是提醒對方，以便説服。

16

① ・どうして遅れたんですか。

　　（看到學生遲到，老師詢問：你為什麼遲到？）

　・雨が降っているの？

　　（看到剛進門的同事頭髮濕濕的便詢問：外面下雨喔？）

　・かわいいネックレスですね。どこで買ったんですか。

　　（看到同事的新項鍊，詢問：好可愛的項鍊喔，在哪裡買的呢？）

② ・バスが遅れたんです。

　　（學生回答老師：因為公車誤點了。）

・私は運動会に参加しませんよ／しないよ。運動が嫌いなんです／嫌いなの。

（我不參加運動會，因為我討厭運動。）

③・きっと寂しかったんですね。

（看到小孩落寞的眼神時便說：他一定很寂寞！）

・道がすごく混んでいる。きっとこの先で工事をしているんだ。

（道路很壅擠，我想一定是前面在道路施工。）

④・あっ、これを押せばいいんだ。

（說話者不會操作收音機，於是自己試著按幾個按鍵後，突然啟動了
便說：啊，原來按這個就可以了啊！）

・Ａ：さっき、公園で殺人事件が起きたそうよ。

（Ａ：聽說剛剛在公園裡發生了兇殺案。）

　Ｂ：それで、警察が集まってるんだ。

（Ｂ：難怪警察聚集在那裏。）

⑤・さぁ、早く書くんだ！

（爸爸對著遲遲不寫作業的小孩說：趕快寫！）

・さぁ、立つんだ！

（警察對著犯人說：給我站起來！）

⑥・お金がなくても、アメリカへ留学に行きたいんです。

（就算沒錢，我也想去美國留學。）

・たとえ親が反対しても、私はやるのだ。

（就算雙親反對，我還是要做。）

⑦・早いもので、うちの息子も明日から社会人なんです。

（好快啊，我兒子明天開始就是社會新鮮人了耶。）

・両親が離婚することになった。なんて悲しいことなんだ。

（我父母要離婚了。好難過喔。）

220

⑧・ちょっとお願いがあるんですが、10分ほどいただけませんか。

（不好意思，有點事想麻煩你，能給我十分左右嗎？）

・すみません、図書館へ行きたいんですが、どこで降りたらいいですか。

（不好意思，我想去圖書館耶。我應該在哪裡下車呢？）

⑨・Ａ：かわいいネックレスですね。どこで買ったんですか。

（Ａ：好可愛的項鍊喔。這是哪裡買的呢？）
　Ｂ：これは買ったんじゃなくて、自分で作ったんです。

（Ｂ：這個不是買的，是我自己做的喔。）

・税務官：親からこんな大金もらったら、贈与税の申告をしなければなりませんよ。

（税務官：從父母那裡得到這麼多錢，必須申報贈與税喔。）
　市　民：これはもらったんじゃなくて、間違えて送金されただけです。

（市　民：這不是父母給的，只是不小心匯過來而已。）

⑩・せっかく海外に来たんですから、色々なところを見たいです。

（難得來到了國外，我想要到處去看看。）

・えっ、出かけるの？台風なんだから、家にいてよ。

（什麼？你要出門喔？颱風耶，待在家啦！）

16

📄 **排序練習：**

01. こんな夜中に ＿＿＿＿ ＿＿＿＿ ＿＿＿＿ ＿＿＿＿ 。
　　1. どこへ　2. 行く　3. の　4. ですか

02. 東京タワーへ ＿＿＿＿ ＿＿＿＿ ＿＿＿＿ ＿＿＿＿ 乗ったらいいですか。
　　1. 電車に　2. どの　3. んですが　4. 行きたい

解答 01.（1 2 3 4）02.（4 3 2 1）

16 單元小測驗

1. 不況がまだまだ続いています。今年の海外旅行は（　　）だろう。
   1　無理だ　　　　　2　無理に　　　　　3　無理で　　　　4　無理

2. 来月の大学入試はうまく（　　）だろうか。
   1　いく　　　　　　2　いって　　　　　3　いった　　　　4　い

3. 田中さんは病気なのに、会社を（　　）としない。
   1　休み　　　　　　2　休む　　　　　　3　休もう　　　　4　休め

4. えっ、山田さんはフランス人（　　）んですか。知らなかった。
   1　の　　　　　　　2　な　　　　　　　3　だ　　　　　　4　で

5. 何言ってるの？こうなったのは、全部あなたのせい（　　）。
   1　ではない　　　　2　じゃないか　　　3　ですか　　　　4　なんですか

6. パリでテロが起こっているのに、娘は「それでも（　　）」と言って旅に発った。
   1　行くんですか　　　　　　　　　　2　行くだろうか
   3　行きたいんだ　　　　　　　　　　4　行こうとしている

7. 社長に ＿＿＿＿ ＿＿＿＿ ＿★＿＿ ＿＿＿＿ まずいじゃないか。
   1　ちょっと　　　　2　あんな　　　　　3　ことを　　　　4　言って

8. 引っ越しの ＿＿＿＿ ＿＿＿＿ ＿★＿＿ ＿＿＿＿ 全部後輩にあげました。
   1　本は　　　　　　2　もう読まない　　3　だろう　　　　4　ため

9. あの子は ＿＿＿＿ ＿＿＿＿ ＿★＿＿ ＿＿＿＿ だろうか。
   1　歩ける　　　　　2　なった　　　　　3　ように　　　　4　もう

10. アプリを ＿＿＿＿ ＿★＿＿ ＿＿＿＿ ＿＿＿＿ 出てきて、強制的にログアウトされた。
    1　本人確認必要と　2　開こうと　　　　3　いう表示が　　4　したら

17

第 17 單元：「こと」

本單元介紹形式名詞「こと」的常見用法。既然是形式名詞，則前方的接續需比照名詞修飾形。另外，N3 考試中除了會考基本的「ことにする」「ことになる」外，還必須留意「する」「なる」本身的時制，也會改變說話者欲表達的語意。另外要注意的是，第 93 項的「ことだ」跟第 95 項的「こと」，前者必須加斷定助動詞「だ／です」，後者不可加。兩者語意截然不同。

91. ～ことにする

接続：動詞普通形＋ことにする

翻訳：① 決定…。② 之前決定…。③ 習慣於…。④ 就當作是…。

説明：表示說話者有意志地去做某決定。① 使用「ことにする」表示「現在當下剛剛做出的決定」。② 使用「ことにした」表示「之前做的決定」。③ 使用「ことにしている」表示「很久之前就做下的決定，到目前為止都還維持著這個動作／已經成為了一個習慣」。④ 若前接動詞過去式，使用「～たことにする」的型態，則表示「事實上並非這樣，但說話者將某事就當作是這樣來處理」。「なかったことにする」意思是「當作沒這件事」。

① ・ 誕生日パーティーはうちで開くことにする。

　　（生日舞會決定要在家裡開。）

　　・ もうお酒は飲まないことにします。

　　（現在開始決定不再喝酒了。）

② ・ その日から、健康のために毎日運動することにした。

　　（從那天開始，我就已決定要為了身體健康，每天運動。）

　　・ 何度やってもできなかったので、彼はその仕事を辞めることにした。

　　（由於不管做幾次都做不好，所以他決定要辭去工作。）

③ ・ 通勤の電車の中では、英会話を聴くことにしています。

　　（我一直有在通勤電車中，聽英文會話的習慣。）

　　・ 最近かなり太ったので、甘い物を食べないことにしているんです。

　　（由於最近胖蠻多的，所以我最近都不吃甜食。）

④ ・ 自分のミスなのに、部下に「お前がやったことにする」と言う上司は最低だ。

　　（明明就是自己的失誤，卻對部下說「就當作是你做的」，這樣的上司真的很差勁。）

・あの人は、家族旅行に行ったのを出張に行ったことにして、会社から回数券を
　もらった。

　（那個人把和家人去旅行說成是出差，向公司拿乘車回數票。）

・素直に謝ってくれたら、そのことはなかったことにする。

　（如果你乖乖道歉的話，我就當作沒這回事。）

📄 **排序練習：**

01. 今年は大学院の試験があるので、夏休みに ＿＿＿＿ ＿＿＿＿ ＿＿＿＿ ＿＿＿＿ 。
　　1. した　2. 国へ　3. 帰らない　4. ことに

02. 日曜日は、その週に習った言葉を ＿＿＿＿ ＿＿＿＿ ＿＿＿＿ ＿＿＿＿ 。
　　1. して　2. 復習する　3. います　4. ことに

解答 01.（2 3 4 1）　02.（2 4 1 3）

92. ～ことになる

接続：① ～ ④ 動詞原形／ない形＋ことになる
　　　⑤ 動詞普通形／名詞＋という＋ことになる
翻訳：① 到時候會（演變成這樣的結果）。②（非單方面的）決定。③ 按規定…。
　　　④ 預定…。⑤ 也就是說…。
説明：隨著動詞「なる」時制不同，語意也不同。① 使用「ことになる」，表示未來
　　　事情將會演變成 ... 的結果。經常配合條件句「～と」使用，來「警告」聽話者
　　　「切勿這麼做」。② 使用「ことになった」，表示「因天時地利人和，事情自
　　　然演變致這個結果」。強調「非說話者單方面決定的結果」。③ 使用「ことに
　　　なっている」，表示「一直以來所維持，遵循著這個慣例、規則」。強調「並
　　　非某人現在才剛做的決定，而是早就已經被決定好，(將來)是要 ... 的」。④
　　　使用「ことになっている」亦可表示目前的「預定」。⑤ 使用「（という）こ
　　　とになる」亦可用於表達「從前述事項推測，換言之，就是…」之意。前接動
　　　詞時，「という」可以省略；前接名詞時，「という」不可省略。

① ・毎日遊んでばかりいると、年を取ったら悔やむことになるよ。
　　（如果你一天到晚都在玩，等到你老後一定會後悔喔。）

　　・あの人に物を貸すと、返してもらえないことになるので貸さないほうがいいよ。
　　（把東西借給那個人，到最後他一定不會還你，所以最好不要借他。）

② ・今度東京に転勤することになりました。
　　（我要調職去東京了。）

　　・私たちは結婚することになりました。
　　（我們要結婚了。）

　　・親と相談した結果、その会社に就職しないことになった。
　　（和雙親商量的結果，決定不去那間公司上班了。）

進階複合表現：

「～ことになった」＋「～てしまう」

・後継者がいないため、会社は廃業することになってしまった。
　（因為沒有人繼承，所以公司只好收起來了。）

226

③・この公園では、たばこを吸ってはいけないことになっている。

（這個公園本來就是規定不能抽菸的。）

・うちの会社では、お客さんに会う時以外は、私服を着てもいいことになっている。

（在我們公司，除了見客人以外，本來就是可以穿便服的。）

・我が家の長男は代々父親の仕事を継ぐことになっている。

（我們家族一直以來每一代都是由長男來繼承父業的。）

・この国の男子は 18 歳になったら兵役に行かなければならないことになっている。

（這個國家的男生到了 18 歲，本來就要去當兵。）

④・金曜日の夜、山田さんのお別れパーティーを開くことになっています。

（星期五晚上預計要舉辦山田先生的歡送派對。）

・Ａ：部長はいつアメリカへ出張するんですか。

（Ａ：部長何時要去美國出差？）

　Ｂ：来月の初めに行くことになっています。

（Ｂ：預計下個月的月初要去。）

⑤・家を売ったの？じゃあ、他の所へ引っ越す（という）ことになるの？

（你房子賣了喔？也就是說你要搬到其他地方了是不是？）

・1964 年に東京でオリンピックが開催されたので、今回の 2020 年東京
オリンピックは二度目の開催ということになる。

（1964 年在東京有舉辦過奧運，也就是說這次的 2020 年東京奧運是第二次舉辦。）

📄 **排序練習：**

01. 今年は大学院の試験があるので、夏休みに ＿＿＿ ＿＿＿ ＿＿＿ ＿＿＿ 。

　　 1.なった　 2.国へ　 3.帰らない　 4.ことに

02. 休む時は、担任の先生に連絡し ＿＿＿ ＿＿＿ ＿＿＿ ＿＿＿ 。

　　 1.ならない　 2.なっています　 3.ことに　 4.なければ

解答 01.（2341）02.（4132）

227

93. ～ことだ

接続：動詞原形／ない形＋ことだ
翻訳：就得該…。就應該要…。最好做…。
説明：表「為達到某一目的，就必須去做後述的事情／後述事情是最好的方法」。多
　　　用於給人建議時，因此經常配合第 23 項文法「～には」使用。

・美しくなるには、まず心を磨くことだ。
（如果你想變漂亮，就要先從內心磨練喔。）

・作文がうまくなりたければ、たくさん文章を読むことですよ。
（想要寫出好文章，就得多看文章喔。）

・売れる商品を作るには、消費者のニーズを知ることだ。
（要做出暢銷商品，必須要知道消費者的需求。）

・早く元気になりたければ、夜更かしをしないことです。
（想要早點恢復元氣，就別熬夜。）

📄 排序練習：

01. 子供に触らせ ＿＿＿ ＿＿＿ ＿＿＿ ＿＿＿ ところに置かないことだ。
　　1. 手の届く　2. なら　3. 最初から　4. たくない

02. 他の人に ＿＿＿ ＿＿＿ ＿＿＿ ＿＿＿ ことだ。
　　1. 自分で　2. 頼らないで　3. やって　4. みる

解 01.（4 2 3 1）02.（2 1 3 4）

228

94. 〜ことはない

接続：動詞原形＋ことはない
翻訳：你沒必要…。用不著…。
説明：表示勸戒或鼓勵他人，不需要去做某動作

・君は何も悪いことをしていない。だから謝ることはない。
（你沒有做什麼壞事，所以用不著道歉。）

・ゆっくりでいいから、慌てることはない。
（慢慢來就好，不用慌。）

・簡単な手術ですから、心配することはありません。
（這只是個簡單的手術，沒必要擔心的。）

・短い旅行なんだから、わざわざ見送りに来ることはないよ。
（只是短短的旅行而已，用不著特地來送行阿。）

📎 辨析：

第 93 項文法的否定形「ないことだ」，用於表達「為達某目的，最重要的就是別做某事」。
而本項「ことはない」，則是指「對於欲做某事的人，說話者給予說明，說此一行為完全不必
要」。兩者意思不同，如下例：

・夫婦関係を修復したければ、彼のスマホを勝手に見ないことだ。
（如果你想修復你們夫妻之間的關係，最好的方式，就是不要擅自去看他的手機。）
・必要な情報を探すためなら、関係のないページを読むことはない。
（如果你只是要找需要的情報，那沒有關係的頁面根本沒必要讀。）

01. あなたの心配も ＿＿＿ ＿＿＿ ＿＿＿ ＿＿＿ を言うことはない
　　 でしょう。
　　 1. わかる　　2. 皆の前で　　3. けど　　4. あんな嘘

02. そのことでは彼にも責任があるから、君だけが ＿＿＿ ＿＿＿ ＿＿＿
　　 ＿＿＿ よ。
　　 1. 責任を　　2. とる　　3. ことは　　4. ない

解 01.（1 3 2 4）　02.（1 2 3 4）

95. 〜こと

接続：動詞原形／ない形＋こと
翻訳：① 請務必…。② 請勿…。
説明：① 用於表達輕微的命令或提醒。此用法時，「こと」的後方不可加上「だ／です」。多用於書寫上，如黑板或者注意事項。② 前方使用否定句，用來表達「輕微的禁止」。

① ・1日3回この薬を飲むこと。

(一天吃三次藥。)

・廊下は静かに歩くこと。

(室內走廊請慢步輕行。)

・最後に教室を出る人は、必ず電気を消すこと。

(最後出教室的人請務必關燈。)

・会議室を会議以外の目的で使用する時は、前もって申し込むこと。

(若是會議以外的目的使用會議室時，請提前申請。)

② ・授業に関係のないものは、学校に持ってこないこと。

(請勿把與課程無關的物品帶來學校。)

・明日、実習の道具を忘れないこと。

(請勿忘記明天實習的道具。)

📄 **排序練習：**

01. 職員室から ＿＿＿ ＿＿＿ ＿＿＿ ＿＿＿ 返すこと。
　　　1. 3日　2. 借りた　3. 以内に　4. 本は

02. 明日、作文を ＿＿＿ ＿＿＿ ＿＿＿ ＿＿＿ こと。
　　　1. 忘れない　2. 辞書を　3. ので　4. 書く

17 單元小測驗

1. 健康になりたかったら、好き嫌いをしないで何でも食べる（　　）。
   　　1　ことだ　　　　　2　ことはない　　　3　ことになった　　4　ことにした

2. 最近はかなり太ったので、駅までは歩いて行くことに（　　）んです。
   　　1　なっている　　　2　している　　　　3　なる　　　　　　4　する

3. 規則では、カンニングをした場合は失格ということ（　　）なっている。
   　　1　が　　　　　　　2　を　　　　　　　3　に　　　　　　　4　で

4. 図書館では静かに本を読む（　　）。
   　　1　ことになる　　　2　ことになった　　3　こと　　　　　　4　ことはない

5. 彼を傷つけたことがそんなに気になるのなら、最初からあんなことを（　　）ことだ。
   　　1　言う　　　　　　2　言って　　　　　3　言った　　　　　4　言わない

6. あの日から、自分の将来のために毎日（　　）ことにした。
   　　1　勉強する　　　　2　勉強しない　　　3　勉強して　　　　4　勉強

7. 上手に ＿＿＿＿ ＿★＿ ＿＿＿＿ ＿＿＿＿ ことだ。
   　　1　には　　　　　　2　練習する　　　　3　なる　　　　　　4　毎日

8. 最後に ＿＿＿＿ ＿＿＿＿ ＿★＿ ＿＿＿＿ 電気を消すこと。
   　　1　必ず　　　　　　2　人は　　　　　　3　出る　　　　　　4　会議室を

9. 彼の家族は、家事はすべて ＿＿＿＿ ＿＿＿＿ ＿★＿ ＿＿＿＿ そうだ。
   　　1　分担して　　　　2　している　　　　3　やる　　　　　　4　ことに

10. ポイントカードを ＿＿＿＿ ＿＿＿＿ ＿★＿ ＿＿＿＿ いただくことになっています。
    　　1　手数料を　　　　2　場合は　　　　　3　1,000円の　　　4　なくした

18

第 18 單元：「よう」

　本單元介紹形式名詞「よう」的常見用法。既然是形式名詞，則前方的接續需比照名詞修飾形。另外，N3 考試中除了會考基本的「ようにする」「ようになる」外，還必須留意「する」「なる」本身的時制，也會改變說話者欲表達的語意。另外，還必須特別留意第 99、100、101 等三項「ように」其用法上的差異。

96. 〜ようにする

接続：動詞原形／ない形＋ようにする

翻訳：盡量…。設法…。

説明：表「盡可能地朝這方面做努力…」。① 使用「ようにする」，表示「說話者目前剛下了決定」，今後將會注意朝此方面努力。② 使用「ようにしてください」，表示「說話者請求聽話者」盡量朝此方面努力。③ 使用「ようにしている」，表示「說話者之前就決定」將會盡量，盡最大努力這麼做，並且至目前為止，仍然持續著這樣的努力。

① ・遅刻しないように、明日から５分早く家を出るようにします。

（為了別遲到，從明天開始，我決定盡量提早五分出門。）

・初心者にも読めるように、今後、教科書の作成は振り仮名をつけるようにする。

（為了讓初學者也看得懂，今後，在教科書的製作上，將會標注假名。）

② ・もし、来られない場合は、必ず連絡するようにしてください。

（如果沒辦法來，請務必要聯絡。）

・明日の会議は遅れないようにしてください。

（明天的會議請盡量別遲到。）

③ ・朝早い仕事なので、夜はなるべく早く寝るようにしています。

（由於早上很早就要工作，所以我一直以來都盡量早睡。）

・最近、太ってしまったので、電車に乗らないで会社まで歩いていくようにしている。

（最近由於發福了，所以盡量都不搭電車，用走的去公司。）

📄 **排序練習：**

01. 健康のために、毎日1時間 ＿＿＿＿ ＿＿＿＿ ＿＿＿＿ ＿＿＿＿ 。
    1. する　2. しています　3. ジョギングを　4. ように

02. 約束は ＿＿＿＿ ＿＿＿＿ ＿＿＿＿ ＿＿＿＿ 。
    1. 守る　2. して　3. ように　4. ください

97. ～ようになる

接続：①～③ 動詞原形＋ようになる　④ 動詞ない形＋なくなる
翻訳：① 經努力，終於會…。② 已經會…。③ 開始做…。④ 變得無法…。
説明：表「轉變」。可用於下列三種情況：① 表「能力的轉變」。意思是「原本不會的，但經過努力後，有了這樣的能力」。前面動詞使用可能形。② 表「狀況的轉變」。意思是「原本不是這個狀況的，但由於某個契機，現在狀況已與以前不一樣了」。③ 表「習慣的改變」。意思是「原本沒有這個習慣的，但習慣已改變」。④ 上述三種用法的否定講法為「～なくなる」。表示轉變的方向「由會轉為不會／由可轉為不可／由有轉為無」。此外，否定的講法亦有「～ないようになる」的形式，但較少見。

① ・やっと日本語が話せるようになりました。
（終於會講日文了。）

・新聞の漢字がかなり読めるようになりました。
（終於讀得懂報紙上的漢字了。）

② ・新しい駅ができてから、若い人もこの町に来るようになりました。
（自從新的車站建好後，現在年輕人也會來這個城鎮了。）

・先月から、この駅にも急行が止まるようになりました。
（從上個月開始，快車也會在這個車站停了。）

③ ・妹は洋楽しか聴かなかったが、最近は邦楽も聴くようになりました。
（妹妹原本只聽西洋音樂，但最近也開始聽日本音樂了。）

・彼は以前、お酒を飲まなかったが、最近は飲むようになった。
（他以前是不喝酒的，但最近也開始會喝了。）

④ ＜能力轉變的否定＞
・父は、病気で急に歩けなくなってしまいました。
（我爸因為生病，突然無法行走了。）

236

<状況轉變的否定>

・昔はここから山がよく見えましたが、最近は見えなくなりました。

（以前從這裡可以看得見山，但最近變得看不見了。）

・用事ができてしまったので、結婚式に出席できなくなりました。

（因為臨時有事，所以無法參加結婚典禮了。）

<習慣改變的否定>

・息子は「友達と遊ぶから」と言って、私たちと家族旅行に行かなくなりました。

（兒子說他要和朋友去玩，所以現在都不跟我們去家族旅行了。）

其他型態：

〜ないようになる（否定）

・娘は小さい時は体が弱かったが、幼稚園に入った頃からは、だんだん風邪を引いたり、熱を出したりしないようになった。(＝しなくなった)

（女兒小時候身體很虛弱，但從進幼稚園後，就漸漸變得不容易感冒、發燒。）

辨析：

「ようになる」「ようになった」

「〜ようになる」含有「逐漸…；變得…」的語意。在時制上使用「動詞原形」表示「未來、尚未發生」。而「〜ようになった」在時制上使用「た形」，則表示「已經發生」。

・来月から、この駅にも特急が止まるようになります。

（從下個月開始，特快車也將會在這個車站停了。）

・先月から、この駅にも急行が止まるようになりました。

（從上個月開始，快車也會在這個車站停了。）

進階複合表現：

「〜ようになる」＋「〜たら」

・英語がすらすら話せるようになったら海外で働きたい。

（等我英文可以講得很流利時，我想去國外工作。）

「～なくなる」＋「～てから」

・習慣にしていた朝のヨガをしなくなってから、もう３か月だね。
（我停止了一直以來習慣做的早晨瑜伽，也已經三個月了。）

📄 排序練習：

01. 英語で自分の ＿＿＿ ＿＿＿ ＿＿＿ ＿＿＿ 。
　　1. 言える　2. 意見が　3. ように　4. なった

02. 弟は漫画しか読まなかったが、＿＿＿ ＿＿＿ ＿＿＿ ＿＿＿ なった。
　　1. 最近は　2. 小説を　3. ように　4. 読む

解答 01.（2134）02.（1243）

98. ～ようになっている

接続：動詞原形＋ようになっている
翻訳：① 從…就一直…。② 被設計成…。
説明：① 表達「事情有了變化或進展，進入了另一個與以往不同的局面」，並使用「～ている」形強調「目前還是維持著這個狀況轉變後的結果」。如第一句，意思就是從去年開始，便利商店可以使用行動支付，且現在也能用。說話者強調「目前還維持著轉變後的結果」。② 表機器或設備「被設計成具有某種機能、狀態」。

① ・去年からコンビニでは、モバイル決済ができるようになっています。
(從去年開始，便利商店就可以使用行動支付了。)

・我が社では、給料は全員銀行振り込みするようになっています。
(我們公司，薪資一直以來都是匯至銀行的帳戶的。)

② ・この自動ドアは、手で開けなくても緊急時には開くようになっている。
(這個自動門，就算不用手動開，緊急時刻，還是會自動打開。)

・このやかんは、お湯が沸くと音が鳴るようになっている。
(這個水壺，只要開水沸騰，就會發出聲響。)

📄 排序練習：

01. 今年からコンビニで ＿＿＿ ＿＿＿ ＿＿＿ ＿＿＿ なっている。
    1.乗車券が　2.ように　3.買える　4.新幹線の

02. このカードを ＿＿＿ ＿＿＿ ＿＿＿ ＿＿＿ ようになっている。
    1.ドアが　2.パネルに　3.当てると　4.開く

解答 01.（4 1 3 2）02.（2 3 1 4）

18

239

99. ～ように

接続：名詞修飾形＋ように
翻訳：① 希望達到…。為了…。② 和…一樣的。如同…。
説明：① 表「目的」。前方動詞需接續非意志的動詞（經常使用可能動詞），表示說話者期盼前述事項能夠實現，而去做了後述的動作。② 表「一致」。前方多使用「知る、言う、述べる」等情報傳達語意的動詞，表示「後句所述與前述所傳達的內容是一致的」。經常使用於書寫文章時。「次のように」、「下記のように」則為慣用形式。此用法可與「通り」互換。

① ・プレゼントが早く彼の手元に届くように、速達で出しました。
　（希望禮物早點送到他手邊，我用限時寄出去了。）

・日本語が上手に話せるように、毎日練習しています。
　（為了讓日文能夠說得流利，我每天都練習。）

・バスに遅れないように、早く家を出ます。
　（為了別趕不上公車，我都提早出門。）

・風邪が早く治るように、今日は早く寝ます。
　（希望感冒能夠早點痊癒，所以今天我早點睡。）

本項文法「ように」與第 85 項文法「ために」用法 ①，兩者皆可用於表達「目的」。原則上「ように」前接非意志動詞；「ために」前接意志動詞。兩者不可替換。（註：動詞可能形、可能動詞為非意志。）

・大学に合格できるように、毎日勉強しています。
　（為了大學能合格，我每天都用功讀書。）

・大学に合格するために、毎日勉強しています。
　（為了考上大學，我每天都用功讀書。）

・洗濯物が早く乾くように、外に干してあります。
　（為了讓衣物早點乾，我把它曬在外面。）

せんたくもの かわ そと ほ
・洗濯物を乾かすために、外に干してあります。

（為了把衣物曬乾，我把它曬在外面。）

ぞんじ にほん ぶっか たか
② ・ご存知のように、日本は物価が高いです。

（如您所知，日本的物價很高。）

い かれ ほんとう おくびょう
・あなたが言ったように、彼は本当に臆病だね。

（就跟你講的一樣，他真的很膽小。）

の ちゅうごく じんこうぞうか もんだい
・すでに述べたように、中国の人口増加は問題になっている。

（方才也提到，中國的人口增加，是個很嚴重的問題。）

けっか つぎ
・結果は次のようにまとめることができます。

（結果可以總結如下。）

📄 **排序練習：**

01. 電話番号を _____ _____ _____ _____ ほうがいいよ。
　　1. メモして　2. ように　3. おいた　4. 忘れない

02. ことわざにも _____ _____ _____ _____ そこの習慣に従って
生活するのがいい。
　　1. ように　2. 外国へ　3. ある　4. 行ったら

解答 01. (4 2 1 3)　02. (3 1 2 4)

100. 〜ように（言う / 頼む / 注意する）

接続：動詞原形／ない形＋ように言う

翻訳：請向某人說…。

説明：表「命令句、請求句的間接引用」。後方的動詞多為「言う、頼む、注意する」等動詞。在初級時所學到的引用句是使用助詞「と」來表達引用的內容，句型為「Aは〜と言いました」。而這裡所學習的，則是引用句的內容並不是一般的直述句，而是含有「〜なさい」、「〜ろ」、「〜てください」、「〜ないでください」、「〜てはいけない」…等表現的命令句或請求句。因此只有含上述命令、禁止、請求表現的句子才可以使用這種形式的引用。若是「彼は明日出張すると言いました」這種一般的引用句，則不可以改為此種引用的形式：「× 彼は明日出張するように言いました」。注意，使用「と引用」或「ように引用」，意思不變。

と引用： 学生に 図書館で物を食べてはいけないと 注意しました。

ように引用： 学生に 図書館で物を食べないように 注意しました。

（我叮嚀學生不要在圖書館吃東西。）

と引用： 私は 課長に この仕事を今日中にやってくださいと 頼まれました。

ように引用： 私は 課長に この仕事を今日中にやるように 頼まれました。

（我被課長拜託要在今天內完成這份工作。）

と引用： 鈴木さんに すぐ社長室へ来てくださいと 言ってください。

ように引用： 鈴木さんに すぐ社長室へ来るように 言ってください。

（請向鈴木先生說，叫他立刻來社長室。）

と引用： ここで待ってくださいと 言われました。

ように引用： ここで待つように 言われました。

（人家叫我在這裡等。）

と引用： 子供に 食事中に新聞を読まないでくださいと 言われた。

ように引用： 子供に 食事中に新聞を読まないように 言われた。

（我被小孩子唸說，吃飯時別看報紙。）

と引用：	井上さんに	すぐお金を返せと	言ってくれないか。

ように引用：	井上さんに	すぐお金を返すように	言ってくれないか。

（能否請你幫我跟井上先生說，請他還我錢呢？）

📄 排序練習：

01. 山田さんに ＿＿＿ ＿＿＿ ＿＿＿ ＿＿＿ ください。
　　1. 教室に　2. ように　3. 来る　4. 言って

02. お医者さんに、今日は ＿＿＿ ＿＿＿ ＿＿＿ ＿＿＿ ました。
　　1. 食べない　2. 言われ　3. ように　4. 何も

解答 01.（1 3 2 4）02.（4 1 3 2）

18

101. 〜ますように

接続：動詞ます形／原形／ない形＋ように
翻訳：希望能…。但願能…。
説明：表「期盼」。用於表達說話者的「期盼、祈禱、希望」之情。前方動詞經常使用
「ます」形。「〜ますように」可直接置於句尾，打上句號。亦可在後方接上
「祈る、願う」等動詞。

・日本語能力試験に合格できますように（祈っています）。
（希望能夠考過日本語能力試驗。）

・全てがうまくいきますように（願っています）。
（希望一切都能很順利。）

・明日は雨が降りませんように／降らないように。
（希望明天別下雨。）

・早く素敵な彼氏に出会えますように／出会えるように。
（希望能夠早點認識不錯的男朋友。）

排序練習：

01. 今年も元気 ＿＿＿ ＿＿＿ ＿＿＿ ＿＿＿ 。
    1.ように　2.過ごせます　3.で　4.楽しく

02. ＿＿＿ ＿＿＿ ＿＿＿ ＿＿＿ 。
    1.5キロ　2.痩せます　3.あと　4.ように

解答 01.（3 4 2 1）02.（3 1 2 4）

244

18 單元小測驗

1. 毎日忙しいですが、できるだけスポーツを（　　）ようにしています。
　　1　しよう　　　　　2　する　　　　　3　して　　　　　4　した

2. 医者：今日はお風呂に（　　）ようにしてください。
　　1　入った　　　　　2　入らない　　　3　入らないで　　4　入って

3. 山田さんに教えてもらったので、パソコンが（　　）ようになりました。
　　1　使える　　　　　2　使えた　　　　3　使えて　　　　4　使えない

4. 会社から車で１時間も離れた所に住んでいるので、
　　早めに出かける（　　）している。
　　1　までに　　　　　2　ことに　　　　3　ように　　　　4　ために

5. 勉強して、ある程度小説が読める（　　）日本語の授業が面白くなった。
　　1　ことができるまで　　　　　　　　2　ことができてから
　　3　ようになるまで　　　　　　　　　4　ようになってから

6. 医者にお酒を（　　）ように言われたが、なかなかやめられない。
　　1　やめる　　　　　2　やめた　　　　3　やめて　　　　4　やめ

7. 日本語で ＿＿＿ ＿＿＿★ ＿＿＿ ＿＿＿ 。
　　1　ように　　　　　2　かけられる　　3　なりました　　4　電話が

8. 市役所へ行く予定だったが、風邪を引いて ＿＿＿ ＿＿＿ ＿＿＿★ ＿＿＿ 。
　　1　なった　　　　　2　ので　　　　　3　行けなく　　　4　しまった

9. 戦地に ＿＿＿ ＿＿＿ ＿＿＿★ ＿＿＿ こられますように。
　　1　早く　　　　　　2　息子が　　　　3　帰って　　　　4　行った

10. 木村さんに ＿＿＿ ＿＿＿ ＿＿＿★ ＿＿＿ 。
　　1　頑張る　　　　　2　ください　　　3　ように　　　　4　言って

19

第19單元：「ところ」「はず」

本單元介紹形式名詞「ところ」「はず」的常見用法。既然是形式名詞，則前方的接續需比照名詞修飾形。「ところだ」與「ところだった」；「はずだ」與「はずだった」，使用現在式或過去式，語意也大不同，請務必注意這一點。

102. ～ところだ

接続：動詞普通形＋ところだ

翻訳：① 正要…。② 正在…。③ 剛剛…。④ 差點就…。

説明：用於表示時間點。「ところ」的後方必須要有斷定助動詞「だ／です」，隨著「ところ」前方動詞時制不同，所表達的時間點也不同。如下：①「動詞原形＋ところだ」，表示「說話時，正處於某動作要發生的前一刻」。②「動詞ている形＋ところだ」，表示「說話時，某動作正進行到一半」。③「動詞た形＋ところだ」，表示「說話時，某動作剛結束」。上述三種用法，無論是「～るところだ」、「～ているところだ」還是「～たところだ」，時制上都是現在式。但第 ④ 種用法「～動詞原形＋ところだった」，時制上則是過去式。意思為「當初差點就發生了 ... 的狀況，幸好沒發生」。因此經常與「もう少しで、危うく」等副詞搭配使用。

① ・ちょうど今から試合が始まるところです。

（剛好現在要開始比賽。）

・これから家を出るところだ。

（現在正要離開家。）

・今、出かけるところです。

（現在剛好要出門。）

② ・今論文を書いているところです。

（現在正在寫論文。）

・今、考えているところですので、少し待ってください。

（因為現在正在想，所以請你稍等一下。）

・A：お茶を飲みませんか。

（A：要不要喝茶？）

B：今、宿題をしているところなので、後で飲みます。

（B：現在剛好在寫功課，等一下再喝。）

③・たった今起きたところです。

（我現在剛睡醒。）

・今、勉強が終わったところです。

（我現在剛寫完功課。）

・Ａ：もしもし、亜希子、わたし、由美。

（Ａ：喂，亞希子嗎，我是由美。）

　Ｂ：あっ、ちょうどよかった。今、帰ってきたところなの。

（Ｂ：啊，剛好。我現在剛剛到家。）

④・死んでしまうところだった。

（當時差點就死了。）

・大切なことを見逃してしまうところだった。

（差點就錯過重要的地方了。）

・もう少しで遅刻するところだった。

（差點就要遲到了。）

・考え事をしながら歩いていたので、危うく車にぶつかるところだった。

（因為我一邊想事情一邊走路，所以差點就要被車撞上了。）

・もう少しで１位になるところだったのに、追い抜かれた。

（差一點就第一名了，結果卻被迎頭趕上。）

📄 排序練習：

01. 私はたった今、＿＿＿ ＿＿＿ ＿＿＿ ＿＿＿ 。
　　1.ところ　2.家に　3.です　4.帰った

02. もう少し気がつくのが遅かったら、＿＿＿ ＿＿＿ ＿＿＿ ＿＿＿ 。
　　1.なる　2.でした　3.ところ　4.大惨事に

解答 01.（2 4 1 3）02.（4 1 3 2）

248

103. 〜ところに／へ／を

接続：動詞ている＋ところ
翻訳：在…的場面、狀況中。
説明：表「在前述狀況中，發生了一件打斷前述狀況的事」。多半含有令人感到困擾的語意。「ところ」這個形式名詞本來就有「場合、狀況」的語意在。至於要使用「に、へ、を」哪個格助詞，端看後接的動詞。使用「ところを」的情況，後面多半使用「見られる、邪魔される、呼び止められる」等的被動態。

・出かけようとしているところに、電話がかかってきて遅くなった。
（當我要出門的時候，來了一通電話，因而遲到了。）

・一人で寂しくテレビを見ているところへ、友達が訪ねてきた。
（當我一個人寂寞地看著電視時，朋友來訪了。）

・恋人と歩いているところを、担任の先生に見られてしまった。
（我被級任老師看到和女朋友走在一起的一幕。）

・犯人は、盗んだ自転車に乗っているところを、警察官に呼び止められた。
（犯人正騎著偷來的自行車時，被警察叫住了。）

📄 排序練習：

01. 財布をなくして ＿＿＿ ＿＿＿ ＿＿＿ ＿＿＿ 友達が通りかかって
    助かりました。
    1. ところ　2. に　3. 困って　4. いる

02. 町で ＿＿＿ ＿＿＿ ＿＿＿ ＿＿＿ に呼び止められた。
    1. いる　2. ところを　3. 警官　4. 歩いて

104. 〜はずだ

接続：名詞修飾形＋はずだ

翻訳：① 應該 (說話者的判斷)。② 理當為…。難怪…。

説明：「はず」的語意有兩種:① 表「說話者依據某些客觀的事實，來進行客觀的判斷」。
② 表「說話者舉出一個事實或狀況作為理由，藉由這個理由來說服聽話者、或試圖使聽話者了解某事」。如第一句：B 藉由陳先生已經在日本住過 15 年這個理由，來說服 A 說，當然他日文會棒阿，因為住了日本 15 年阿。

① ・3月ですから、桜はもうそろそろ咲くはずです。
（現在是三月，所以櫻花應該差不多該開了。）

・長島さんは目が悪いから、はっきり見えないはずだ。
（長島小姐因為眼睛不好，所以應該看不清楚才對。）

・札幌は今、雪が降っているはずです。
（札幌現在應該在下雪吧。）

・彼は私の居場所を知らないはずだ。
（他應該不知道我在哪裡。）

・10 年経ったから、彼はもう高校生のはずですよ。
（因為已經過了十年了，他現在應該已經是高中生了吧。）

② ・A：陳さんは日本語がうまいね。
（A：小陳日文好棒喔。）
B：日本に 15 年も住んでいるんだから、上手なはずです。
（B：他住了日本 15 年，當然很棒阿。）

・A：わぁ、美味しいりんご。
（A：哇，好好吃的蘋果。）
B：美味しいはずです、高いんですから。
（B：當然好吃啦，很貴耶。）

- （絵を見て）素晴らしい絵ですね。彼が自慢するはずです。

（看著畫說：這幅畫很棒耶。也難怪他會這麼自滿。）

- 寒いはずです。雪が降ってきました。

（當然會冷啊，都下雪了。）

排序練習：

01. こんな時間ですから、藤本さんはもう ＿＿＿ ＿＿＿ ＿＿＿ ＿＿＿ よ。
    1. 会社へ　2. はず　3. 行った　4. です

02. 今日は日曜日だから、＿＿＿ ＿＿＿ ＿＿＿ ＿＿＿ 職員室で学生たち
    の作文を添削しています。
    1. 先生は　2. 休みの　3. はずな　4. のに

解答 01.（1 3 2 4）02.（1 2 3 4）

19

251

105. ～はずがない

接続：名詞修飾形＋はずがない
翻訳：不可能。
説明：表示「根據邏輯或某些依據，完全否定前述事項的可能性」。中文翻譯為「不
　　　可能…！」。口氣上較為主觀。若前面使用否定句，構成「～ないはずがない」
　　　的形式，則表示「強烈的肯定」。中文翻譯為「不可能不…！」。

・こんな難しい問題が子供にわかるはずがない。

（小孩子不可能懂這麼難的問題。）

・あの人がそんなことをするはずがない。

（他不可能做這種事。）

・彼は私の居場所を知っているはずがない。

（他不可能知道我在哪裡。）

・あなたは陳さんの親友だから、彼の居場所を知らないはずがない。

（因為你是小陳的好朋友，所以你不可能不知道他在哪裡。）

・明日は試験だから、王さんは暇なはずがない。

（因為明天有考試，王先生不可能有空的。）

其他型態：

～はずはない（副助詞）

・商店街にあるアパートが静かなはずはない。

（商店街裡的公寓，不可能會安靜。）

～はずない

・そんなはずありません。もう一度調べてください。

（不可能是那樣的，請再查一次。）

252

🔗 辨析：

「はず」的否定形，可使用第104項文法的第 ① 種用法當中的「～ないはずだ」與本項文法「～はずがない」兩種形式，兩者在口氣上有所不同。

「～ないはずだ」：對於否定句的推測，口氣上還是稍有遲疑。

・彼は私の家を知らないはずです。

(他應該不知道我家吧。)

「～はずがない」：完全否定一句話的可能性，口氣堅定。

・彼は私の家を知っているはずがない。

(他不可能知道我住哪裡。)

📄 排序練習：

01. スミスさんは今日 ＿＿＿ ＿＿＿ ＿＿＿ ＿＿＿ 。東京に出張中なんだから。
    1. 来られる　2. が　3. はず　4. ない

02. 前に、彼の奥さんに会ったことがある ＿＿＿ ＿＿＿ ＿＿＿ ＿＿＿ 。
    1. 独身の　2. ない　3. から　4. はずは

解答 01.（1 3 2 4）02.（3 1 4 2）

19

253

106. ～はずだった

接続：動詞原形＋はずだった
翻訳：① 原本應該是…。② 怎麼會這樣呢？不應該是這樣子的！
説明：表示「說話者因事與願違而感到失望或意外」。常與「が、けれども」等逆接
　　　接續（助）詞併用。① 使用過去肯定「～はずだった」，表示「事實的狀況與
　　　原先的預想不同」，意思是「原本應該是…但卻事與願違」。如第一句，意思
　　　就是：「照道理說原本今年應該可以畢業的，但事與願違，可能說話者被當掉
　　　了，因此延畢」。② 若使用「こんなはずじゃなかった」，則表達「現在的事
　　　實狀況，原先壓根兒就沒有預料到會變成這樣」，口氣帶有說話者失望、後悔
　　　的語氣。

① ・今年卒業できるはずだったんだけど。
　　（原本今年會畢業的，但…。）

　　・課長は会議に出るはずでしたが、急用で京都に出張に行きました。
　　（課長應該要出席會議的，但因為突然有了急事，到京都出差去了。）

　　・王さんも一緒に行くはずだったが、病気で行けなくなった。
　　（王先生原本應該一起去的，只不過因為生病，沒法去。）

② ・こんなはずじゃなかった。今年こそ能力試験に合格すると思っていたのに。
　　（怎麼會這樣！我一直以為今年檢定考會考得過。）

　　・毎日残業で、やりたいことができない。
　　　俺の人生、こんなはずじゃなかったのに。
　　（每天都加班，想做的事情都沒辦法做。我的人生不應該是這個樣子的。）

　　・この会社に入社してから、毎日面白くなく、やりたくない仕事ばかりさせられて、
　　　こんなはずじゃなかったと思ったので、仕事を辞めることにしました。
　　（進到這個公司後每天都很無趣，然後被迫做了一堆自己不想做的事，覺得不應該是
　　　這樣的，所以我決定辭去工作。）

01. ワンさんも ＿＿＿ ＿＿＿ ＿＿＿ ＿＿＿ 来られなくなった。
   1. 急用で　2. が　3. 来る　4. はずだった

02. その件は ＿＿＿ ＿＿＿ ＿＿＿ ＿＿＿ が、彼に邪魔されて、失敗
   してしまいました。
   1. 行く　2. はず　3. でした　4. うまく

19 單元小測驗

1. 山本さんが、病気の子供を一人で家に置いておく（　　）。
   1　はずじゃない　　2　はずがない　　　3　ないはずだ　　　4　のはずだ

2. 陳さんは来る（　　）です。楽しみにしているって言っていましたから。
   1　ところ　　　　2　こと　　　　　　3　よう　　　　　　4　はず

3. 落書きをしているところ（　　）、隣の山田さんに見られてしまった。
   1　を　　　　　　2　に　　　　　　3　で　　　　　　　4　へ

4. 鈴木さんなら、たった今（　　）ところですよ。まだエレベータの所に
   いるかもしれません。
   1　帰る　　　　　2　帰って　　　　　3　帰った　　　　4　帰っている

5. もう少しで車にぶつかるところ（　　）。
   1　でした　　　　2　でしょう　　　　3　ではありません　4　です

6. 今日彼とデートに行くはずだった（　　）、急に出張だなんて。
   1　でも　　　　　2　けど　　　　　　3　から　　　　　4　まで

7. 山田さんは今日から ＿＿＿＿ ＿＿★＿＿ ＿＿＿＿ ＿＿＿＿ がない。
   1　はず　　　　　2　から　　　　　　3　来られる　　　4　出張だ

8. 昨日来るって ＿＿＿＿ ＿＿＿＿ ＿＿★＿＿ ＿＿＿＿ はずだ。
   1　から　　　　　2　来る　　　　　　3　いた　　　　　4　言って

9. 今から ＿＿＿＿ ＿＿＿＿ ＿＿★＿＿ ＿＿＿＿ 、帰ったらお電話します。
   1　ところ　　　　2　から　　　　　　3　です　　　　　4　出かける

10. 危ない危ない！危うく ＿＿＿＿ ＿＿＿＿ ＿＿★＿＿ ＿＿＿＿ 。
   1　だった　　　　2　ところ　　　　　3　彼に　　　　　4　殺される

20

第20單元：「つもり」

本單元介紹形式名詞「つもり」的常見用法。既然是形式名詞，則前方的接續需比照名詞修飾形。另外須特別留意的是，形式名詞「つもり」會隨著前接的品詞以及時制不同，語意也不同。第107~109項，前接動詞非過去；第110項則是前接動詞過去式／動詞ている／形容詞／名詞（也就是狀態性述語）；第111項則是前接動詞過去式。另外，若以「～つもりで」（接續表現）的形式，語意也與「～つもりだ」（文末表現）時，截然不同，學習時請務必注意以上細節。

107. 〜つもりだ／だった

接続：動詞原形／ない形＋つもりだ。
翻訳：① 打算…／打算不…。② 原本打算…。
説明：① 前接動詞原形，表示「說話者的意志或預定的計畫」。亦可接續ない形，以「〜ないつもりだ」的形式，表達「說話者打算不做某事」。② 若使用過去式「〜つもりだった」的形式，則表示「當初原本打算做／不做...的，但（結果卻與實際的情況相反）」，因此也常與「が、けれども」等逆接接續 (助) 詞併用。

① ・今度のレポートは、日本文化について書くつもりです。
  （這次的報告打算針對日本文化來寫。）

  ・東京で仕事を探すつもりです。
  （我打算在東京找工作。）

  ・今度の修学旅行は行かないつもりです。
  （這次的修業旅行我打算不參加。）

  ・大学生になっても、アルバイトはしないつもりです。
  （就算成了大學生，我也沒有打工的打算。）

其他型態：

〜つもりで（中止形）

・彼女を驚かすつもりで、部屋を暗くして隠れた。
(我打算嚇唬她，因此躲在房間暗處。）

進階複合表現：

「～てみる」＋「～つもりだ」

・妻はペットを飼うことに反対なんですが、以前彼女の実家で犬を飼っていたので、今日帰ったら、この捨て犬を飼うかどうか妻と話し合ってみるつもりです。

（我老婆反對養寵物，但因為她以前娘家有養狗，所以今天回去以後，我打算跟她討論看看要不要養這一隻棄犬。）

② ・今年からフランス語を勉強するつもりだったけど、忙しくてできなかった。

（原本打算從今年開始學法文的，但因為太忙了，沒辦法。）

・旅行に行くつもりだったが、行けなくなってしまった。

（原本打算去旅行的，但卻去不成了。）

・パーティには行かないつもりだったが、先輩に無理矢理連れて行かれた。

（原本打算不去參加舞會的，但是卻硬是被學長給拖去。）

・このことは誰にも言わないつもりでしたが、同じ境遇の人に役立つかもしれないので、文章にしてインターネットで公表しました。

（這件事我原本打算不說出來的，但可能對於有相同遭遇的人有所助益，因此我把它寫成文章發表在網路上。）

辨析：

「つもりだ」既然是預定的計畫，就不能使用於當場決定的事情。

・A：夜は寒くなりそうですね。（晚上好像會變冷。）

B：× じゃあ、コートを持っていくつもりです。

　　○ じゃあ、コートを持っていきます。（那我帶外套去。）

20

01. 年を取ったら、 ＿＿＿ ＿＿＿ ＿＿＿ ＿＿＿ 。
    1.引っ越す　2.つもり　3.です　4.田舎へ

02. 12月までにこの全集を全部読んでしまう ＿＿＿ ＿＿＿ ＿＿＿ ＿＿＿
できませんでした。
    1.が　2.つもり　3.忙しくて　4.でした

108. 〜つもりはない

接続：動詞原形＋つもりはない。

翻訳：不打算做…。

説明：① 口氣比起第 107 項文法第 ① 項用法當中的「〜ないつもりだ」來得強烈。而且經常用在強烈回絕對方給你建議的情況。② 若使用過去式「〜つもりはなかった（が）」的形態，則表示「原本並無做這件事的意圖…的，但卻 (不小心) 做了…」。與第 107 項文法第②項用法當中的「〜ないつもりだった」不同的是，「〜つもりはなかった」帶有一絲「不小心」之情，且多了一份「懊悔」之意。

① ・A：課長に謝ったらどうですか。

（A：你要不要跟課長道個歉啊。）

　B：私のせいじゃありませんから、謝るつもりはありません。

（B：因為不是我的錯，所以我不打算道歉。）

・A：1,000 万でこの絵を譲っていただけないでしょうか。

（A：可不可以請你用一千萬日圓的價格，將這幅畫賣給我？）

　B：売るつもりはない。帰れ！

（B：我不打算賣，回去！）

・一度断られたぐらいで諦めるつもりはない。

（只不過被拒絕一次而已，我不打算放棄。）

・私にはお金が必要だから、子供ができても仕事を辞めるつもりはないわ。

（因為我需要錢，所以就算我有了小孩，我也不打算辭去工作。）

辨析：

「〜ないつもり」與「つもりはない」

・旅行に行かないつもりです。(我打算不去旅行。)

・旅行に行くつもりはない。(我不打算去旅行。)

第一句僅對你朋友表達你這次不去旅行的決定，而第二句則是可能是因為有討厭的人同行，所以拒絕了旅行邀約，口氣中帶有耍性子的感覺。

② ・授業中に寝るつもりはなかったが、つい寝てしまった。

（上課時，原本不打算睡覺，但還是睡著了。）

・ごめん、殴るつもりはなかった。痛かった？

（對不起，我沒有要打你的意思，會痛嗎？）

・そんなことを言うつもりはなかったが、頭に来て、つい言ってしまった。

（我原本沒打算要說那樣的話，但氣起來，就不小心說出口了。）

・彼女を傷つけるつもりはなかったのに、浮気をして、結局彼女を傷つけて
しまった。

（我並沒有打算要傷害她，但還是外遇，結果還是傷害了她。）

📄 **排序練習：**

01. 私は今の ＿＿＿＿ ＿＿＿＿ ＿＿＿＿ ＿＿＿＿ ありません。
　　1.辞める　2.は　3.仕事を　4.つもり

02. 寝る ＿＿＿＿ ＿＿＿＿ ＿＿＿＿ ＿＿＿＿ 、疲れて、つい寝てしまいました。
　　1.つもり　2.なかった　3.が　4.は

解答 01.（3142）02.（1423）

262

109. 〜つもりで

接続：動詞原形／ない形＋つもりで。

翻訳：抱著…決心。

説明：表示「抱持著強烈的意願、決心去做某事」。前方常接續實現困難的詞語，來
表達決心之大。例如第一句：（可能你知道忠言逆耳，但又看不慣上司做一些
不對的事情），因此你抱著可能將會被炒魷魚的決心，去跟上司講。此外，「死
んだつもりで」（使用た形）為慣用表現，意思為「抱著必死的決心／破釜沈
舟的心情」。

・会社を辞めるつもりで、上司に話しに行った。

（我抱著辭掉公司的決心，去跟上司講了。）

・優勝するつもりで、一生懸命走った。

（抱著必勝的決心，死命地跑。）

・負けないつもりで、頑張った。

（抱著絕對不輸掉的精神，努力了。）

・死んだつもりで、一生懸命頑張ります。

（抱著必死的決心，努力加油。）

排序練習：

01. 彼女と ＿＿＿ ＿＿＿ ＿＿＿ ＿＿＿ 付き合ってきた。

　　1. 彼は　2. ずっと　3. つもりで　4. 結婚する

02. クビにされる ＿＿＿ ＿＿＿ ＿＿＿ ＿＿＿ 。

　　1. 間違いを　2. 指摘した　3. つもりで　4. 社長の

解 01.（4312）02.（3412）

20

263

110. 〜た／ているつもりだ

接続：動詞た形／動詞ている／イ形容詞／ナ形容詞な／名詞の＋つもりだ。

翻訳：自以為是…的，但…。

説明：有別於 107 項前接動詞原形／ない形等「動作性述語」，「つもり」的前方若是接續動詞た／ている或者是形容詞、名詞等「狀態性述語」時，則用來表達「自以為／自認為是…」。① 主語為第一人稱時，表示說話者「原本自己以為是…」，但實際上卻可能與真實狀況有所出入。② 若主語為第二、三人稱時，則意為「你／他(她) 自己以為是 … 的」，但說話者完全不認同。也就是說第二、三人稱的人的想法跟說話者（第一人稱）的想法是不同的。

① ・よく調べて書いたつもりですが、間違えてしまいました。

　　（這是經過充分調查後才寫的，但還是錯了。）

　　・Ａ：陳さん、成績落ちたね。

　　（Ａ：陳同學，你成績退步了耶。）

　　　Ｂ：すみません、自分では努力しているつもりなんですが。

　　（Ｂ：對不起，我覺得自己已經很努力了。）

　　・まだまだ若い／元気なつもりで山に登ったけど、こんなに疲れてしまうとは。

　　（我本來還抱著自己還很年經 (健朗) 的心態去爬了山，結果沒想到會這麼累阿！）

　　・間違いだらけだったが、今回のテストは練習のつもりだったから、気にしていません。

　　（雖然錯誤連篇，但我把這次的考試當作練習，所以不在意。）

② ・彼は何もかも知っているつもりだが、実は何も知らないんだね。

　　（他自以為什麼都知道，其實他什麼也不知道。）

　　・あの人は英語が得意なつもりだが、言葉使いがいい加減だね。

　　（那個人自以為自己英文很棒，但其實他的用字遣詞很隨便。）

　　・何よ、女王様のつもり？

　　（什麼阿，自以為是女王嗎？）

264

・お前は何様のつもりだ。
（你以為你是誰阿！）

📄 排序練習：

01. 自分の作った ＿＿＿＿ ＿＿＿＿ ＿＿＿＿ ＿＿＿＿ ご馳走したら、まずいと言われた。
    １.つもりで　２.美味しい　３.料理が　４.みんなに

02. あの人は、 ＿＿＿＿ ＿＿＿＿ ＿＿＿＿ ＿＿＿＿ 書いた文章が間違いだらけだね。
    １.日本語が　２.つもり　３.だが　４.上手な

解答 01. (3 2 1 4)　02. (1 4 2 3)

111. 〜たつもりで

接続：動詞た形＋つもりで。
翻訳：就當作是…。
説明：前方使用動詞た形，用來表達「說話者假裝自己已經做了前面那件事 / 假裝自己就是這樣身份的人，並以這樣的心態去執行後面那件事」。例如第一句，語境則是：最近經濟不景氣，但你又想要吃些好料的，但吃一客牛排又要價上千元。想一想，說話者乾脆自己催眠自己，當做自己已經吃過了，來把錢存下來。

・美味しい料理を食べたつもりで、その分のお金は貯めておこう。

（就當作自己已經吃了好吃的料理，把錢存下來吧。）

・来週が試験なんだけど、試験が終わったつもりで飲みに行こう。

（雖然下週是考試，但就當作考試結束了，我們去喝一杯吧。）

・外国語を練習する時は、子供になったつもりで、大声を出してみよう。

（練習外語時，要把自己當作小孩，大聲的發出聲音練習吧。）

・資本家になったつもりで今の経済政策を見ると、この国の問題点が見えてくる。

（把自己當作是資本家，來看現在的經濟政策，就會看出這個國家現在的問題點。）

・騙されたつもりで食べてみてよ。

（就當作是被騙，吃吃看嘛。）

📄 排序練習：

01. アナウンサーに ＿＿＿ ＿＿＿ ＿＿＿ ＿＿＿ 。
　　 1. スピーチを　2. なった　3. つもりで　4. した

02. 旅行した ＿＿＿ ＿＿＿ ＿＿＿ ＿＿＿ 。
　　 1. お金は　2. おこう　3. 貯金して　4. つもりで

解答 01.（2 3 1 4）02.（4 1 3 2）

266

1. アメリカへ引っ越しても、日本語の勉強は続ける（　　）です。
   1　つもり　　　　　　2　よう　　　　　　　3　ところ　　　　　　4　もの

2. あなたと付き合う（　　）はないから、しつこく口説かないで。
   1　ため　　　　　　　2　よう　　　　　　　3　つもり　　　　　　4　ところ

3. 叱られるつもり（　　）、先生に文句を言いにいった。
   1　だ　　　　　　　　2　で　　　　　　　　3　に　　　　　　　　4　の

4. あの人は日本語が得意なつもりだが、実は自己紹介もうまく（　　）。
   1　できたんです　　　　　　　　　　2　できないんです
   3　できるはずだ　　　　　　　　　　4　できたはずだ

5. ヨーロッパへ旅行に行ったつもりで、お金を（　　）。
   1　クレジットカードで支払おう　　　2　旅行会社に送ろう
   3　お土産を買おう　　　　　　　　　4　貯金しておこう

6. 何よ、その口の利き方。何様の（　　）？
   1　つもり　　　　　　2　よう　　　　　　　3　こと　　　　　　　4　わけ

7. 大学生に ＿＿＿ ＿★＿ ＿＿＿ ＿＿＿ はありません。
   1　アルバイトを　　　2　つもり　　　　　　3　する　　　　　　　4　なっても

8. やさしく注意した ＿＿＿ ＿＿＿ ＿★＿ ＿＿＿ しまいました。
   1　彼女は　　　　　　2　泣き出して　　　　3　つもり　　　　　　4　でしたが

9. 彼女は ＿＿＿ ＿＿＿ ＿＿＿ ＿★＿ 知らないんだね。
   1　つもりだが　　　　2　知っている　　　　3　何も　　　　　　　4　何でも

10. 大学を卒業したら、東京で仕事を ＿＿＿ ＿＿＿ ＿★＿ ＿＿＿
    帰りません。
    1　国へは　　　　　　2　ですから　　　　　3　探す　　　　　　　4　つもり

21

第 21 單元：極端

　本單元介紹「さえ」、「でも」、「まで」三個表「極端例」副助詞。此三個副助詞，口氣中還帶有說話者的一種心境與態度。例如：「さえ」暗示說話者「意外之情」的心境；「でも」則暗示「一般亦然」…等。

112. ～さえ

接続：名詞＋さえ

翻訳：連…。都…。

説明：語意與「も」相近，但口氣更強烈。藉由舉出前述事項這個極端的例子，來表達「類推」。意思是「像這種極端例都…了，進而類推出其他較不極端的例子亦然」。口氣中也帶有說話者「意外之情」。如第二句：就連「水」這種最基本中的基本的（極端例），爸爸都無法喝，可見有多嚴重。若前接的名詞為主格（動作的主體），則亦可使用「でさえ」。

・ひらがなさえ書けないんですから、漢字なんて書けません。

（他連平假名都不會寫了，更何況是漢字呢。）

・父は病気が重く、水を飲むことさえできない。

（爸爸病得很重，就連水都無法入口。）

・彼女は親友の花子にさえ知らせずに、一人で外国へ旅立った。

（她連對最好的朋友花子都沒說一聲，就一個人去國外了。）

・お酒が体に悪いことは、小学校の子供でさえ知っている。

（子供が知っている：主格）

（喝酒對身體不好，這連小學生都知道。）

・アメリカ人でさえ、スコットランド人の英語が聞き取れない。

（アメリカ人が聞き取れない：主格）

（就連美國人都聽不懂蘇格蘭人的英語。）

辨析：

「さえ」為副助詞，可直接取代「が」、「を」的位置。但若遇到其他格助詞，如「に、で、と、へ、から」等時，則「さえ」置於其後方。關於格助詞與副助詞的併用，可參考本書第一單元。

排序練習：

01. この頃忙しくて、＿＿＿ ＿＿＿ ＿＿＿ ＿＿＿ ない。
　　1. する　2. さえ　3. 時間　4. 食事を

02. アメリカ人 ＿＿＿ ＿＿＿ ＿＿＿ ＿＿＿ 英語を聞き取れません。
　　1. ワンさん　2. の　3. で　4. さえ

113. ～さえ～ば

接続：① 名詞＋さえ動詞条件形ば or 動詞ます＋さえ＋すれば
　　　② イ形容詞～く／ナ形容詞で／名詞で＋さえあれば／さえなければ
翻訳：只要…就…。
説明：用於表「最低，最底限」的條件。表達「只要有此即可，其餘什麼都無所謂／不需要」。① 為使用到動詞的例句，② 為名詞、形容詞的例句。注意：第 ① 項使用動詞時，會有兩種句法結構可以表現，如下：

日本へ行く　：日本さえ行けば　　or　日本へ　行きさえ　すれば
ご飯を食べる：ご飯さえ食べれば　or　ご飯を　食べさえ　すれば

① ・お金さえあれば何でもできると思う？
　　（你以為只要有錢，什麼事都辦得到嗎？）

　　・あなたさえいれば、何もいらない。
　　（只要有你在，我什麼都不要。）

　　・練習さえすれば、話せるようになるだろう。
　　（只要練習，就應該會講了吧。）

　　・お酒をやめさえすれば／お酒さえやめれば、健康になれるのだが…。
　　（只要戒了酒，就會變健康了，＜但他卻不戒＞）

　　・この薬を飲みさえすれば／この薬さえ飲めば、すぐ治ります。
　　（只要喝這個藥，就會立刻好轉。）

② ・安くさえあれば、どんなデザインでも構いません。
　　（只要便宜，怎樣的設計都無所謂。）

　　・高くさえなければ、たくさん買います。
　　（只要不貴，我就買很多。）

　　・有名ブランドでさえあれば、多少古くなっても値段がつきます。
　　（只要是名牌，就算稍微舊了一點都還是有價值／都還是賣得掉。）

21

・交通が不便でさえなければ、この町も発展していたのに。
（若交通沒那麼不方便，這個城鎮應該就會發展起來了。）

排序練習：

01. 電話番号 ＿＿＿＿＿ ＿＿＿＿＿ ＿＿＿＿＿ ＿＿＿＿ のに。
    1. 連絡が　2. さえ　3. 取れる　4. わかれば

02. 日本に ＿＿＿＿＿ ＿＿＿＿＿ ＿＿＿＿＿ ＿＿＿＿ 話せるようになるという
    のは間違いだ。
    1. すれば　2. 行き　3. さえ　4. 日本語が

解 01.（2 4 1 3）02.（2 3 1 4）

272

114. ～でも

接続：名詞＋でも
翻訳：① 就算…。② 之類的…。③ 全部…。
説明：① 表「舉出極限例，進而類推」。藉由舉出極端的例子，進而暗示「普通的人／事也都可以」。如第一句，說話者藉由舉出「小學生」這種極端的例子，暗示說「連小學生都懂了，那一般的大人或國中，高中生一定也懂」。口氣主要暗示「一般人也…」。② 表「舉例」，用來舉出一個例子並概括其他同種類或同性質的事物。多半用在說話者的提議、請求、命令、期盼…等。③ 表「全面肯定」，多半配合一個疑問詞，來表示此種類的都有。

① ・これは単純な問題だから、小学生でもわかるだろう。

（這是個很單純的問題，因此就算是小學生都懂吧。）

・このデジカメは操作が簡単で、お年寄りでも使えます。

（這個數位相機操作很簡單，就算是老人也會用。）

・この国は、夏でも涼しくて、いいですね。

（這個國家就算是夏天也很涼，很棒。）

・この算数の問題は数学の先生でも解けない。

（這個算數的問題，就算是數學老師也解不開。）

🔗 辨析：

「でも」的第 ① 項用法與「さえ」類似，都是表「類推」。但若為一次性的事情，則不會使用「でも」。

○ 今回の地震で、たった一人の肉親さえ失ってしまった。

（這次的地震，我連唯一的至親都失去了。）

× 今回の地震で、たった一人の肉親でも失ってしまった。

「でも」為副助詞，可直接取代「が」、「を」的位置。但若遇到其他格助詞，如「に、で、と、へ、から」等時，則「でも」置於其後方。關於格助詞與副助詞的併用，可參考本書第一單元。

・これは単純な問題だから、小学生 ~~（が）~~ でもわかるだろう。

（這是個很單純的問題，因此就算是小學生都懂吧。）

・彼の作品は人気で、田舎の小さな街の本屋ででも買うことができます。

（他的作品很受歡迎，就連鄉下小街上的書店都買得到。）

・彼は社交的で、初めて会った人とでも仲良くなれる。

（他很善於交際，就連第一次見面的人都可以很要好。）

② ・時間があれば、家に上がって、お茶でも飲みませんか。

（如果你有時間的話，要不要上來我家，喝個茶啊。）

・出かけるなら、コートを着なさい。風邪でも引いたら大変です。

（你如果要出門，就穿上外套。如果感冒就糟糕了。）

・毎日雨で、もううんざり。公園へでも遊びに行きたいなぁ。

（每天都在下雨，實在有夠煩。好想去公園之類的地方玩啊！）

・女性一人で夜道を歩くのはやめてください。不審者にでも後をつけられたら
大変です。

（女孩子晚上不要一個人在外面走。如果被可疑的人尾隨就糟糕了。）

③ ・この公園は誰でも入れるよ。

（這個公園誰都可以進去喔。）

・神様は何でも知っている。

（神，什麼事情都知道。）

・悩みごとがあったら、いつでも相談に来て。

（如果你有煩惱的話，請隨時都來商量。）

表「全面肯定」使用「でも」；表「全面否定」則使用「も」。

・私は何も覚えていません。（我什麼都記不得了。）

・公園には誰もいません。（公園裡面誰也不在。）

📄 排序練習：

01. この ＿＿＿ ＿＿＿ ＿＿＿ ＿＿＿ できなかった。
　　1.先生　2.でも　3.難しくて　4.問題は

02. この ＿＿＿ ＿＿＿ ＿＿＿ ＿＿＿ 解けるだろう。
　　1.簡単なので　2.でも　3.問題は　4.小学生

解 01.（4 3 1 2）02.（3 1 4 2）

115. 〜まで

接続：名詞＋まで
翻訳：就連…。居然連…。
説明：與「さえ」語意類似，藉由舉出前述事項的例子，來表達說話者「意外之情」。
但這裡的所舉出例子多半含有「就社會常識而言，是不可能成立的 / 意想不到
的事情」的意思。藉由指出這麼極端的例子，表達「說話者感到非常意外」。
如第一句。「一般人的社會常識，會認為沒得獎的人怎麼可能會有獎金。但居
然連沒得獎的人，都得到了一萬元的獎金。真是大感意外阿！」時使用。

・入賞しなかった人まで1万円の賞金をもらった。
（居然連沒有得獎的人也可以獲得一萬元的獎金。）

・自分の下着の洗濯までルームメートにやらせるの？
（你居然連自己的內衣褲，都讓室友洗喔？）

・あの人は音楽が好きで、風呂場にまでステレオがある。
（那個人很喜歡音樂，就連浴室都有音響。）

・一番親しかった母親にまで裏切られた。
（居然連自己最親近的母親都背叛了我。）

進階複合表現：

「〜まで」＋「は（副助詞、對比）」

・犯人の服の色は覚えているが、顔までは覚えていない。
（我是記得犯人衣服的顏色啦，但長相（這麼細微、極端的部分）就記不得了。）

276

「まで」與「さえ」語意非常類似，但「まで」不使用於否定句；「さえ」不使用於疑問句。

否定句：

○ 山田さんは自転車さえ持っていない。

(山田先生就連腳踏車都沒有。)

× 山田さんは自転車まで持っていない。

疑問句：

× 社長って自家用ジェット機さえ持っているんですか。

○ 社長って自家用ジェット機まで持っているんですか。

(社長連私人飛機都有嗎？)

「さえ、まで、でも」之間的替換使用問題極為複雜，檢定考並不會考，同學們學習時，僅需熟讀例句、了解用法即可。

📄 **排序練習：**

01. 人手が足りないので、＿＿＿ ＿＿＿ ＿＿＿ ＿＿＿ をしている。
　　1. 忘年会の　2. 社長　3. まで　4. 手伝い

02. そんな ＿＿＿ ＿＿＿ ＿＿＿ ＿＿＿ どうするの、もったいないなぁ。
　　1. 物　2. まで　3. 買って　4. つまらない

解答 01.（2 3 1 4）02.（4 1 2 3）

21

116. 〜までして

接続：名詞＋までして
翻訳：即使做到…也…。不惜…。
説明：用於表達「為達某目的，不惜採取某種手段」。多半含有此方法為極端手段的
　　　含義。

・毎日徹夜までして頑張ったのに、合格できなかった。

（都已經每天熬夜來讀書了，但卻沒有及格。）

・私は離婚までして彼を追いかけたのに、結局振られてしまった。

（我都已經為了追求他而離婚了，但到最後還是被他甩了。）

・最新型のスマホは欲しいが、借金までして買いたいとは思わない。

（雖然想要最新型的智慧型手機，但我不認為有這麼想要到還要借錢去買。）

・旅行に困らないレベルでよければ、そもそも海外留学までして英語を勉強する
必要はない。

（如果只是要能因應旅行的程度的話，根本不需要到國外留學學英文。）

📄 排序練習：

01. 彼は ＿＿＿ ＿＿＿ ＿＿＿ ＿＿＿ 音楽をやりたかった。
　　1. 結成して　2. して　3. バンドを　4. 家出まで

02. 留学 ＿＿＿ ＿＿＿ ＿＿＿ ＿＿＿ が、使わないので忘れて
しまいました。
　　1. までして　2. 韓国語　3. 覚えた　4. でした

117. ～てまで

接続：動詞て形＋てまで

翻訳：甚至於到…地步。

説明：用於表達「為達某達目的，不惜付出極高程度的代價、努力」。但通常帶有說話者對於這樣的努力，抱持著否定、懷疑之態度，因此後方多接續「～とは思わない」、「～必要はない」等說話者否定或疑問之態度。第 116 項文法前面接續名詞，而本項文法前面接續動詞て形。

・試験は大切だけど、徹夜してまで勉強しようとは思いません。

（雖然考試很重要，但我不認為有必要熬夜來讀書。）

・親を騙してまでする偽装結婚が、ただ昇進のためだなんて、最低！

（他甚至欺騙父母假裝結婚，就只是為了要升遷，真差勁！）

・プライベートの時間を犠牲にしてまで、会社の飲み会に付き合う必要はない。

（沒必要為了公司的交際應酬，犠牲了自己的私人時間。）

・どうして古代の皇帝は自分の兄弟を殺してまで権力を手に入れたかったのか、私には理解できません。

（我沒有辦法理解，為什麼古代的皇帝會為了得到權利而連親兄弟都可以殺掉。）

排序練習：

01. 自然を ＿＿＿ ＿＿＿ ＿＿＿ ＿＿＿ 道路を作る必要はない。

　　　1. まで　2. 山の中に　3. 破壊して　4. 新しい

02. 2時間 ＿＿＿ ＿＿＿ ＿＿＿ ＿＿＿ とする人に、とても驚きました。

　　　1. まで　2. 買おう　3. ドーナツを　4. 待って

21

1. 日本に来たばかりの時は、あいさつ（　　）日本語でできなかった。
　　1　でさえ　　　　　2　さえ　　　　　　3　でまで　　　　4　まで

2. 中学生の君にその問題が解けたとは。あれは大学生にさえ（　　）と言われている。
　　1　解ける　　　　　2　易しい　　　　　3　難しい　　　　4　理解できる

3. 電話番号（　　）わかれば、連絡が取れるのに。
　　1　すら　　　　　　2　さえ　　　　　　3　までして　　　4　までで

4. 日本へ留学に（　　）さえすれば、日本語が話せるようになるのは間違いだ。
　　1　行って　　　　　2　行く　　　　　　3　行き　　　　　4　行こう

5. 仕事より家庭の方が大切だ。家族を犠牲にして（　　）働くつもりはない。
　　1　まで　　　　　　2　さえ　　　　　　3　こそ　　　　　4　ばかり

6. このデジカメは操作が簡単で、年寄り（　　）使えます。
　　1　のに　　　　　　2　こそ　　　　　　3　なら　　　　　4　でも

7. 日本人 ＿＿＿＿ ★ ＿＿＿＿ ＿＿＿＿ 勉強するのは大変だ。
　　1　外国人が　　　　2　敬語を　　　　　3　難しい　　　　4　でさえ

8. 借金 ＿＿＿＿ ＿＿＿＿ ★ ＿＿＿＿ 傷つけてしまった。
　　1　新車なのに　　　2　もう　　　　　　3　買った　　　　4　までして

9. 彼は一番 ＿＿＿＿ ＿＿＿＿ ★ ＿＿＿＿ とは、信じがたいですね。
　　1　弟に　　　　　　2　騙された　　　　3　まで　　　　　4　信用していた

10. 新しく発売された ＿＿＿＿ ＿＿＿＿ ★ ＿＿＿＿ 使えます。
　　1　操作が　　　　　2　幼稚園児でも　　3　簡単で　　　　4　パソコンは

22

第 22 單元：限定

　　本單元介紹副助詞「だけ」與「ばかり」的常見用法。「ばかり」除了初級學到的「動詞て＋ばかり（遊んでばかりいます）」、「動詞た＋ばかり（ご飯を食べたばかりです）」以外，亦有第 122 項「動詞原形＋ばかり」的用法。

118. 〜だけ

接続：① 名詞／名詞修飾形＋だけ ② 名詞修飾形＋だけ
翻訳：① 僅有…。② 盡量，盡可能…。
説明：① 表「限定」，意思為「僅有」。② 表「盡最大限度去做某事」，意思為「盡可能地」。前方多接續「動詞可能形」或「〜たい」。若是使用動詞，則會在「だけ」的前後重複同一個動詞。如「持てるだけ持ちます」。唯「できるだけ」為慣用表現，意思為「盡可能地」，後方不會再重複「できる」一詞。

① ・兄は携帯だけ持って出ていった。

　　（哥哥就只有帶著手機就出門了。）

　　・見るだけなら、お金は要りませんよ。

　　（如果只是看的話，不用錢喔。）

　　・今度の新製品はデザインがいいだけで、実は使いにくいんです。

　　（這次的新產品，只有設計上很好看，實際上並不好用。）

　　・あの先生は有名なだけで、実は教え方が下手なんですよ。

　　（那個老師只是有名而已，其實很不會教。）

🔗 辨析：

「だけ」為副助詞，可直接取代「が」、「を」的位置，或直接置於「が」、「を」的前方。

　　○ 先生は山田君だけ連れて、教室を出た。

　　　（老師只有帶著山田君離開了教室。）

　　○ 先生は山田君だけを連れて、教室を出た。

　　　（同上。）

　　✕ 先生は山田君をだけ連れて、教室を出た。

但若遇到其他格助詞，如「に、で、と、へ、から」…等時，則「だけ＋格助詞」或「格助詞＋だけ」的順序皆可。關於格助詞與副助詞的併用，可參考本書第一單元。

- 彼は妹にだけ／だけに真相を教えた。(他只有告訴妹妹真相。)

- 東京へだけ／だけへ行く。(只有去東京。)

進階複合表現：

「〜だけ」＋「で」＋「も」

- 最近うちの庭によく同じ猫が来る。今日1日だけでも3回は見かけた。
(最近我家的庭院常常會有同一隻貓咪來。光是今天一天就已經看見牠至少三次了。)

「〜だけ」＋「で」＋「は」

- この腐った世の中を変えたいが、私一人の力だけでは、どうにもならない。
(我很想要改變這個爛透了的世界，但僅憑我一己之力，什麼也改變不了。)

② ・荷物がたくさんあるから、みんなで持てるだけ持っていこう。
(因為行李有很多，請大家盡可能地拿吧。)

- 毎日睡眠不足だ。休みになったら寝られるだけ寝たいと思う。
(每天都睡眠不足，放假後想盡量睡。能睡多久就睡多久。)

- 病気が治ったら、お酒を飲みたいだけ飲もう。
(等病好了以後，我要盡情喝酒。)

- 会議の準備がありますから、明日できるだけ早く来てください。
(因為還有會議的事情要準備，明天請盡可能早點來。)

- ここにあるお菓子をどうぞ好きなだけお取りください。
(放在這裡的菓子請盡量拿。)

22

其他型態：

～だけの（名詞修飾）

・できるだけのことはやった。あとは結果（けっか）を待（ま）つだけだ。

(能夠做得到的事都做了。剩下就只有等結果了。)

排序練習：

01. この試合は ＿＿＿ ＿＿＿ ＿＿＿ ＿＿＿ と思います。
　　 1. だけ　2. 頑張って　3. みたい　4. 頑張れる

02. 遠慮し ＿＿＿ ＿＿＿ ＿＿＿ ＿＿＿ いいよ。
　　 1. だけ　2. 食べて　3. ないで　4. 食べたい

解 01.（4 1 2 3）　02.（3 4 1 2）

119. 〜だけで

接続：動詞原形＋だけで
翻訳：光是…就…。
説明：表示「不用實際體驗，僅運用感官就能感受到」。因此「だけで」前面的動詞
　　　僅使用「考える、聞く、思う、想像する」等表思考活動、情報表達語意的動詞。

・来月は休みがなく、毎日学校へ行かなければならない。考えるだけで嫌になる。
（下個月沒有休假，每天都要去學校。光是想就覺得很討厭。）

・テロ攻撃は、経験した人の話を聞くだけで怖い。
（恐怖攻擊，光是聽有經歷過的人講，就覺得很恐怖。）

・CDを聞くだけで、日本語が話せるようになるって本当？
（光是聽CD，就可以學會說日文，是真的嗎？）

・死刑の廃止は想像するだけでぞっとする。
（死刑的廢除，光是想都覺得頭皮發麻。）

📄 排序練習：

01. 世界一周の旅行なんて ＿＿＿ ＿＿＿ ＿＿＿ ＿＿＿ 。
　　　1.想像する　2.だけで　3.する　4.わくわく

02. その映画は ＿＿＿ ＿＿＿ ＿＿＿ ＿＿＿ します。
　　　1.見る　2.ぞっと　3.だけで　4.ポスターを

22

解 01.（1 2 4 3）02.（4 1 3 2）

285

120. 〜だけでなく

接続：名詞＋だけでなく
翻訳：不只…。不僅…。
説明：表示除了前述事項以外，還有後述事項。意思是「不只A，B亦是…／不只A喔，就連B都（也）…」。因此多使用「Aだけでなく、Bも」的結構。

・彼は日本語だけでなく、英語もペラペラだ。
（他不只是日文很棒，就連英文也很溜。）

・社員だけでなく、その家族もスキー旅行に参加できます。
（不只社員可以參加，家人也可以參加滑雪旅行。）

・この不景気では中小企業だけでなく、大企業でも経費を削る必要がある。
（在這樣的不景氣，不只是中小企業，就連大企業也必須削減經費。）

・ビットコインは日本だけでなく、海外の実店舗でも買い物をすることができる。
（比特幣不只在日本，就連在海外的實體店鋪也能夠買東西。）

📄 排序練習：

01. 仕事 ＿＿＿ ＿＿＿ ＿＿＿ ＿＿＿ 充実している。
　　 1. 遊び　2. も　3. なく　4. だけで

02. 私立大学 ＿＿＿ ＿＿＿ ＿＿＿ ＿＿＿ 値上げは避けられないようだ。
　　 1. だけ　2. でなく　3. 国立大学でも　4. 学費の

解答 01.（4312） 02.（1234）

286

121. ～だけしか～ない

接続：名詞＋だけしか～ない
翻訳：只有…。
説明：為「しか～ない」的強調，用法就相當於「しか～ない」，因此後方必須接續
　　　否定表現。另外，「だけしか」亦可接續在格助詞的後方。

・この部屋には男子生徒だけしかいない。
（這個房間只有男學生。）

・このパーティー会場には、我が社の社員だけしか入れません。
（這個派對會場，只有我們公司的社員可以進來。）

・今月、残ったお金は 1,000 円だけしかありません。
（這個月剩下來的錢，只剩一千日圓而已。）

・このクラスでは、今年の新試験に合格したのは 10 人だけしかいません。
（這個班級今年只有十個人考過新制測驗。）

・お願い、10 万円貸して。あなたにだけしか頼めないの。
（拜託，借我十萬。我只能拜託你了。）

・あの国の人は、同じ宗教の信者とだけしか結婚できないそうだ。
（那個國家的人，聽說只能和相同宗教的信徒結婚。）

📄 排序練習：

01. 信頼できるのはもう ＿＿＿ ＿＿＿ ＿＿＿ ＿＿＿ 。
　　　1. しか　2. いません　3. あなた　4. だけ

02. 今度のテストで80点以上 ＿＿＿ ＿＿＿ ＿＿＿ ＿＿＿ しかいなかった。
　　　1. のは　2. だけ　3. 一人　4. 取った

解 01.（3 4 1 2）02.（4 1 3 2）

287

122. 〜ばかりだ

接続：動詞原形＋ばかりだ

翻訳：① 就等…。差不多可以…。② 越來越（糟糕）…。

説明：① 表「事情都準備完成，隨時都可以去做下個動作或步驟了」。有時為了強調完成的狀態，會使用「ばかりになった／なっている」。② 表「事物朝著不好的方向持續變化」，經常會與「〜てから」(自從…) 一起使用，來表示變化發生的契機點。

① ・荷物の準備も戸締りも済み、もう出発するばかりだ。

（行李也準備好了，門窗也關了，差不多可以出發了。）

・料理もできた。ビールも買った。後はお客さんが来るのを待つばかりだ。

（料理也做好了，啤酒也買了，接下來就等客人來了。）

・テスト用紙を提出するばかりになったと思ったら、名前を書いていないことに気づいた。

（就只剩交考卷了。但，突然發現自己忘了寫名字。）

② ・会社が潰れてから、父の健康状態が悪くなるばかりだ。

（自從公司倒閉之後，我爸爸的身體狀況越來越差。）

・新しい部長が来てから、仕事が増えるばかりだ。

（自從新部長來後，工作量就一直增加。）

・このままでは、我が社の業績は悪化するばかりだ。何とかしなければならない。

（如果這樣下去，我們公司的業績只會越來越惡化。非得想想辦法不可。）

📄 **排序練習：**

---

01. できることは全部やった ＿＿＿ ＿＿＿ ＿＿＿ ＿＿＿ だ。

　　1. 今は　2. ただ　3. 祈る　4. ばかり

02. 選挙の時の対立が原因で、あの二人の ＿＿＿ ＿＿＿ ＿＿＿ ＿＿＿ だ。

　　1. ばかり　2. なる　3. 悪く　4. 関係は

解答 01.（1 2 3 4）02.（4 3 2 1）

123. ～ばかりでなく

接続：名詞／イ形容詞い＋ばかりでなく

翻訳：不只…就連…。

説明：以「Aばかりか、Bも…」或「Aばかりでなく、Bも…」的形式，表達「不僅A，就連B也…」之意。意思與120項的「～だけでなく」相同，兩者可替換。但「ばかりでなく」是較為書面的用法。後句多與「～まで」、「～も」搭配使用。

・泥棒に入られ、現金やパスポートばかりかパソコンまで盗まれた。

（遭小偷，不只現金和護照，就連電腦都被偷了。）

・この果物は、味がいいばかりでなく栄養価もとても高い。

（這水果不只味道好，營養價值也很高。）

・この辺りは、空気ばかりでなく水も汚染されている。

（這附近不只空氣被汙染，連水也被汙染了。）

・有名な観光地ばかりでなく、観光客が行かないようなところも見てみたい。

（不只是有名的觀光地，就連那些觀光客不太會去的地方我也想去看看。）

辨析：

「～ばかりか」後方不可接續意志、希望、命令或邀約等表現，但「～ばかりでなく」則無此限。

× 有名な観光地ばかりか、観光客が行かないようなところも見てみたい。

○ 有名な観光地ばかりでなく、観光客が行かないようなところも見てみたい。

（不只是有名的觀光地，就連那些觀光客不太會去的地方我也想去看看。）

22

01. 彼は仕事や _____ _____ _____ _____ 夜逃げをした。
    1. 家族まで　2. 捨てて　3. 財産　4. ばかりでなく

02. 今日は頭が _____ _____ _____ _____ もするんです。
    1. ばかりで　2. 吐き気　3. なく　4. 痛い

1. もう恋なんてしたくない。傷つく（　　）だから。
   1 まで　　　　　　2 ほど　　　　　　3 だけ　　　　　　4 つもり

2. 彼は英語（　　）か、フランス語、ドイツ語、そして中国語も話せるそうだ。
   1 だけ　　　　　　2 ばかり　　　　　3 さえ　　　　　　4 まで

3. さあ、自分の家だと思って、料理を（　　）だけ召し上がってください。
   1 好きな　　　　　2 好きだ　　　　　3 好きに　　　　　4 好きの

4. 何これ、気持ち悪い。見る（　　）吐き気がする。
   1 だけの　　　　　2 だけで　　　　　3 ばかりの　　　　4 ばかりで

5. 今持っているお金は100円（　　）ありません。
   1 まで　　　　　　2 だけ　　　　　　3 しかだけ　　　　4 だけしか

6. 新しい先生が来てから、宿題が増える（　　）だ。
   1 ばかり　　　　　2 つもり　　　　　3 まで　　　　　　4 ところ

7. 彼は社長の ＿＿＿＿ ＿＿★＿＿ ＿＿＿＿ ＿＿＿＿ 手に入れたいそうよ。
   1 地位も　　　　　2 なく　　　　　　3 莫大な　　　　　4 財産だけで

8. こんな ＿＿＿＿ ＿＿＿＿ ＿＿★＿＿ ＿＿＿＿ 頼めません。
   1 ことは　　　　　2 しか　　　　　　3 にだけ　　　　　4 あなた

9. 部品も全部揃って後は組み立てる ＿＿＿＿ ＿＿＿＿ ＿＿★＿＿ ＿＿＿＿
   気が付いた。
   1 ばかりだ　　　　2 と思ったら　　　3 説明書がない　　4 ことに

10. 魚のダンス ＿＿＿＿ ＿＿＿＿ ＿＿★＿＿ ＿＿＿＿ なる。
    1 だけで　　　　　2 考える　　　　　3 楽しく　　　　　4 なんて

23

第 23 單元：程度

　　本單元介紹「くらい」、「ほど」的相關用法。有些情況兩者可以替換，有些情況則不能。另外第 127 項「A は　B ほど～ない」，則為 A、B 兩者互相比較的「比較級」；第 128 項「A ほど～は　ない」則為「最高級」，表示「A 是最…了」。兩者型態上看起來很接近，但截然不同。請務必留意。

124. 〜くらい／ほど

接続：動詞普通形／名詞／イ形容詞い／ナ形容詞な＋くらい／ほど

翻訳：① 大概、大約。② 到…的程度。③ 那點…。

説明：「くらい」與「ぐらい」意思相同，有三種用法：① 前面接續數量詞，表示大約的數量。「くらい」與「ほど」可以替換。② 前面接續動作，表示動作或狀態的程度。「くらい」與「ほど」可以替換。③ 表說話者覺得某物微不足道，含有輕蔑的語意。此用法只能使用「くらい」。

① ・1,000人ほど／くらいの人が集まっています。
  （聚集了大約有一千人左右的人。）

・すみませんが、コピーを3枚ほど／くらいお願いできますか。
  （不好意思，能不能幫我影印個大概三張左右。）

・東京のワンルームマンションの家賃は8万円ほど／くらいだ。
  （東京的套房，房租大概要八萬日圓左右。）

進階複合表現：

「〜ぐらい」＋「しか〜ない」

・今日デパートでたくさん買い物したので、今は1,000円ぐらいしか残っていない。
（今天在百貨公司買了很多東西，所以現在大概只剩1000日圓左右。）

② ・泣きたいほど／くらい宿題が多い。
  （回家功課多到我想哭。）

・歩き回って、もう一歩も歩けなくなるほど／くらい疲れた。
  （走來走去，已經累到一步也走不動了。）

・叱られて言い訳をする子供の声は小さくて、
　側にいても聞こえないほど／くらいだった。

（被罵，然後說著藉口的小孩的聲音很小，小到在他旁邊也聽不到。）

③・そんなことぐらい言われなくてもわかるよ。

（那種事，不用你講我也知道。）

・遅れるのなら、電話ぐらいしてよ。

（如果你會遲到的話，那至少打個電話嘛。）

・一度会ったぐらいで、好きになるのはおかしい。

（只不過見了一次面就愛上人家，很奇怪。）

📄 **排序練習：**

01. ちょっとご相談したいことが ＿＿＿ ＿＿＿ ＿＿＿ ＿＿＿ をください。
　　1. 時間　2. 10分ほど　3. ある　4. ので

02. ひらがな ＿＿＿ ＿＿＿ ＿＿＿ ＿＿＿ なりますよ。
　　1. ぐらい　2. 書ける　3. すぐ　4. ように

解答 01.（3 4 2 1）02.（1 3 2 4）

125. ～くらいなら

接続：動詞原形＋くらいなら
翻訳：與其忍受…倒不如…。與其…寧願…。
説明：用於說話者對於前述事項非常厭惡，認為「與其要去做前述事項，說話者寧願去做後述事項」，即使後述事項也沒有好到哪裡去。後句多半配合「～ほうがいい／～がましだ」等表現使用。亦可使用「ぐらいなら」。

・あんなブスと結婚するくらいなら、一生独身でいるほうがいい。
（與其要跟那樣的醜八怪結婚，我倒寧願一輩子單身。）

・あんなまずい料理を食べるぐらいなら、死んだほうがましだ。
（與其要吃那麼難吃的料理，我倒寧願去死。）

・鈴木さんに頼むぐらいなら、自分でやったほうが早いと思う。
（與其要拜託鈴木先生，倒不如自己做還比較快。）

・中途半端な知識で投資するくらいなら、定期預金したほうが安全だ。
（依你那一知半解的知識來投資，倒不如把錢放在定存還比較安全。）

排序練習：

01. 途中でやめる ＿＿＿ ＿＿＿ ＿＿＿ ＿＿＿ ほうがましだ。
　　　1. やらない　2. なら　3. ぐらい　4. 最初から

02. あんな無責任な ＿＿＿ ＿＿＿ ＿＿＿ ＿＿＿ 一人でいたほうがいい。
　　　1. 男と　2. なら　3. ぐらい　4. 結婚する

解 01. (3 2 4 1) 02. (1 4 3 2)

126. ～ば～ほど

接続：動詞条件形＋ば／イ形容詞条件形＋ば／ナ形容詞語幹＋なら
　　　動詞原形／イ形容詞い／ナ形容詞な＋ほど
翻訳：越…越…。
説明：表示隨著一方面程度發生了變化，另一方面也產生變化。有時候會省略掉
　　　「～ば」的部分。

・勉強すればするほど、成績が上がると思ったら、実際はそうでもなさそうですね。
（想說越用功，成績就會越高，但似乎實際上並非如此。）

・語学学習を始めるのは、早ければ早いほどいいと言われています。
（大家都說學語言，是越早越好。）

・立地が便利なら便利なほど、土地の値段は高い。
（地點越方便，土地的價格就越貴。）

・累進課税というのは、収入が多いほど税率が高くなるシステムだ。
（所謂的累進課稅，指的就是收入越高，稅率越高這種系統。）

・私は何もしないでいるのが好きだから、休みの日は暇なほどいい。
（我喜歡什麼都不做，因此假日是越閒越好。）

・ビジネスを勉強すればするほどもっと学びたいと思うようになって、経営学科への進学を決めた。
（我越學商業，就越覺得想要再學更多，因此決定去讀經營科。）

📄 排序練習：

01. 彼のことを ＿＿＿ ＿＿＿ ＿＿＿ ＿＿＿ なる。
　　　1. ほど　2. 好きに　3. 知る　4. 知れば

02. 荷物は ＿＿＿ ＿＿＿ ＿＿＿ ＿＿＿ 。
　　　1. 少ない　2. いい　3. 少なければ　4. ほど

解答 01.（4312）02.（3142）

296

127. ～ほど～ない

接続：名詞／動詞普通形＋ほど
翻訳：① A 沒有 B 那麼地…。② 沒有你想得這麼…。
説明：此用法為「比較級」。① 使用名詞時，以「A は B ほど～形容詞ない」的型態，
　　　來比較 A、B 兩個名詞的程度之差。② 使用動詞時，若是使用「思った、考え
　　　ている」等思考、表達語意的動詞，則藉以表達「事情沒有你想像中地…」。
　　　③ 使用動詞時，若是使用一般動作動詞，以「動詞ほど～ B ない」的型態，則
　　　表達「程度沒有高到足以去做前述的動作」。

① ・今年の夏は、いつもの夏ほど暑くない。

　　（今年的夏天，沒有以往的夏天熱。）

　　・鈴木さんは山田さんほど英語が上手じゃありません。

　　（鈴木先生英文沒有山田先生來的棒。）

② ・この問題はあなたが考えているほど易しくないです。

　　（這問題沒有你想像中的容易。）

　　・日本の物価は、交通費や家賃以外は思ったほど高くない。

　　（日本的物價，除了交通費跟房租以外，沒有想像中的高。）

　　・交渉は考えていたほど簡単じゃなかったです。

　　（交涉沒有想像中的簡單。）

③ ・将棋はできますが、人に自慢するほど強くありません。

　　（日本象棋我是會啦，只不過沒有好到足以向人炫耀。）

　　・今日一日大変だったけど、ベッドに入ったらすぐに寝てしまうほど疲れていない。

　　（今天一整天雖然很辛苦，但也沒有累到一爬上床就睡著。）

　　・あの店は並んで食べるほどおいしくないのに、いつも行列ができるのは
　　なぜでしょう。

　　（那間店明明就沒有好吃到值得去排隊，但總是大排長龍，不知道為什麼。）

23

其他型態：

上述三種用法，皆可使用「～ほどではない」的形式來改寫，如下：

① 今年の夏は暑いが、いつもの夏ほどじゃない。
（＝いつもの夏ほど暑くない。）

② この問題は複雑だが、あなたが考えているほどじゃないよ。
（＝あなたが考えているほど複雑じゃない。）

③ 将棋はできます（強いです）が、人に自慢するほどじゃありません。
（＝人に自慢するほど強くありません。）

排序練習：

01. 今日も風が強いです。でも、今日は ＿＿＿ ＿＿＿ ＿＿＿ ＿＿＿ です。
　　1. ない　2. 寒く　3. ほど　4. 昨日

02. その映画は ＿＿＿ ＿＿＿ ＿＿＿ ＿＿＿ です。
　　1. 面白く　2. なかった　3. 思った　4. ほど

解答 01.（4 3 2 1）02.（3 4 1 2）

298

128. 〜ほど〜はない

接続：名詞／動詞原形＋ほど

翻訳：Ａ是最…的。

説明：此用法為「最高級」。以「Ａほど、〜Ｂはない」的型態，來表達前述事項為
同一類別當中最頂端的，意思是指「Ａ是最…的了／沒有任何（東西／人／事情），
比Ａ還要…了」。此句表最高級的「ほど」，可用「くらい」來替換。

・今年の夏ほど／くらい暑い夏はない。

（沒有一個夏天像是今年夏天這麼熱的了。）

・地震ほど／くらい怖いものはない。

（沒有像地震這麼恐怖的東西。）

・彼ほどわがままなやつはいない。

（沒有人像他這麼任性的了。）

・大学に合格した時ほど嬉しかったことはない。

（沒有比考上大學時更高興的事情了。）

・自宅でゆっくり音楽を聴くほど楽しいことはない。

（沒有一件事情像是在自己家裡聽音樂這麼快樂的事了。）

・人間ほど何でも食べる動物はいない。

（沒有一種動物像人類一樣，什麼都吃的。）

・山田さんは、奥さんの作る料理ほど美味しい物はないとよく言っている。

（山田先生常說，沒有什麼東西比他太太做的料理好吃。）

・先週観た映画ほど、人生について考えさせられる映画はないと思う。

（我認為沒有一部電影能像上週看的電影一樣讓人如此深刻地思考人生。）

📎 **辨析：**

此句型僅可使用於說話者的主觀想法，客觀事實不可使用。

？ エベレストほど、高(たか)い山(やま)はない。

○ 世界(せかい)で一番(いちばん)高(たか)い山(やま)はエベレストです。（世界上最高的山是喜馬拉雅山聖母峰。）

📄 **排序練習：**

01. パチンコ ＿＿＿＿ ＿＿＿＿ ＿＿＿＿ ＿＿＿＿ 。
    1. 娯楽は　2. ない　3. ほど　4. 面白い

02. 「ドラえもん」ほど ＿＿＿＿ ＿＿＿＿ ＿＿＿＿ ＿＿＿＿ ない。
    1. 日本人　2. に　3. アニメは　4. 親しまれている

1. テストでこんな点しか取れないなんて、悔しくて泣きたい（　）だ。
   1　こと　　　　　2　べき　　　　　3　つもり　　　　4　くらい

2. 彼（　）真面目な男はいない。
   1　こそ　　　　　2　くらい　　　　3　ばかり　　　　4　まで

3. ５キロ（　）誰でも歩けるよ。何でもないさ。
   1　くらい　　　　2　ほど　　　　　3　だけ　　　　　4　まで

4. あんな横暴な人と組む（　）やらないほうがましだ。
   1　ほどなら　　　2　くらいなら　　3　だけなら　　　4　までなら

5. その小説は（　）読むほど、面白くなる。
   1　読むなら　　　2　読んだら　　　3　読めば　　　　4　読むと

6. あの人は思った（　）日本語が上手ではない。
   1　ほど　　　　　2　くらい　　　　3　まで　　　　　4　さえ

7. 今日は ＿＿＿ ＿＿＿ ＿＿＿ ★＿＿＿ だ。
   1　泣きたい　　　2　宿題が　　　　3　多くて　　　　4　くらい

8. あの人に ＿＿＿ ★＿＿＿ ＿＿＿ ＿＿＿ やったほうが早いよ。
   1　自分で　　　　2　ぐらい　　　　3　なら　　　　　4　頼む

9. 今年の冬 ＿＿＿ ＿＿＿ ★＿＿＿ ＿＿＿ と思います。
   1　冬ほど　　　　2　去年の　　　　3　は　　　　　　4　寒くない

10. ジャズ ＿＿＿ ＿＿＿ ★＿＿＿ ＿＿＿ と思う。
    1　はない　　　　2　音楽　　　　　3　楽しい　　　　4　ほど

24

第 24 單元：助動詞

129. ～そうだ（様態）
130. ～そうだ（伝聞）
131. ～ようだ
132. ～みたいだ
133. ～らしい

　　本單元彙整了初級、及中級前期的重要助動詞，並提出每個助動詞的用法及接續、活用。有些是 N4 就曾經學習過，這裡統一作個系統性的介紹，並互相比較異同。因此，本章節份量較多，建議讀者可利用較多的時間來研讀。

助動詞

129. ～そうだ（様態^{ようたい}）

接続：① ③ 動詞~~ます~~＋そうだ　② イ・ナ形容詞語幹＋そうだ
　　　いい→よさそうだ　　ない→なさそうだ
活用：そうだ／そうです。
　　　そうな＋名詞
　　　そうに＋動詞／形容詞
　　　そうもない／そうにない（否定）
翻訳：看起來似乎…。好像…。
説明：本項文法的「そうだ」為「樣態助動詞」。用於表達「可以從外觀上推測、判斷出的性質」。用法有三：① 前接「動詞」時，表說話者「看到事物時，自己判斷某事即將要發生」，也就是有事情即將要發生的徵兆。② 前接「形容詞」時，表說話者「看到某人或者某物時，那事物給說話者感受到的直接印象」，也就是說話者根據自己親眼看到的印象所做出的推測。（例如第一句：他只是看起來很忙，並不見得就真的很忙。忙，只是說話者根據自己看到的第一印象所推測出來的推論而已）。③ 前接「動詞」時，亦可用於表達說話者「對於近未來即將會發生之事、或事情將來走向的預測或判斷」時。

① ・あっ、荷物^{にもつ}が落^おちそう。
　（啊，行李好像要掉下來了。）

・風^{かぜ}で、木^きが倒^{たお}れそうだ。
　（因為颱風，樹好像快倒了。）

・今^{いま}にも雨^{あめ}が降^ふりそうですから、傘^{かさ}を持^もっていきなさい。
　（因為現在看似快下雨了，所以你最好帶傘去。）

・あの子^こは泣^なきそうな顔^{かお}で、「あんたなんか大嫌^{だいきら}い」と言^いって、出^でていった。
　（那孩子一副快要哭出來的樣子，說了「我最討厭你了」之後，就跑出去了。）

② ・忙^{いそが}しそうですね、手伝^{てつだ}いましょうか。
　（你很忙的樣子耶。我來幫你忙吧。）

・おばあちゃんは、元気そうで何よりですね。

（奶奶看起來很有精神。這比什麼都棒。）

・山田さんはおいしそうにケーキを食べています。

（山田先生吃蛋糕吃得津津有味。）

・ワンさんは服のセンスがなさそうですね。

（王先生似乎沒什麼衣著的品味。）

③・不動産価額の高騰は暫く続きそうです。

（看樣子，房價還會持續上漲。）

・夜になっても、雨が止みそうもないね。

（看樣子，就算晚上，似乎雨也不會停了。）

・このソフトは使い方が簡単ですから、売れそうですね。

（這軟體用法很簡單，應該會暢銷吧。）

・これからも、犬を飼う人が増えそうです。

（今後看似養狗的人應該會增加吧。）

📎 辨析：

「～そうだ」不能使用於一目瞭然的事，亦不可用來說自己已確定的事情。

　　✕ TiN 先生は背が高そうです。

　　○ TiN 先生は背が高いです。 （TiN 老師身高很高。）

身高高矮為一目瞭然之事，故不可用推測語氣的「そうです」

　　✕ おなかが痛そうです。

　　○ おなかが痛いです。 （肚子很痛。）

肚子很痛是自己的感官感受，是確定的事實，故不可使用含有推測語氣的「そうです」。

其他型態：

「そうだ」前接動詞時，否定型態為「～そうに（も）ない」；前接イ形容詞時，否定型態為「～なさそうだ」與「～そうじゃない」。

動詞：雨<ruby>あめ<rt></rt></ruby>が降<ruby>ふ<rt></rt></ruby>りそうだ　→　○ 雨が降りそうにない。
　　　　　　　　　　　　　　→　✕ 雨が降らなさそうだ。

イ形容詞：美味<ruby>おい<rt></rt></ruby>しい　→　○ 美味しくなさそうだ。
　　　　　　　　　　　→　○ 美味しそうじゃない。
　　　　　　　　　　　→　✕ 美味しそうにない。

・A：もしもし、武<ruby>たけし<rt></rt></ruby>。ごめん。今急<ruby>いまいそ<rt></rt></ruby>いでそっちに向かっているんだけど、約束<ruby>やくそく<rt></rt></ruby>の時間<ruby>じかん<rt></rt></ruby>に間<ruby>ま<rt></rt></ruby>に合<ruby>あ<rt></rt></ruby>いそうになくて。
（A：喂，小武。抱歉，我現在正趕過去，但看樣子應該趕不上約定的時間了。）
　B：じゃあ、先<ruby>さき<rt></rt></ruby>に喫茶店<ruby>きっさてん<rt></rt></ruby>に入<ruby>はい<rt></rt></ruby>って待<ruby>ま<rt></rt></ruby>ってるから、ゆっくり来<ruby>き<rt></rt></ruby>てね。
（B：那我先進咖啡店等你，你慢慢來喔。）

・A：昨日<ruby>きのう<rt></rt></ruby>のパソコン教室<ruby>きょうしつ<rt></rt></ruby>の見学<ruby>けんがく<rt></rt></ruby>、どうだった？入<ruby>はい<rt></rt></ruby>るの？
（A：昨天你參觀電腦教室，如何呢？要去上嗎？）
　B：ううん、入らない。あまり<u>面白<ruby>おもしろ<rt></rt></ruby>そうじゃなかった</u>から。
　　　　　　　　あまり<u>面白<ruby>おもしろ<rt></rt></ruby>くなさそうだった</u>から。
（B：不，我不上。因為感覺上不怎麼有趣。）

進階複合表現：

「～てしまう」＋「～そうだ」

・会社<ruby>かいしゃ<rt></rt></ruby>でパワハラされて、もう限界<ruby>げんかい<rt></rt></ruby>です。いつか上司<ruby>じょうし<rt></rt></ruby>を<u>殺<ruby>ころ<rt></rt></ruby>してしまいそう</u>です。
（在公司遭受到職權霸凌，我快受不了了。總覺得我總有一天會把上司給殺掉。）

「～てもいい」＋「～そうだ」

・このマンゴーの熟成具合<ruby>じゅくせいぐあい<rt></rt></ruby>、もうそろそろ<u>食<ruby>た<rt></rt></ruby>べてもよさそう</u>な感<ruby>かん<rt></rt></ruby>じですね。
（這個芒果的成熟度，應該差不多可以吃了的感覺。）

「～（ら）れる（被動）」＋「～そうだ」

・ストーカーの元彼<ruby>もとかれ<rt></rt></ruby>に<u>殺<ruby>ころ<rt></rt></ruby>されそう</u>で、怖<ruby>こわ<rt></rt></ruby>いです。
（我好像要被跟蹤狂的前男友殺掉了，我好害怕喔。）

24

305

01. あそこでケーキを ＿＿＿＿ ＿＿＿＿ ＿＿＿＿ ＿＿＿＿ 誰ですか。
　　1. 食べて　2. いる　3. 人は　4. おいしそうに

02. こんな幸せな日々はどうやら ＿＿＿＿ ＿＿＿＿ ＿＿＿＿ ＿＿＿＿ 。
　　1. 続き　2. 長く　3. ない　4. そうに

解 01.（4 1 2 3）　02.（2 1 4 3）

130. 〜そうだ（伝聞）

接続：普通形＋そうだ
活用：そうだ／そうです
翻訳：聽說…。
説明：本項文法的「そうだ」為「傳聞助動詞」。用於表達述說的內容為「從別人那裏得到的情報」，也就二手資訊。因此常常與「〜によると」、「〜（話）では」等詞語併用。此用法與第 129 項樣態助動詞「〜そうだ」在用法上、接續上、意思上截然不同，學習時請留意。

・天気予報によると、明日は雪が降るそうです。
（根據天氣預報，明天應該會下雪。）

・母からの電話によると、昨日うちのワンちゃんに赤ちゃんが生まれたそうだ。
（我媽的來電說，昨天家裡的狗狗生了小孩了。）

・うわさでは、いくら反対されても課長は会社を辞めるそうだ。
（謠傳說，無論怎麼被反對，課長還是堅持要辭職。）

・新しい先生はかっこいい男の人だそうだ。
（聽說新老師是個帥哥。）

・今年の夏は暑くないそうだ。
（聽說今年的夏天不熱。）

・去年の日本の夏は暑かったそうだ。
（聽說去年日本的夏天很熱。）

🔗 辨析：

傳聞助動詞「そうだ」本身不可改否定或過去。

× 雨が降るそうでした。

○ 雨が降ったそうです。

× 雨が降るそうじゃありません。

○ 雨が降らないそうです。

其他型態：

〜そうで（中止形）

・彼が無事アメリカに着いたそうで、安心しました。

（聽說他已經平安抵達美國了，那我就安心了。）

進階複合表現：

「〜（さ）せる（使役）」+「そうだ」

・父は、将来弟に会社を継がせるそうです。

（聽說爸爸將來要讓弟弟繼承公司。）

「〜（ら）れる（被動）」+「そうだ」

・この町は、世界大戦で多くの建物が壊されたそうです。

（這個城鎮聽說在世界大戰的時候有許多建築物被破壞掉。）

排序練習：

01. 吉本さんは目白で ＿＿＿ ＿＿＿ ＿＿＿ ＿＿＿ 。
    1. マンションを　2. 買った　3. 新しい　4. そうだ

02. 日本では自動販売機で花が ＿＿＿ ＿＿＿ ＿＿＿ ＿＿＿ んですか。
    1. ですが　2. 本当な　3. そう　4. 買える

解 01.（3 1 2 4）02.（4 3 1 2）

131. ～ようだ

接続：名詞修飾形＋ようだ

活用：ようだ／ようです。
　　　ような＋名詞
　　　ように＋動詞／形容詞

翻訳：① 有如…一般。② 好像…。似乎…。③ 像是…。

説明：比況助動詞「ようだ」主要有三種用法：① 表「比況、比喻」。將某事物或狀態比喻成其他不同的事物，經常配合著副詞「まるで」使用。② 表「推量、推測」。說話者綜合視覺、聽覺、嗅覺、味覺、觸覺等五感的感受所做出的推論，經常配合著副詞「どうも」使用。③ 表「例示、舉例」。列出一具體例來說明接續在後面的事物，因此這種用法只會以「～のような、～のように」的形式出現。

① ・東京タワーの上から見ると、人はまるで蟻のようです。

　（從東京鐵塔上來看，人就有如螞蟻一般。）

　・あの女の心は氷のように冷たい。

　（那女人的心，就有如冰一樣冷。）

　・最近は休みもなく、まるでロボットのように働いている。

　（最近都沒休假，就有如機器人一般地工作。）

　・酔っ払って倒れた男は死んだように眠っている。

　（醉倒在路邊的男人，就有如死掉了一般睡著。）

② ・くしゃみが止まらない。どうも風邪を引いたようだね。

　（噴嚏一直止不住，總覺得好像感冒了。）

　・あの人の服装から見ると、彼はサラリーマンではないようです。

　（從那個人的衣著來看，他應該不是上班族的樣子。）

　・鈴木先生はダンスがお好きなようですね。

　（鈴木老師好像喜歡跳舞。）

　・都内では半袖で過ごせますが、山の気候はまだまだ寒いようです。

　（在都內可能穿短袖就可以了，但山上的氣候似乎還很冷。）

③・東京のような大都会では、家を買うことはなかなかできません。

（要在像東京這樣的大都會買房，實在很難辦到。）

・日本人のように日本語がすらすら話せたらいいなぁ。

（如果日文能說得像日本人這麼流利就好了。）

・病気の時は、コーラのような冷たい飲み物を飲まないほうがいいよ。

（生病的時候，最好不要喝像可樂這種冷飲喔。）

・給料が高くても、体を壊すような仕事はしないほうがいいと思いますよ。

（儘管薪水很高，但還是不要做那種會搞壞身體的工作比較好喔。）

🔗 辨析：

第 129 項文法表樣態的「～そうだ」的第②種用法，與本項的第②種用法相近。前者只能使用形容詞，但後者能使用動詞。語意上，「そうだ」為「說話者看到後的外觀描述」，而「ようだ」為「說話者綜合自己五感所得的各項資訊所進行的判斷」。就如下面的例句：「忙しそうだ」，為看到某人進進出出，手邊工作停不下來的樣態。而「忙しいようだ」則可能是某人很難連絡上，事情回覆很慢等，讓你判斷出他似乎很忙。

・忙しそうですね、手伝いましょうか。

（你看起來好像很忙，我來幫你吧。）

・田中さんは最近忙しいようで、連絡してもなかなか返事をくれない。

（田中先生最近似乎很忙，聯絡他都不回覆。）

📄 排序練習：

01. 東京の ＿＿＿ ＿＿＿ ＿＿＿ ＿＿＿ つらいですよ。

    1. 都会での　2. ような　3. 生活　4. は

02. あそこに人が大勢集まっているし、救急車も ＿＿＿ ＿＿＿ ＿＿＿

    ＿＿＿ ね。

    1. ようだ　2. から　3. 来ている　4. 事故の

（解答 01.（2 1 3 4） 02.（3 2 1 4）

132. ～みたいだ

接続：動詞普通形／名詞／イ形容詞い／ナ形容詞語幹＋みたい (だ)
活用：みたいだ／みたいです。
　　　みたいな＋名詞
　　　みたいに＋動詞／形容詞
翻訳：① 有如…一般。② 好像…。似乎…。③ 像是…。
説明：比況助動詞「みたいだ」與比況助動詞「ようだ」的功能幾乎一樣，兩者也多可替換 (但接續方式不同)。唯「ようだ」較為書寫、正式用語，而「みたいだ」則較為口語。用法一樣有三種：① 表「比況、比喩」。② 表「推量、推測」。③「例示、舉例」。用法請參照 131 項的說明。

① ・彼がやっていることは子供みたいだ。
　　(他所做的事就有如小孩一般。)

・山田さんって、あの金髪の、外国人みたいな人？
　　(您說的山田先生是指，那位金髮的，像是外國人的那位先生嗎？)

・もう 4 月なのに、冬みたいに寒いなんて、いよいよ世界も終わりかな。
　　(已經四月了，但卻有如冬天般的寒冷。是不是快世界末日了。)

・神戸には西洋風の建物が多くて、まるで外国にいるみたい。
　　(神戶有很多西洋風的建築，彷彿就像在外國一般。)

② ・今日はなんだか風邪を引いたみたいだ。
　　(總覺得今天好像感冒了的樣子。)

・どうも山田さんは鈴木さんに気があるみたい。
　　(山田先生似乎對鈴木小姐有意思。)

・うちのワンちゃんは丸いものが好きみたい。
　　(我家那隻小狗狗好像喜歡圓圓的東西。)

・業者に相見積もりを取っているんだけど、どうも A 社は工事費が高いみたいだね。
　　(我有請好幾個業者報價給我，總覺得 A 公司的工程費用似乎比較高。)

・あの人は汚いし、いつも公園でうろうろしていて、どうもホームレスみたい。

（那個人很髒，總是在公園晃來晃去，看來他似乎是流浪漢。）

③ ・美容師：今日はどういう風になさいますか。

（美容師：您今天想做怎樣的髮型呢?）

　客：この雑誌に載っている人みたいにしてください。

（客：請幫我剪成像這個雜誌上的人一樣。）

・井上さんみたいに英語が上手になれたらいいなぁ。

（如果能像井上先生一樣說一口流利的英文就好了。）

・何か、鉛筆みたいな尖ったものはありませんか。

（有沒有像是鉛筆那樣尖尖的東西呢？）

辨析：

「ようだ」跟「みたいだ」都有「推量」跟「比況」等用法。因此「あの人は日本人のようだ /
日本人みたいだ」亦可做兩種解釋。1. 推量：不知道他的國籍，但從他外觀穿著很日系，或日
語發音地道，來推測他可能是日本人。2. 比況：很清楚知道他是台灣人，但因為他日文流利，
外觀也有日本人的味道，因此把他比喻成跟日本人一樣。在這種情況下，說話者可透過加上副
詞，來使語意更明確以避免誤會。如下例：「どうも」（彷彿、好像）一詞用於「推量、推測」
用法、而「まるで」（有如）一詞則是用於「比喻、比況」用法。

・あの人はどうも日本人のようだ／日本人みたいだ。（推量）

（總覺得那個人好像是日本人。）

・あの人はまるで日本人のようだ／日本人みたいだ。（比況）

（他就有如日本人一般。）

排序練習：

01. 私は ＿＿＿ ＿＿＿ ＿＿＿ ＿＿＿ ことがありますよ。

　　１.かわいいと　２.みたいに　３.芸能人　４.言われた

02. もう大人なんだ ＿＿＿ ＿＿＿ ＿＿＿ ＿＿＿ はしないで。

　　１.こと　２.から　３.子供　４.みたいな

133. ～らしい

接続：① 名詞＋らしい　②③ 動詞普通形／名詞／イ形容詞い／ナ形容詞語幹＋
　　　らしい
活用：らしい。
　　　らしい＋名詞
　　　らしく＋動詞／形容詞
翻訳：① 有…特點的。② 好像…。③ 聽說…。
說明：「～らしい」有兩種詞性，一為「接尾辞」、一為「推定助動詞」。① 作為「接
　　　尾辞」使用時，前面僅能接名詞，用於表達「具有某種特徵或性質」。② 作為
　　　「助動詞」使用時，表「判斷」。用於表達「說話者基於從外部獲得的情報來
　　　做判斷，並非單純的想像」。③ 作為「助動詞」時，亦可表「傳聞」。用於表
　　　達「從別人那裏聽來的情報，但往往情報源不明確」。

① ・今日は暖かくて、久しぶりに春らしい天気だ。

　　（今天很溫暖，是個久違的，很春天的天氣。）

　・そんなことで諦めるなんて、君らしくないね。

　　（居然因為那點小事就放棄，一點都不像是你。）

　・最近は男らしい男が減ってきた。ある意味、これはいいことかもしれない。

　　（最近有男子氣概的男人減少了。從另外一個層面來看，或許這是好事。）

　・学生なら学生らしく、もっと真面目に勉強しろ。

　　（既然身為學生，就應該要有學生的樣，好好認真讀書。）

　・田村さんの部屋は、色々な動物のぬいぐるみが飾ってあって、動物が
　　好きな田村さんらしい部屋だ。

　　（田村小姐的房間裝飾著各式各樣動物的娃娃，真的很有田村小姐她那喜愛動物
　　的風格。）

② ・山田さんは咳をしている。風邪を引いているらしい。

　　（山田先生在咳嗽。好像是感冒了。）

　・林さんは大根が好きらしいね。いつも大根ばかり食べている。

　　（林先生好像很喜歡蘿蔔。一天到晚都只吃蘿蔔。）

・授業が終わったらしく、子供が一斉に学校から出てきた。

（好像是下課了，孩子們一起衝出校園。）

・あの子、会社の面接がうまくいかなかったらしくて、帰ってきてからずっと
部屋に閉じこもっているの。

（那孩子好像公司的面試不順利，回家後，就一直關在房間裡不出來。）

📎 辨析：

表判斷的「らしい」與表推量的「ようだ／みたいだ」。

「ようだ／みたいだ」比較像是「基於自己看到、聽到、聞到…等五感的感受，進而進行合理推測」時使用。但「らしい」聽起來就比較帶有「較不負責任地去判斷，推測」時使用。如下例：

・山田さんは咳をしている。風邪を引いているようだ。

→看到山田咳嗽，便依據自己的醫學常識跟經驗，來合理地判斷。

・山田さんは咳をしている。風邪を引いているらしい。

→只看到山田咳嗽的樣子，便以隨性、不負責任的態度作出判斷。

因此，去看醫生時，醫生用專業判斷後，會對患者說「風邪のようですね」。絕對不會講「風邪らしいですね」。

③・噂によると、長島さんは来月ロシアへ引っ越すらしいよ。

（據謠傳，長島小姐好像下個月要搬去俄國。）

・みんなの噂では、彼女、会社の専務と付き合っているらしい。

（大家都在謠傳，說她好像跟公司的董事在交往。）

・会社の人によると、田中さんが会社を辞めることは本当らしい。

（據公司的人說，田中先生要辭職這件事，似乎是真的。）

・噂では、駅前に新しくできた焼き肉屋が美味しいらしいよ、
今度一緒に食べに行こう。

（聽傳言說，車站前新開的燒肉店很好吃喔，下次一起去吃吧。）

🔗 辨析：

表傳聞的「らしい」的與表傳聞的「そうだ」。

若情報來源明確，或直接從本人那裡聽到的，一般會使用「そうだ」。當情報來源不明確時，則會使用「らしい」。

- 噂によると、春田さんは来月大阪へ転勤するらしいよ。

(根據傳言，春田先生好像下個月要調職到大阪。)

- 社長の話によると、春田さんは来月大阪へ転勤するそうだ。

(根據社長所講，聽說春田先生下個月要調職到大阪。)

📄 排序練習：

01. 同僚の話 ＿＿＿＿ ＿＿＿＿ ＿＿＿＿ ＿＿＿＿ らしい。

　　1. 雨　2. と　3. による　4. 明日は

02. 山田さんは ＿＿＿＿ ＿＿＿＿ ＿＿＿＿ ＿＿＿＿ 最近は部屋から一歩も
出ていない。

　　1. らしく　2. 会社を　3. クビに　4. なった

解答 01. (3241) 02. (2341)

1. 声が聞こえますね。隣の部屋に誰か（　　）ようです。
   　1　いた　　　　　2　いる　　　　　3　いない　　　　4　いて

2. 山田さんは（　　）ラーメンを食べています。
   　1　美味しいそうに　　2　美味しいそうで
   　3　美味しそうに　　　4　美味しそうで

3. テレビのニュースによると、昨日関東地方で地震が（　　）そうよ。
   　1　起きた　　　　　2　起きる　　　　3　起き　　　　　4　起きます

4. 松崎さんのマンションは、まるで（　　）ようです。
   　1　ホテル　　　　　2　ホテルだ　　　3　ホテルの　　　4　ホテルな

5. どうもその話しは（　　）らしい。
   　1　本当の　　　　　2　本当な　　　　3　本当だ　　　　4　本当じゃない

6. あの人は学生なのに、（　　）みたいな服装をしている。
   　1　会社員　　　　　2　会社員の　　　3　会社員だ　　　4　会社員に

7. 私は寒いのが苦手なので、＿＿＿＿　＿＿★＿＿　＿＿＿＿　＿＿＿＿ 暮らしたい。
   　1　暖かい　　　　　2　みたいな　　　3　ところで　　　4　沖縄

8. そのスカートの ＿＿＿＿　＿＿＿＿　＿＿★＿＿　＿＿＿＿ ですね。
   　1　らしくて　　　　2　かわいい　　　3　色は　　　　　4　春

9. ここで先生に会えるなんて、＿＿＿＿　＿＿＿＿　＿＿★＿＿　＿＿＿＿　。
   　1　よう　　　　　　2　です　　　　　3　まるで　　　　4　夢の

10. テーブルの上に ＿＿＿＿　＿＿＿＿　＿＿★＿＿　＿＿＿＿ あります。
   　1　おいし　　　　　2　クッキーが　　3　並べて　　　　4　そうな

25

第 25 單元：「する」相關句型

　　動詞「する」，除了「做…」的意思外，尚有許多不同的用法。隨著前接的助詞不同，會有不同的解釋。本單元將利用一整個單元的篇幅，依序介紹。

134. 〜がする

接続：名詞＋がする

翻訳：有…的聲音、味道等。

説明：用於表達「有…的感覺」。前面可接續的詞彙有限，大多只能為「匂い（氣味）、香り（香味）、味（味道）、音（聲音）、感じ（感覺）、気（情緒感覺）、寒気（發冷）、吐き気（噁心感）」等表感覺、知覺類的名詞。

・変なにおいがしますね。なんだろう。

（有怪氣味耶。是什麼呢？）

・隣の部屋で音がします。誰かいるようですね。

（隔壁的房間有聲音，好像有人在。）

・これ何？すごく変な味がする。

（這是什麼？有怪味道。）

・どこかで子犬の鳴き声がしない？

（好像有小狗的叫聲耶，你沒聽到嗎？）

・昨日の夜、誰もいない部屋から何か音が聞こえた気がした。

（昨天晚上，我總覺得好像有聽到什麼聲音，從沒有人的房間裡傳出來。）

・私が今住んでいるアパートは線路の近くにあって、住み始めた頃は、電車の通る音がしてうるさいと思うこともあったが、今は気にならなくなった。

（我現在住的公寓在鐵軌附近，剛住進來的時候，有時候會覺得電車經過時所發出的聲音很吵，但現在已經沒感覺了。）

進階複合表現：

「〜がする」＋「〜てくる」

・夕方頃にその家の前を通ると、いつもカレーの匂いがしてくる。

（傍晚時分，只要經過那間房子前，總是會飄來陣陣咖哩味。）

排序練習：

01. このケーキは ＿＿＿ ＿＿＿ ＿＿＿ ＿＿＿ 美味しい。

　　 1. して　2. とても　3. バナナの　4. 味が

02. 先生が飼っている犬は毛が柔らかくて、＿＿＿ ＿＿＿ ＿＿＿ ＿＿＿
　　 する。
　　 1. ような　2. ぬいぐるみの　3. まるで　4. 感じが

解答 01. (3 4 1 2)　02. (3 2 1 4)

25

319

135. ～にする

接続：名詞／イ形容詞の／ナ形容詞なの＋にする
翻訳：決定…。選擇…。
説明：表「說話者有意識地從眾多事物、選項當中，挑選出、決定其中一個」。前方除了可接續名詞以外，亦可接續疑問詞或助詞「から、まで」。前接形容詞時，必須加上「の」。

・俺、天丼にするけど、田村さんは何にする？
（我要點炸蝦蓋飯，田村你要點什麼？）

・どれにしようかなぁ。
（到底要選哪一個呢？）

・これがかわいいわ。これにする。
（這個很可愛，那選這個好了。）

・雨が降っているので、サッカーの練習は午後からにする。
（因為在下雨，所以決定下午開始練足球。）

・（喫茶店で）A：何か食べようか。私、サンドイッチとコーヒーのセット。
（A：吃些東西吧。我要三明治咖啡套餐。）
　　　　　　B：さっき昼食を食べたばかりですから、私はコーヒーだけにします。
（B：我才剛吃過中餐，我點咖啡就好。）

・これだとちょっと小さいわ。ワンサイズ大きいのにします。
（這個的話有點小。我選再大一號的。）

其他型態：

～になさいます（尊敬語）

・店員：お客様、食後のお飲み物は何になさいますか。
（店員：客人，您飯後飲料要什麼呢？）

「～にする」＋「～てほしい」

・この歌は好きですが、みんなで歌うには少し難しいですから、他のにして
ほしいです。

（我是喜歡這首歌啦，但這大家要一起唱的，似乎有點難，希望可以換另一首。）

排序練習：

01. 今度の社員旅行の行き先は ＿＿＿ ＿＿＿ ＿＿＿ ＿＿＿ でしょうか。
　　1. します　2. が　3. よろしい　4. 北海道に

02. 今日は誕生日バーティー ＿＿＿ ＿＿＿ ＿＿＿ ＿＿＿ しよう。
　　1. 赤い　2. ドレスに　3. だから　4. この

解答 01.（4 1 2 3）　02.（3 4 1 2）

136. 〜とする

接続：普通形＋とする
翻訳：假設…。
説明：用於表達「假設」。表示在假設前述事項成立的前提之下，來考慮後述事項。
　　　若作為接續表現，使用於複句中，則會使用「〜としたら／とすれば」的形式。

・宝くじで1億円当たったとします。あなたはそのお金で何をしますか。
（假設你彩卷中了一億日圓，你要用那筆錢來做什麼呢？）

・例えば、ハロウィンに子供が20人来るとします。お菓子はどれくらい用意して
おけばいいですか。
（假設萬聖節會來20個小孩，那我糖果要準備多少才夠呢？）

・今、テロ事件が起こったとしよう。その被害はどれほどのものか、考えてみて。
（想想看，假設現在發生了恐怖攻擊，那受害的規模將會是多大。）

・明日が世界最後の日だとしたら、あなたは今日誰と過ごしますか。
（假如明天就是世界末日了，那你今天要跟誰渡過呢？）

・学校で「もし自分を色で表すとすれば、何色ですか。」と聞かれ、「赤」と答えた。
（在學校被問說「如果要用顏色來表達自己，會是什麼色呢？」，我回答「紅色」。）

進階複合表現：

「〜とする」＋「〜ても」

・宝くじで1億円当たったとしても、資産運用ができなければ、そのお金はすぐ
なくなってしまう。
（就算你彩卷中了一億日圓，如果你不會投資運用的話，那錢馬上就會花光不見了。）

辨析：

本文法的「～としたら／とすれば」與第 72 項文法「～なら」的第③項用法「假定條件句」語意類似，兩者大多數的情況可以替換。但「～なら」較為口語，「～としたら」較為書面上用語。

排序練習：

01. 時給が 1,000 円で、週に 20 時間 ＿＿＿＿ ＿＿＿＿ ＿＿＿＿ ＿＿＿＿ になる。
    1. 2万円　2. 1週間で　3. 働くと　4. すれば

02. 今、仮に 1 億円の宝くじが ＿＿＿＿ ＿＿＿＿ ＿＿＿＿ ＿＿＿＿ 。あなたはそれで何をしますか。
    1. あなたに　2. 当たった　3. と　4. します

解 01.（３４２１）02.（１２３４）

137. ～をしている

接続：名詞＋をしている
翻訳：外觀上呈現著…。
説明：表示「外觀上呈現著一種狀態」。前面多接續「色（顔色）、目（眼睛）、様子（
　　　様子）、形（形狀）」等視覺上可以看到的詞彙。此句型一定要配合「～ている」
　　　使用，因此只會以「～をしている」的型態出現，沒有「～をする」的講法。
　　　但若放入連體修飾節（形容詞子句）內修飾名詞，則亦可使用「～をした名
　　　詞」的型態。

・彼はジムに通っているせいか、程よく筋肉がついていい体をしている。
（不知道是不是因為他有在上健身房，肌肉適當，身材不錯。）

・山田さんは、今日すごく嬉しそうな顔をしている。何かあったんだろうか。
（山田小姐今天一副很高興的樣子，不知道有什麼好事。）

・キリッとした目をした男子が訪れてきた。
（有個眼神深邃的男子來訪。）

・変な色をした靴をもらった。
（我得到了一雙很奇怪的顏色的鞋子。）

・世界中で使われている硬貨には、丸い形をしているものが多いのはなぜでしょうか。
（世界上被使用的貨幣當中，多為呈現圓形的，這是為什麼？）

進階複合表現：

「～たい」＋「～そう（様態）」＋「～をしている」＋「～のを」

・課長は平山さんが何か言いたそうな顔をしているのを見て、「はっきり言え！」と
大声を出した。
（課長看著平山先生那一副欲言又止的表情，就大聲說「給我講清楚！」。）

01. この絵の中の女性はとても ＿＿＿ ＿＿＿ ＿＿＿ ＿＿＿ いますね。
   1. して　2. 顔を　3. そうな　4. 優し

02. ほら、見て。あの ＿＿＿ ＿＿＿ ＿＿＿ ＿＿＿ ？
   1. 丸い形を　2. している　3. ビルは　4. 何

解答 01.（4 3 2 1）02.（1 2 3 4）

138. 〜を〜にする

接続：名詞Ａを　名詞Ｂに　する
翻訳：① 把 (物)…當作…。把 (物)…弄成是…。② 把 (人)…變成，栽培成…。
説明：① 若 A 為物，則意指「將 A 當作是 B 的用途」（物品狀態無改變），或者是「把 A 弄成是 B 的狀態」（物品狀態改變）。此用法有時會省略 A 的部分不講。
　　② 若 A 為人，則指「把此人變成，或栽培成…的身分 / 地位 / 職業的人」。另外，「人を馬鹿にする」則為慣用表現，意指「把人當白癡」。

① ・本を枕にして寝るとバカになるよ。
（把書當枕頭睡的話會變笨蛋喔。）

・子供が大学進学のため家を出たから、子供部屋を書斎にした。
（因為小孩子離家上了大學，所以就把小孩的房間當成是書房來使用。）

・エクセルやワードを PDF にする方法を教えてください。
（請教我如何把 Excel 或 word 檔轉成 PDF 檔的方法。）

・イチゴは（を）そのまま食べるのも美味しいが、ジャムにしても美味しいよ。
（草莓這樣吃也很好吃，弄成果醬也很好吃喔。）

② ・山田さんは自分の息子を医者にしたがっている。
（山田先生想把自己的兒子栽培成醫生。）

・お金持ちを貧乏人にしても、貧乏人はお金持ちにはなりません。
（就算把有錢人都變窮，窮人也不會因此變有錢人。）

・そんなことぐらいわかってるわよ。（私を）馬鹿にしないで。
（那點事我還懂，不要把我當笨蛋！）

📄 **排序練習：**

01. 母は破れた ＿＿＿＿＿ ＿＿＿＿＿ ＿＿＿＿＿ ＿＿＿＿＿ います。
　　1. にして　 2. 使って　 3. タオルを　 4. ぞうきん

02. ある日、悪い ＿＿＿＿＿ ＿＿＿＿＿ ＿＿＿＿＿ ＿＿＿＿＿ にした。
　　1. 魔女は　 2. 王子様を　 3. 蛙の　 4. 姿

解 01.（3 4 1 2）　02.（1 2 3 4）

139. 〜を〜とする

接続：名詞Aを　名詞Bと　する
翻訳：把…看作是…。將…視為…。
説明：表示「把名詞A視為是名詞B，來思考、判斷或處理」。

・私はあの人の生き方を手本としている。
（我把那個人的生活方式視為範本。）

・新試験では70点以上を合格とする。
（新制測驗要70分以上才算是及格。）

・あの人は人生を旅として生きていた。
（那個人將人生視為是一趟旅程來度過。）

・我が社の製品は、安全を第一条件として作られています。
（敝公司把產品安全視為第一要件來生產製造。）

其他型態：

〜は━(を)━〜とされる（被動）

・結核は昔、治らない病気とされていたが、今は薬が開発され、きちんと飲めば治ります。
（以前肺結核被認為是治癒不了的疾病，但現在藥已經被開發出來了，確實吃藥就治得好。）

📄 排序練習：

01. 松尾芭蕉は ＿＿＿ ＿＿＿ ＿＿＿ ＿＿＿ 。
　　　1. として　2. 人生を　3. 生きた　4. 旅

02. この団体は ＿＿＿ ＿＿＿ ＿＿＿ ＿＿＿ 。
　　　1. 社会奉仕を　2. として　3. 目的　4. います

解答 01.（2413）02.（1324）

328

1．飲み物は何（　　）しますか。
　　1　を　　　　　　　　2　に　　　　　　　3　で　　　　　　　4　が

2．山田さんの彼女はかわいい目を（　　　）。
　　1　しています　　　　2　なっています　3　します　　　　　4　なります

3．この機械、おかしい音（　　）しますね。故障かもしれません。
　　1　を　　　　　　　　2　に　　　　　　　3　で　　　　　　　4　が

4．例えば、3つで1,000円（　　）します。全部買うにはいくらかかりますか。
　　1　に　　　　　　　　2　と　　　　　　　3　が　　　　　　　4　を

5．お食事は和食と洋食とどちらに（　　）か。
　　1　いたします　　　　2　なさいます　　　3　ございます　　　4　くださいます

6．秘書は女性の仕事（　　）されていたが、最近は男性の秘書もいるそうだ。
　　1　と　　　　　　　　2　で　　　　　　　3　が　　　　　　　4　を

7．これ、変な ＿＿＿ ＿＿＿ ＿★＿ ＿＿＿ ほうがいいと思う。
　　1　味が　　　　　　　2　食べない　　　　3　から　　　　　　4　します

8．祖父は ＿＿＿ ＿＿＿ ＿★＿ ＿＿＿ います。
　　1　日課と　　　　　　2　散歩を　　　　　3　公園での　　　　4　して

9．この服もその服も ＿＿＿ ＿★＿ ＿＿＿ ＿＿＿ なさいますか。
　　1　いますが　　　　　2　どれに　　　　　3　似合って　　　　4　お客様に

10．地下室で ＿＿＿ ＿＿＿ ＿★＿ ＿＿＿ 見てきますね。
　　1　音が　　　　　　　2　しますから　　　3　ちょっと　　　　4　おかしい

26

第 26 單元：「いう」相關句型

本單元彙整了使用「という」的相關句型。「～と」的前方為引用的內容，原則上前方為常體句（也就是句子的普通形）。前面若為名詞時，亦可省略「だ」。另外，有些句型受到其本身語意及用法的影響，只可接續名詞，將會在各項句型中詳述。

140. ～を～という

接続：名詞 A を　名詞 B（だ）という

翻訳：把…叫作是…。把…稱作是…。

説明：用於表達「將某人或某事物以另一種名稱來稱呼」。名詞 B 可省略「だ」。若名詞 A 為某行為（動詞），必須使用形式名詞「こと」將其名詞化（見第四例）。

・彼はいつも<ruby>私<rt>わたし</rt></ruby>を<ruby>馬鹿<rt>ば か</rt></ruby>だといっている。

（他總是叫我笨蛋。）

・<ruby>1月<rt>がつ</rt></ruby><ruby>1日<rt>ついたち</rt></ruby>を<ruby>元日<rt>がんたん</rt></ruby>といいます。

（一月一號就稱之為元旦。）

・フランス<ruby>語<rt>ご</rt></ruby>では「おはよう」を「ボンジュール」といいます。

（法文的早安，就叫做 Bonjour。）

・お<ruby>正月<rt>しょうがつ</rt></ruby>に<ruby>神社<rt>じんじゃ</rt></ruby>や<ruby>お寺<rt>てら</rt></ruby>に<ruby>行<rt>い</rt></ruby>くことを<ruby>初詣<rt>はつもうで</rt></ruby>といいます。

（新年去神社或寺廟參拜，就叫做初詣。）

📄 **排序練習：**

01. 働かず、学ぶでもなく、働こうとも ＿＿＿ ＿＿＿ ＿＿＿ ＿＿＿ という。
　　1. ニート　2. しない　3. 若者たちの　4. ことを

02. 森に ＿＿＿ ＿＿＿ ＿＿＿ ＿＿＿ 。
　　1. 森ガール　2. といいます　3. 女の子を　4. いそうな

141. 〜というのは〜こと／意味だ

接続：① 名詞Ａ＋というのは＋名詞Ｂ＋のことだ。
　　　② 名詞Ａ＋というのは＋普通形＋ということ／意味だ。
翻訳：所謂的Ａ，就是…。
説明：表示「對前述事項的說明或是定義」。① 為使用名詞Ｂ來解釋名詞Ａ的講法。② 為使用一個句子來解釋說明名詞Ａ的講法。另外，在口語表現時，「Ａというのは」可以講成縮約形「Ａっていうのは」。③ 疑問句時，會使用「〜というのは、どういうこと／意味か」的形式。

① ・森ガールというのは森にいそうな女の子のことだ。
　（所謂的森林系女孩，指的就是那些好像是會出現在森林裡的女孩的意思。）

　・ニートというのは、働かず、学ぶこともせず、働こうともしない
　　若者たちのことだ。
　（所謂的尼特族，指的就是那些不工作、不學習，也不想找工作的年輕人們。）

② ・駐輪禁止というのは、自転車を止めてはいけないという意味だ。
　（所謂的駐輪禁止，指的就是不可以停腳踏車的意思。）

　・似顔絵っていうのは、ある人の特徴を大袈裟に似せて描いた絵っていうことだ。
　（所謂的似顏繪，指的就是把某人的特徵畫得很誇張的畫。）

③ ・駐輪禁止というのは、どういう意味ですか。
　（所謂的駐輪禁止，指的是什麼意思？）

　・企業で働くというのはどういうことか、教えてください。
　（請告訴我，所謂任職於企業，究竟是怎麼一回事？）

01. 教育ママ ＿＿＿ ＿＿＿ ＿＿＿ ＿＿＿ 熱心な母親のことだ。
    1. のは　　2. という　　3. 教育に　　4. 息子の

02. ＿＿＿ ＿＿＿ ＿＿＿ ＿＿＿ 神社やお寺に行くことだ。
    1. 初詣と　　2. いう　　3. のは　　4. お正月に

解 01.（2143）02.（1234）

26

142. ～というより（寧ろ）

接続：普通形／名詞＋というより
翻訳：與其說是…倒不如說是…。
説明：表示「後述事項比前述事項更符合說話者的感覺或判斷」。經常與副詞「寧ろ」
一起使用。

・あの人の歌、歌っているというより怒鳴っているって感じだなぁ。
（那個人的歌，與其說他在唱歌，倒不如說是在怒吼。）

・あの学生はできないというより、やる気がないのでしょう。
（那個學生與其說是不會，不如說是沒心去做。）

・投票することは、国民の権利というより義務だ。
（與其說投票是國民的權利，倒不如說是義務。）

・今回の旅行は、研修旅行というよりむしろ観光旅行だ。研修より観光の時間の方がずっと長いのだから。
（這次的旅行與其說是研修旅行，倒不如說是觀光旅行。因為觀光的時間比起研習的時間長很多。）

📑 排序練習：

01. あの人は会議に参加できない ＿＿＿ ＿＿＿ ＿＿＿ ＿＿＿ のでしょう。
　　　1. たくない　2. より　3. という　4. 参加し

02. あの歌手の服装は ＿＿＿ ＿＿＿ ＿＿＿ ＿＿＿ だと思う。
　　　1. 変　2. より　3. という　4. 一種のおしゃれ

解 01. (3 2 4 1) 02. (1 3 2 4)

334

143. ～というと

接続：名詞＋というと
翻訳：您說的，是不是指 ...?
説明：使用於「聽話者不是很明瞭對方講的意思，想反問對方、或向對方確認」時，承接對方所言，並提出反問。可使用「名詞＋というと」的形式，亦可直接置於句首。

・Ａ：最近いろいろな問題があって困っているんです。
（Ａ：最近有很多問題，感到很困擾。）
　Ｂ：問題というと、どんなことですか。
（Ｂ：您說的問題是指哪些呢？）

・Ａ：勉強というのは、学問だけじゃないと思うのです。
（Ａ：我覺得讀書，不光只是求學問而已。）
　Ｂ：というと、具体的にはどんなことですか。
（Ｂ：您是說，具體上是哪些事呢？）

📄 排序練習：

01.「山田さんが結婚したそうです。」
　　「山田さん ＿＿＿＿ ＿＿＿＿ ＿＿＿＿ ＿＿＿＿ に座っていた人のことですか。」
　　1. 大学の時　2. 一番前　3. というと　4. いつも

02.「東京の近くで、どこかいい温泉はありませんか。」
　　「 ＿＿＿＿ ＿＿＿＿ ＿＿＿＿ ＿＿＿＿ 、箱根か日光でしょうか。」
　　1. 東京の　2. いうと　3. 温泉と　4. 近くの

解 01.（3142）02.（1432）

26

335

144. 〜というと／といえば

接続：名詞＋というと／といえば
翻訳：提到…就想到…。
説明：使用於「當提到某個話題時，就連想到另外一件事情的情況」時。可使用此講法來切換話題。

・Ａ：暑くなるとビールが飲みたくなりますね。
（Ａ：天氣一變熱，就會想喝啤酒。）
　Ｂ：ビールというと、最近また新製品が発売されましたね。
（Ｂ：對了，說到啤酒，最近又有新的產品發售了。）

・Ａ：さっき、駅で斎藤さんに会いましたよ。
（Ａ：我剛剛在車站遇到齋藤小姐喔。）
　Ｂ：斎藤さんといえば、最近結婚したそうですね。
（Ｂ：提到齋藤小姐，聽說她最近結婚了呢。）

📄 排序練習：

01. 「浅田さん、北海道の出身だって言っていました。」
　　「北海道 ＿＿＿ ＿＿＿ ＿＿＿ ＿＿＿ でしょうね。」
　　1. 今頃は　2. 美味しい　3. といえば　4. カニが

02. 私は毎日通勤をしなければならない。
　　＿＿＿ ＿＿＿ ＿＿＿ ＿＿＿ 電車の路線が作られるそうよ。
　　1. 通勤　2. というと　3. また　4. 新しい

解答 01.（3142）02.（1234）

336

145. 〜といっても

接続：普通形＋といっても
翻訳：雖說…但事實上是…。
説明：用來「修正對方對於某件事情的認知」，並補充說明實際與想像的差距。如第
　　　一句：一般來說，如果有人說他中了樂透，會讓人家感覺好像他中了幾百萬。
　　　但說話者透過此句型來修正聽話者這樣的認知，說：「對啦，我中樂透了啦。
　　　但是雖說是中樂透，其實也只不過 1000 日元而已啦」。

・宝くじに当たったといっても、わずか 1,000 円です。

（雖說中了彩卷，但也只不過是一千日圓而已。）

・彼は登山が好きです。山といっても低い山しか登りませんが。

（他喜歡登山。雖然說是山，但也都爬一些小山而已。）

・東京は物価が高いといっても、生活が苦しくなるほどではありません。

（雖說東京物價很高，但也不是高到讓你生活過得很痛苦。）

・週末に旅行しました。旅行といっても、近くの温泉に行っただけですが。

（周末去旅行了。雖說是旅行，但也就是去附近的溫泉而已。）

📄 排序練習：

01. 彼は、 ＿＿＿＿ ＿＿＿＿ ＿＿＿＿ ＿＿＿＿ 経営には全く関係していません。
　　　1. いっても　2. 名ばかりで　3. 社長　4. と

02. 彼は ＿＿＿＿ ＿＿＿＿ ＿＿＿＿ ＿＿＿＿ だけだ。
　　　1. フランス語が　2. といっても　3. 日常会話　4. できる

解 01.（3 4 1 2）02.（1 4 2 3）

146. ～なぜかというと / なぜかといえば / なぜなら～からだ。

接続：置於句首

翻訳：為什麼呢？那是因為…。

説明：「なぜかというと」放在句首，用來「針對前一段落所敘述的事情加以說明原因、理由」。因此文末多半以表示理由的「～からだ」作結尾。亦可使用「どうしてかというと」、「どうしてかといえば」的型態。

・登山の途中でもう帰りたいと思いました。
　なぜかというと、山の上は寒くて、山道を歩くのも大変だったからです。

（我爬山爬到一半就想回去了，為什麼？那是因為山上很冷，走山路又很累。）

・私は大きくなったらアイスクリーム屋さんになりたいです。
　なぜかといえば、イチゴアイスが大好きだからです。

（我長大後要賣冰淇淋。為什麼？那是因為我喜歡草莓冰淇淋。）

・私の夢はお医者さんになることです。
　なぜなら、お医者さんは苦しんでいる人を助けてあげられるからです。

（我的夢想是當醫生。你問我為什麼，那是因為醫生可以幫助受苦的人。）

・月が地球の周りを回るのはどうしてかというと、月と地球の間には万有引力が働いているからだ。

（如果說為什麼月球會繞著地球轉，那是因為月球跟地球之間有萬有引力的緣故。）

📄 **排序練習：**

01. 彼は犯人じゃない。＿＿＿　＿＿＿　＿＿＿　＿＿＿ 、その時、彼は私と一緒にご飯を食べていたから。
　　1. と　2. いうと　3. なぜ　4. か

02. 原子力発電には反対だ。なぜなら、＿＿＿　＿＿＿　＿＿＿　＿＿＿ どこにもないからだ。
　　1. 安全だ　2. という　3. 絶対に　4. 保証は

147. ～名詞という名詞

接続：① 名詞Ａ＋という＋名詞Ｂ　②名詞Ａ＋という＋名詞Ａ
翻訳：① 叫做Ａ的Ｂ。②所有的Ａ。
説明：① 說話者以「ＡというＢ」的方式，用Ｂ這個普通名詞來解釋Ａ這個專有名詞。
　　　② 說話者以「ＡというＡ」的方式（重複兩次Ａ），來強調所有的Ａ。

① ・昨日「スタートレック」というSF映画を観ました。
　　（我昨天看了一部叫做「星際爭霸戰」的科幻電影。）

　　・ドトールというカフェで待ち合わせをしましょう。
　　（我們就約在那間叫做「羅多倫」的咖啡店等吧。）

② ・この町の、道路という道路は穴だらけだった。
　　（這個城鎮的所有道路都坑坑洞洞的。）

　　・この家の部屋という部屋は、どれも狭くてベッドさえ入らなかった。
　　（這間房子裡的所有房間都很小，就連床都放不進去。）

📄 排序練習：

01. ひなげし ＿＿＿ ＿＿＿ ＿＿＿ ＿＿＿ 知っていますか。
　　 1. を　2. 花　3. と　4. いう

02. 本屋に行くと ＿＿＿ ＿＿＿ ＿＿＿ ＿＿＿ あの歌手の顔が載っている。
　　 1. 表紙に　2. 表紙と　3. 雑誌の　4. いう

解答 01.（３４２１）02.（３２４１）

26

339

26 單元小測驗

1. カカオ入りのコーヒーを「カフェ・モカ」（　　）いうんです。
　　　1　と　　　　　　　2　が　　　　　　　3　に　　　　　　4　を

2. 「カフェ・オレ」（　　）のは牛乳の入っているコーヒーのことです。
　　　1　にいう　　　　　2　という　　　　　3　をいう　　　　4　がいう

3. あの人は政治家（　　）いうより演説家みたいな感じだね。
　　　1　が　　　　　　　2　を　　　　　　　3　と　　　　　　4　の

4. 私は甘い物はあまり好きじゃない。（　　）全くケーキを食べないことではない。
　　　1　といっても　　2　というと　　　3　といったら　　4　というより

5. 大阪の支店に転勤（　　）、今度は支店長ですか。すごいですね。
　　　1　といっても　　2　というと　　　3　といったら　　4　というより

6. 会社を辞める。（　　）給料が安いから。
　　　1　といっても　　2　といったら　　3　それに　　　　4　なぜなら

7. これは ＿＿＿ ＿＿★＿ ＿＿＿ ＿＿＿ 使っていませんが。
　　　1　といっても　　2　まだ　　　　　3　1回しか　　　4　中古品

8. 音が大きすぎると ＿＿＿ ＿＿＿ ＿＿★＿ ＿＿＿ 聞こえます。
　　　1　より　　　　　　2　騒音に　　　　3　むしろ　　　　4　音楽と言う

9. 「第三世界」 ＿＿＿ ＿＿★＿ ＿＿＿ ＿＿＿ 国のことなんでしょうか。
　　　1　という　　　　　2　のは　　　　　3　一体　　　　　4　どんな

10. 働かずに家に ＿＿＿ ＿＿＿ ＿＿★＿ ＿＿＿ といいます。
　　　1　ニート族　　　　2　ことを　　　　3　若者たちの　　4　こもっている

27

第 27 單元：其他副助詞與接辞

148. ～なんか／なんて
149. ～なりの／なりに
150. ～がる
151. ～ぶり／ふり
152. ～こそ

本單元彙集了第 1~26 單元當中沒介紹到，但 N3 考試中也經常出現的句型。例如常在會話中出現的副助詞「なんて／なんか」、用來表強調的副助詞「こそ」、以及「～なり」「～がる」「～ぶる」等接辞。

148. ～なんか／なんて

接続：① ～ ③ 名詞＋なんか／なんて　④ 普通形／名詞（＋だ）＋なんて

翻訳：…之類的。

説明：此用法屬於口語表達形式：① 用於表達說話者對前接名詞的「嫌惡、輕蔑或否定」的口氣，因此後接否定、負面或低層次的語詞。兩者多半可以對調使用。但若與格助詞並用（置於格助詞的前方），就只能用「なんか」。② 用於表達說話者對自身或者自家人的「謙遜」。後面多接否定或疑問句，意思是「像我這麼差勁的、低層次的人，怎麼可能做得到／有辦法…嗎？」。此用法只能使用「なんか」。③ 用於表達「舉例」。說話者舉出一個具體例，但也暗示著仍有其他選項。此用法只能使用「なんか」。④ 用於表達說話者對於發生了自己沒預料到的事情而感到「驚訝」。此用法只能使用「なんて」。此用法與第 17 項文法「とは」的第 ② 種用法意思接近，但「なんて」屬於口語表現。注意，檢定考不會考「なんか」與「なんて」的異同，學習時，只需熟讀各項用法語意以及接續即可。

① ・納豆（なんか／なんて）嫌いだ。

（我最討厭納豆了。）

・お化粧（なんか／なんて）してはいけません。

（不准化妝。）

・起業（なんか／なんて）簡単だよ。

（創業超簡單的！）

・お前（○なんか／×なんて）に負けないぞ。

（我才不會輸給你這種人！）

・あんた（○なんか／×なんて）と行きたくない。

（我才不想和你去！）

② ・そんな難しいこと、私なんかにできませんよ。

（那麼難的事，我怎麼可能辦得到呢?）

・俺なんか何もできなくて、ごめんなさい。

（我實在是什麼都做不到，真的很對不起。）

・あんな難しいこと、うちの子なんかにできるのかしら。

（那麼難的事，我家那孩子辦得到嗎？）

③・Ａ：司会のこと、誰に頼んだらいいのかしら。

　（Ａ：司儀要請誰來當呢？）
　Ｂ：山田さんなんかどう？

　（Ｂ：找山田如何？）

・鈴木さんへのプレゼントは、このシャツなんかいいと思います。

（要給鈴木的禮物，我覺得這個襯衫不錯。）

・重いので、本なんかはインターネットで買うようにしています。

（因為很重，所以書我都在網路上買。）

④・あんな素晴らしい物を作ったなんて、あの子、天才かもしれないね。

（居然可以做這麼棒的東西阿。那孩子或許是個天才。）

・１か月に６回も地震が起こったなんて、地球もそろそろ終わりだ。

（一個月發生了六次地震，地球也快完蛋了。）

・ファーストクラスで世界旅行（だ）なんて、羨ましい！

（搭頭等艙環遊世界，真是令人羨慕！）

📄 排序練習：

01. あの人が言う ＿＿＿ ＿＿＿ ＿＿＿ ＿＿＿ がいいと思う。
　　１.ほう　２.なんて　３.こと　４.信じない

02. 私はお金 ＿＿＿ ＿＿＿ ＿＿＿ ＿＿＿ 、山田さんに借りて。
　　１.持って　２.いない　３.から　４.なんか

解 01.（3 2 4 1）02.（4 1 2 3）

149. 〜なりの／なりに

接続：名詞＋なりの／なりに
活用：なりの＋名詞
　　　なりに＋動詞
翻訳：與此人相符合的。
説明：前接表示人的名詞。① 使用「なりの」修飾後接名詞，表示此名詞講述的內容為符合此人身份、立場。② 使用「なりに」修飾後方動詞，表示此人以「符合他自己身份、立場的方式來做這個動作」。

① ・子供には子供なりの悩みがあるから、暖かく見守ってあげよう。

　　（小孩也有小孩的煩惱，所以你就在他身旁溫暖地守護他吧。）

　・人はそれぞれ。みんな自分なりの生き方がある。

　　（人生百態，每個人都有自己的生存方式。）

② ・あの子は子供なりにいろいろ心配しているはずだ。

　　（那孩子應該也以自己孩子的角度在擔心很多事情。）

　・私なりに努力はしてみたが、結局何もできなかった。

　　（我以自己的方式來努力了，但到最後還是什麼都辦不到。）

📄 **排序練習：**

01. 家は貧乏だが、父は ＿＿＿ ＿＿＿ ＿＿＿ ＿＿＿ 私たちを大学へ
　　通わせた。
　　　1. なり　2. 力で　3. 自分　4. の

02. 山田さんが出した ＿＿＿ ＿＿＿ ＿＿＿ ＿＿＿ みました。
　　　1. 私なりに　2. 少し考えて　3. について　4. 提案

150. 〜がる

接続：イ形容詞語幹／ナ形容詞語幹＋がる
活用：比照五段動詞（Ⅰ類動詞）
翻訳：（第三人稱的）希望、感覺、感情…。
説明：前面接續表感情或感覺語意的形容詞，如：欲しい（想要某物）、動詞たい（想做某動作）、痛い（疼痛）、悲しい（悲傷）、残念だ（可惜、遺憾）…等，用於表「第三人稱的希望、感情、感覺」。① 使用「〜がっている」，表示「一次性的、目前的」；② 使用「〜がる」，則表示「常態性的、反覆性的」。

① ・彼女は国の両親に会いたがっている。
（她想要見在祖國的雙親。）

・うちのワンちゃんは注射の時、痛がっている様子でした。
（我家的小狗打針的時候好像很痛的樣子。）

・娘は最初「ピアノ教室に行きたくない」と嫌がっていたが、今では友達もできて楽しそうに通っている。
（女兒一開始一副討厭地說「不想去鋼琴教室」，但現在也交到朋友了，就都很開心地去上課。）

② ・日本人はどこへ行っても、日本料理を食べたがる。
（日本人不管去哪裡都想吃日本料理。）

・子供はいつも新しいおもちゃを欲しがる。
（小孩子總是想要新的玩具。）

📄 **排序練習：**

01. 田中さんは ＿＿＿ ＿＿＿ ＿＿＿ ＿＿＿ 。
　　1.車を　2.います　3.新しい　4.欲しがって

02. 彼女は他の人の ＿＿＿ ＿＿＿ ＿＿＿ ＿＿＿ ます。
　　1.物を　2.もって　3.欲しがり　4.いる

27

解 01.（3142）02.（2413）

345

151. ～ぶり／ふり

接続：① 名詞＋ぶり　② 動詞ます／名詞＋ぶり
　　　③ 動詞普通形／名詞の／イ形容詞い／ナ形容詞な＋ふり
活用：①ぶりに＋動詞
　　　② 比照名詞
　　　③ 比照動詞「する」
翻訳：① 隔了…之久。② 樣子。③ 裝作…的樣子。
説明：① 前面接續時間名詞，表達「時間的間隔」。意思是「隔了一段時間，才做了某事」。② 前面接續動作性漢語名詞，如：「活躍ぶり、混雑ぶり、勉強ぶり」等，表達「樣子、狀況」。若前面接續和語動詞的語幹，如：「食べぶり、飲みぶり」，則亦可使用「～っぷり」來加強語氣（例：「食べっぷり、飲みっぷり」）。③ 以「～ふりをする」的型態來表達「佯裝」。意思是「裝出…的樣子」。

① ・５年ぶりに田中さんに会った。
　　（隔了五年之久，又與田中先生重逢了。）

　　・あなたとこうしてお酒を飲んで語るのは何年ぶりだろう。
　　（不知道已有多少年沒有和你這樣飲酒聊天了。）

　　・松本さん、お元気ですか。お久しぶりですね。
　　（松本先生，你好嗎？好久不見了。）

② ・台湾の大学生の生活ぶりを調査しています。
　　（我正在調查台灣的大學生的生活狀況。）

　　・日本の電車の混雑ぶりにびっくりした。
　　（日本電車內的擁擠情形讓我嚇了一大跳。）

　　・よっ、山田。いい飲みっぷりだね。
　　（哇，山田，喝得很豪爽喔。）

③ ・田中は、叱られる時はいつも聞こえないふりをする。
　　（田中每次被罵的時候，都裝作沒聽到。）

　　・優しいふり／親切なふりをするな。
　　（不要裝得很溫柔親切的樣子。）

・大学生のふりをして合コンに行くなんて、いい歳（を）して恥ずかしくないのか。
（裝作大學生的樣子去參加聯誼，你都一把年紀了，不覺得可恥啊！）

排序練習：

01. 家族と一緒に楽しくご飯を ＿＿＿ ＿＿＿ ＿＿＿ ＿＿＿ だろう。
　　　1. のは　2. ぶり　3. 何年　4. 食べる

02. あの人は ＿＿＿ ＿＿＿ ＿＿＿ ＿＿＿ 、本当は何も知らないんだ。
　　　1. 専門家の　2. ふりを　3. している　4. だけで

解 01.（4 3 1 2）02.（1 4 2 3）

27

347

152. ～こそ

接続：① 名詞＋こそ　② 普通形＋からこそ
翻訳：① 正…才…。② 正因為…。
説明：① 用於強調前接的名詞，表示「不是別的，而正是這個」。「こそ」前方所接續的名詞，除了時間名詞外，也多為句子的主語，因此多半是直接替代了格助詞「が」的位置（亦可保留「が」，放在こそ的後方並用）。② 以「常體句（普通形）＋からこそ」的型態，來強調原因、理由。

① ・今年こそ頑張るぞ。
（今年一定要拼了！）

・彼こそ（が）本当の専門家だ。
（他才是真正的專家呀！）

・毎日の努力こそ（が）、成功の原因なのだ。
（每日的努力，才是成功的原因。）

・あの人こそ（が）私の王子様。
（他才正是我心目中的王子啊！）

② ・愛があるからこそ、叱るんだよ。
（正因為愛你，才罵你的啊！）

・熱心に指導してくださる先生がいたからこそ、今の自分があると思います。
（我認為，正因為有熱心指導我的老師，才有現在的我。）

・ワンルームマンションは、需要が高いからこそ投資のチャンスが眠っている。
（小套房，正因為需求高，所以才蘊藏著投資的機會。）

・友達だからこそ、言えないこともある。
（也有一些事，正因為是朋友，所以講不出口。）

進階複合表現：

「〜のは〜だ」＋「からこそ」

・今<ruby>まで<rt></rt></ruby>頑張れたのは、応援してくださる皆さんがいたからこそです。

（我之所以可以努力撐到今天，正是因為有各位在這裡支持我啊。）

排序練習：

01. 毎日の努力 ＿＿＿ ＿＿＿ ＿＿＿ ＿＿＿ 原因だ。
    1.が　2.こそ　3.の　4.成功

02. 彼女を愛して ＿＿＿ ＿＿＿ ＿＿＿ ＿＿＿ んだ。
    1.こそ　2.別れる　3.いる　4.から

解 01.（2 1 4 3）　02.（3 4 1 2）

27 單元小測驗

1. もう遊んでいる暇なんかない。今年（　　）資格を取りたい！
    1　なんて　　　　　　2　なりに　　　　　　3　こそ　　　　　　4　まで

2. お金（　　）要らないよ。あなたさえいてくれればいい。
    1　なんで　　　　　　2　なんて　　　　　　3　なんに　　　　　　4　なんだ

3. お前（　　）と付き合いたくないよ。
    1　なんて　　　　　　2　なんと　　　　　　3　なんか　　　　　　4　なんで

4. 彼も自分（　　）、少しずつではあるが頑張っている。
    1　だけに　　　　　　2　なりに　　　　　　3　までに　　　　　　4　ばかりに

5. 風邪がやっと治り、1週間（　　）のお風呂は気持ちよかったな。
    1　ふり　　　　　　　2　ぶり　　　　　　　3　がる　　　　　　　4　がり

6. 知っているのに知らない（　　）をする人なんて大嫌い！
    1　ふり　　　　　　　2　なり　　　　　　　3　ぶり　　　　　　　4　がり

7. いつ来るか ＿＿＿＿ ＿★＿＿ ＿＿＿＿ ＿＿＿＿ 常に備えるべきだ。
    1　こそ　　　　　　　2　わからない　　　　3　地震には　　　　　4　から

8. よく ＿＿＿＿ ＿＿＿＿ ＿★＿＿ ＿＿＿＿ 払います。
    1　それなりの　　　　2　には　　　　　　　3　給料を　　　　　　4　働く人

9. 運動会で、親は ＿＿＿＿ ＿＿＿＿ ＿★＿＿ ＿＿＿＿ ビデオに収めようする。
    1　子の　　　　　　　2　活躍　　　　　　　3　我が　　　　　　　4　ぶりを

10. 飼い主に、＿＿＿＿ ＿＿＿＿ ＿★＿＿ ＿＿＿＿ つい泣きたくなった。
    1　悲しがっている　　2　捨てられて　　　　3　見ていたら　　　　4　犬を

28

第 28 單元：其他助動詞與表現

　　本單元彙集了第 1~27 單元當中沒介紹到，但 N3 考試中也經常出現的句型。例如「～べきだ」、「～ずに」等助動詞、「～も～ば～も」固定句型表現。第 156 項則是介紹口語對話與聽力考試中常見的「縮約形」。

153. 〜べきだ

接続：動詞原形＋べきだ
翻訳：應該…。
説明：① 用於講述一般論，而非針對特定對象時，則為「說話者對於一件事情，發表自己的意見」。認為一般社會上，「遇到這種情況／這樣的身份，就應該要這樣做」。② 如果是針對特定聽話者的發話，則是「給予這位聽話者的建議或是忠告」。使用「する」動詞時，有「するべき」與「すべき」兩種型態。

① ・得意でも不得意でも、与えられた仕事は一生懸命やるべきだと思います。
 （我認為不管擅不擅長，交辦的工作就應該努力做好。）

 ・子供だからこそ、お金の知識を習っておくべきだ。
 （正因為是小孩，更需要學習好關於金錢的知識。）

② ・君はユーチューバーになるべきだよ。話がうまいんだから。
 （你應該要去當 YouTuber 的。因為講話很厲害。）

 ・えっ？空き巣に入られた？それは早く通報すべきだよ。
 （什麼？你被闖了空門？那你應該要快去報案呀！）

📄 **排序練習：**

01. サラリーマン ＿＿＿ ＿＿＿ ＿＿＿ ＿＿＿ だ。
 1. 大家を　2. べき　3. 目指す　4. こそ

02. 明日はテスト ＿＿＿ ＿＿＿ ＿＿＿ ＿＿＿ だ。
 1. 今日は　2. だから　3. 勉強　4. するべき

解答 01.（4 1 3 2）02.（2 1 3 4）

154. ～ずに

接続：動詞ない形＋ずに

翻訳：① 沒…就…。② 不做…而做…。

説明：本句型「～ずに」為「～ないで」的文言表達方式，有兩種意思：① 表「附帶狀況的否定」。意思為「在沒做前述動作的狀況下，就做了後述動作」。② 表「不做前述動作，取而代之做了後述動作」。另外，需特別注意的是動詞「する」，必須改成「せずに」。

① ・彼は何も言わずに部屋を出ていきました。

（他什麼也沒說，就這樣離開了房間。）

・ホテルの部屋の鍵をかけずに出かけてしまいました。

（我忘了將飯店房門上鎖，就出門了。）

・窓を閉めずに寝ました。

（我沒關窗就睡了。）

・包丁を使わずに料理をした。

（我做菜沒用菜刀。）

② ・日曜日、どこも行かずに家にいました。

（星期天，我哪兒都沒去，一直待在家裡。）

・あの人は働かずに、毎日お酒ばかり飲んでいます。

（那個人什麼都不做，成天就只在那喝酒。）

📄 排序練習：

01. 時間がない ＿＿＿ ＿＿＿ ＿＿＿ ＿＿＿ へ行きます。
　　1. 会社　2. ので　3. 食べずに　4. 朝ご飯を

02. 彼はあいさつ ＿＿＿ ＿＿＿ ＿＿＿ ＿＿＿ 帰って行った。
　　1. ず　2. せ　3. に　4. を

解答 01.（2 4 3 1）02.（4 2 1 3）

155. ～も～ば～も

接続：名詞Ａ＋も＋条件形ば／なら＋名詞Ｂ＋も
翻訳：既…又…。
説明：表示將類似的事物並列起來，強調「這些都…」。正、反面事物皆適用。另外，需特別注意的是，若接續ナ形容詞，則條件形為「なら」。① 為前後使用相同述語（動詞、形容詞等）的例句，② 則為前後使用不同述語的例句。

① ・この団地には、学校もあれば病院や図書館などの施設もある。
   （這個團地社區，既有學校又有醫院跟圖書館等設施。）

・この家には何もない。テーブルもなければ、冷蔵庫もない。
   （這個家裡什麼都沒有。既沒餐桌，也沒冰箱。）

・佐藤さんは勉強もできればスポーツもできる。
   （佐藤小姐既會讀書，又會運動。）

・私は歌も下手ならダンスも下手だ。
   （我歌唱得差，舞也跳得不好。）

② ・この問題集は、内容も難しければ量も多いので、やる気がなくなります。
   （這問題集，內容又難，份量又多，會讓人失去幹勁。）

・この辺りは、交通も便利なら物価も安く、とても生活しやすい。
   （這附近交通既方便，物價又便宜。實在很好生活。）

📄 **排序練習：**

01. 山本さんは ＿＿＿＿ ＿＿＿＿ ＿＿＿＿ ＿＿＿＿ です。
   1. 優しい　2. 頭も　3. 性格も　4. 良ければ

02. 今度の企画は予算も ＿＿＿＿ ＿＿＿＿ ＿＿＿＿ ＿＿＿＿ 。
   1. 足りない　2. 人手も　3. なら　4. 不足

156. ～縮約形

所謂的「縮約形」，就是指我們講話時，因說話速度很快，導致於其中幾個音脫落的現象。例如，現在時下年輕人經常將中文的「這樣子」講成「醬子」。縮約型經常出現於會話中，尤其是聽力考試更常出現這樣的表現。以下是最常出現的七種情況。

① 「～ては」→「～ちゃ」

・来てはだめ！ → 来ちゃだめ！（不要過來！）
・行かなくては → 行かなくちゃ（我該走了／不去不行了！）

「～では」→「～じゃ」

・ではありません → じゃありません（不～）
・死んではいけない → 死んじゃいけない（不可死！）

② 「～ている」→「～てる」

・やっている → やってる（正在做）
・見ていない → 見てない（沒在看）
・愛しています → 愛してます（我愛你）
・待っていてください → 待っててください（請在這裡稍等一下）

③ 「～ておく」→「とく」

・やっておく → やっとく（做起來準備）
・片付けておきます → 片付けときます（收拾好）
・置いておいてください → 置いといてください（請放在那裡）

④ 「～てしまう」→「～ちゃう」

・行ってしまった → 行っちゃった（走掉了）
・食べてしまいました → 食べちゃいました（吃掉了）

「～でしまう」→「じゃう」

・読んでしまった → 読んじゃった（讀完了）
・死んでしまった → 死んじゃった（死掉了）

⑤「～らない／～れない」→「～んない」

　　　　・わからない　　　　　　　　→　わかんない（我不懂）
　　　　・終わらない　　　　　　　　→　終わんない（不結束）
　　　　・信じられない　　　　　　　→　信じらんない（無法相信）

⑥「条件形（れ）ば」的縮約形

　　　　・行けば　　　　　　　　　　→　行きゃ（去的話）
　　　　・行かなければ　　　　　　　→　行かなけりゃ／行かなきゃ（不去的話）
　　　　・高ければ　　　　　　　　　→　高けりゃ／高きゃ（貴的話）

⑦隨著「の」而產生的各種縮約形

　　　　・行くのです　　　　　　　　→　行くんです（是要去的）
　　　　・～のところ　　　　　　　　→　～んとこ（～的地方）
　　　　・私のうち　　　　　　　　　→　私んち（我家）
　　　　・ものですから　　　　　　　→　もんですから（因為…）

縮約形大多用在非正式的場合，所以使用時要特別注意。以下是實際的使用例句：

・あっ、もうこんな時間。帰らなくちゃ。＜帰らなくてはいけません＞
（阿，已經這麼晚了，我非回家不可了。）

・あっ、もうこんな時間。帰らなきゃ。＜帰らなければなりません＞
（阿，已經這麼晚了，我不回家不行了。）

・明日テストがあるから、このページを覚えといてください。
　＜覚えておいてください＞
（因為明天有考試，所以請把這一頁背起來。）

・そんな難しいこと、私に聞かれてもわかんないよ。＜わからないよ＞
（那麼難的事情，你問我，我也不懂。）

・俺んちに寄っていかない？新しいゲーム買ったんだ。＜俺の家に／買ったのだ＞
（要不要順道來我家啊，我買了新遊戲了。）

01. 後で見ておきますから、会議の ＿＿＿ ＿＿＿ ＿＿＿ ＿＿＿ ください。
　　　1.置い　2.あそこに　3.資料は　4.といて

02. 早くお姫様に ＿＿＿ ＿＿＿ ＿＿＿ ＿＿＿ よ。
　　　1.彼女　2.あげなきゃ　3.死んじゃう　4.キスして

解答 01.（3 1 2 4）　02.（4 2 1 3）

28 單元小測驗

1. この試験は難しいから、もっと真面目に（　　）、合格できないだろうなぁ。
    1　勉強しなきゃ　　2　勉強しなじゃ　　3　勉強しちゃ　　4　勉強じゃ

2. どんな理由があっても、約束は守る（　　）だ。
    1　なんか　　　　2　なり　　　　　3　べき　　　　4　こそ

3. この町にはショッピングモールも（　　）、デパートもあって便利です。
    1　あったら　　　2　あれば　　　　3　あると　　　　4　あっても

4. 今すぐ連絡するからここで（　　）。
    1　待っつて　　　2　待ってて　　　3　待ってっつ　　4　待てっつ

5. ねえ、放課後、（　　）に来ない？実は今日誰もいないんだ。。
    1　私のち　　　　2　私っち　　　　3　私んうち　　　4　私んち

6. 2時間（　　）立って話しました。
    1　座らずで　　　2　座らなくて　　3　座らずに　　　4　座らないと

7. 彼は、＿＿＿ ＿＿＿★ ＿＿＿ ＿＿＿ できれば彼のお嫁さんになりたい。
    1　かっこよくて　2　良ければ　　　3　顔も　　　　4　性格も

8. 何も ＿＿＿ ＿＿＿ ＿＿★＿ ＿＿＿ 嬉しいのに。
    1　くれたら　　　2　言わずに　　　3　すごく　　　4　抱きしめて

9. そんなに彼のことを思って ＿＿＿ ＿＿＿ ＿★＿ ＿＿＿ よ。
    1　プロポーズ　　2　いるなら　　　3　あなたから　　4　するべきだ

10. よ〜し、決めた！彼 ＿＿＿ ＿★＿ ＿＿＿ ＿＿＿ 言っちゃおう。
    1　愛してる　　　2　行って　　　　3　って　　　　4　んちに

special

敬語特別篇

一、何謂敬語？

日文中欲表達敬意，主要有兩種形式：1. 將文體改為「敬體」或 2. 使用「敬語」詞彙。N5 程度時就曾經學過「敬體」，也就是使用「～です」、「～ます」的表達形式，藉以展現出說話者對於聽話者的敬意；而所謂的「敬語」，則是說話者依據與聽話者或話題中人物的關係，使用具備敬意的語彙或者是具備敬意的文法形式。

「敬語」又可細分為「尊敬語」與「謙讓語」兩種。「尊敬語」用於講述「對方（或他人）的動作、行為」；「謙讓語」則是用於講述「自己（或己方人物）的動作、行為」。

敬語在 N3 考試中並不會考出太複雜的用法，且每次考試只會有一到兩題，因此只要將幾個常見的尊敬語以及謙讓語動詞及表達形式熟記，即可輕易過關。

二、尊敬語

尊敬語是「說話者對於動作者」的敬意。也就是尊敬語句子當中，「做動作」的人一定是別人（聽話者或者是句中提及的人物），不會是說話者。其形式有三：

Ⅰ尊敬助動詞「～（ら）れる」

・山下さんは 7 時に来られます。

（山下先生七點會過來。）

・お酒をやめられたんですか。

（你戒酒了嗎？）

Ⅱ「お・動詞ます・になる」

・社長はもうお帰りになりました。

（社長已經回去了。）

・会議の予定は、いつも部長がお決めになります。

（會議的預定總是部長做決定。）

Ⅲ特殊尊敬語動詞

・部長は会議室にいらっしゃいます。

（部長在會議室。）

・どうぞ召し上がってください。

（請享用。）

「いらっしゃる」、「なさる」、「くださる」、「おっしゃる」、「ござる」這五個尊敬語動詞是屬於特殊五段活用動詞。改成「ます形」時，不是改為「いらっしゃります」，而是要改為「いらっしゃいます」。但是改成「ない形」的時候，則比照一般正常的五段動詞活用，改為「いらっしゃらない」。

・生徒Ａ：松岡先生はテニスをなさいますか。

（松岡老師打網球嗎？）

生徒Ｂ：いいえ、なさらないと思います。

（我想他應該不打。）

另外，「〜てください」的尊敬語形式為「お・動詞ます・ください」。

・どうぞ、お入りください。

（請進。）

・こちらをお使いください。

（請用這一個。）

三、謙讓語 I

謙讓語 I 是「說話者貶低動作者（說話者有可能同時也是動作者）」的謙卑表現。透過「貶低動作者」，藉此提高「動作接受者」的地位，表示對於「動作接受者」的敬意。也就是謙讓語 I 的句子當中，「做動作」的人一定是自己或己方的人，不會是對方。由於謙讓語 I 是給對方的敬意表現，因此句中需要動作接受的對象存在（翻譯中，「」的部分為動作的對象）。其形式有二：

I「お・動詞ます・する」

・重そうですね。お持ちしましょうか。

（看起來很重，我幫「您」拿吧。）

・私が社長に商談の結果をお知らせします。

（由我來告訴「社長」商談的結果。）

・兄が車でホテルまでお送りします。

（我哥會開車送「您」到飯店。）

・（×）昨日うちで本をお読みしました。

（並無動作接受者的存在。）

「ご・名詞・する」

・食堂<ruby>食堂<rt>しょくどう</rt></ruby>までを<ruby>ご案内<rt>あんない</rt></ruby>します。

（我帶「您」去食堂。）

・<ruby>今日<rt>きょう</rt></ruby>の<ruby>予定<rt>よてい</rt></ruby>を<ruby>ご説明<rt>せつめい</rt></ruby>します。

（我來為「您」說明今天的預定。）

II 特殊謙讓語動詞

・<ruby>昨日<rt>きのう</rt></ruby>、<ruby>社長夫人<rt>しゃちょうふじん</rt></ruby>に<ruby>お目<rt>め</rt></ruby>にかかりました。

（我昨天見到「社長夫人」了。）

・Ａ：<ruby>明日<rt>あした</rt></ruby>は<ruby>誰<rt>だれ</rt></ruby>が<ruby>手伝<rt>てつだ</rt></ruby>いにきてくれますか。

（明天誰會來幫忙呢？）
　Ｂ：<ruby>私<rt>わたし</rt></ruby>が<ruby>伺<rt>うかが</rt></ruby>います。

（我會去幫「您（們）」喔。）

・<ruby>先日<rt>せんじつ</rt></ruby>、<ruby>先生<rt>せんせい</rt></ruby>の<ruby>お宅<rt>たく</rt></ruby>へ<ruby>参<rt>まい</rt></ruby>りました。

（前幾天我去了「老師」家。）

四、謙讓語II（丁重語）

謙讓語II是「說話者貶低動作者（說話者有可能同時也是動作者）」的謙卑表現。透過「貶低動作者」，藉此提高「聽話者」的地位，表示對於「聽話者」的敬意。與謙讓語I的不同，在於謙讓語II的句子當中，不需要動作接受的對象存在。其形式如下：

I 特殊謙讓語動詞

・<ruby>昨日<rt>きのう</rt></ruby>はずっと<ruby>自宅<rt>じたく</rt></ruby>におりました。

（昨天我一直待在家裡。）

・<ruby>明日<rt>あす</rt></ruby>、<ruby>仕事<rt>しごと</rt></ruby>で<ruby>東京<rt>とうきょう</rt></ruby>に<ruby>参<rt>まい</rt></ruby>ります。

（明天我要去東京工作。）

・<ruby>私<rt>わたし</rt></ruby>は<ruby>春日椋太<rt>かすがりょうた</rt></ruby>と<ruby>申<rt>もう</rt></ruby>します。

（我叫做春日椋太。）

五、特殊尊敬語、謙讓語動詞對照表

尊敬語	動詞	謙讓語
いらっしゃる／見える／ おいでになる／お越しになる	来る	参る／伺う
いらっしゃる	行く	参る／伺う
いらっしゃる	いる	おる
召し上がる	食べる／飲む	いただく
なさる	する	いたす
おっしゃる	言う	申す／申し上げる
ご覧になる	見る	拝見する
----------	聞く	伺う
ご存知だ	知っている	存じている
----------	会う	お目にかかる
---------- ----------	見せる	お目にかける／ ご覧に入れる
----------	借りる	拝借する
----------	聞く／引き受ける	承る
お休みになる	寝る	----------
お亡くなりになる	死ぬ	----------
----------	ある	ござる（ございます）
---------- ---------- くださる	あげる もらう くれる	差し上げる いただく ----------
----------	〜と思う	〜と存じる
〜でいらっしゃる	〜です	〜でございます
----------	〜にあります	〜にございます

special 單元小測驗

Ⅰ、請將下列底線部分改為尊敬語：

1. 店員：ＡセットとＢセットのどちらに<u>しますか</u>。

2. 客　：すみません、この服のもう１つ大きいサイズはありますか。
　　店員：あ、はい。確認しますので、<u>ちょっと待ってください</u>。

3. 店員：ご希望のサイズのものが見つからなければ、<u>言ってください</u>。

4. 皆さんは、携帯電話に 50 年以上の歴史があることを<u>知っていますか</u>。

Ⅱ、請將下列底線部分改為謙讓語（Ⅰ或Ⅱ）：

5. 課長、昨日<u>もらった</u>お土産のケーキ、とてもおいしかったです。

6. （電話で）お電話ありがとうございます。目白美容<u>院です</u>。

7. （電話で）私、いろは銀行の田中と<u>言います</u>が、山田さんをお願いします。

8. 客　：すみません、お手洗いはどこですか。
　　店員：あちらのエレベーターの横に<u>あります</u>。

9. 客　：あのう、この赤いのは何のアイスクリームですか。
　　店員：イチゴのアイスクリーム<u>です</u>。

10. お席までご案内します。どうぞ、こちらへ。

11. すみません、店員の募集についてちょっと<u>聞きたい</u>んですが。

12. 先週先生に貸してもらった本を、寮に忘れてきてしまった。

13. 卒業式の日に、先生にプレゼントをあげるつもりです。

14. 先生、偶然ですね。ここで先生に会えるとは思いませんでした。

15. ご相談したいことがあるのですが、これから先生の研究室に行ってもいいですか。

III、請選出正確的尊敬語或謙譲語：

16. お客様、こちらの料理は醤油など何もつけずに、どうぞそのまま（　　　）。
    1　お召し上がってください　　　　　2　お召し上がりください
    3　召し上がりなさってください　　　　4　めしあがらせてください

17. 先月引っ越しましたので、近くに（　　　）際は、ぜひお立ち寄りください。
    1　伺った　　　　2　参った　　　　　3　お越しになった　4　お邪魔した

18. この件は私が社長に（　　　）時に、ゆっくりご説明いたします。
    1　お目にかかった　2　お会いになった　3　拝見した　　　　4　ご覧になった

19. この間、上田教授がお書きになった論文を、学会誌で（　　　）。
    1　拝見いたしました　　　　　　　　2　お読みになりました
    3　お目にかかりました　　　　　　　4　承りました

20. A：今回の連休、どちらへ旅行（　　　）か。
    B：そうですね。ドバイへ行ってみたいです。
    1　させます　　　2　されます　　　　3　させられます　　4　られます

單元小測驗解答

01 單元

① 1 ② 2 ③ 4 ④ 3 ⑤ 4
⑥ 3 ⑦ 4 (2341)
⑧ 1(4213) ⑨ 3 (4312)
⑩ 4 (3421)

02 單元

① 2 ② 3 ③ 4 ④ 1 ⑤ 1
⑥ 4 ⑦ 4 (3421)
⑧ 2(4321) ⑨ 1 (2413)
⑩ 4 (3241)

03 單元

① 3 ② 1 ③ 2 ④ 3 ⑤ 4
⑥ 1 ⑦ 3 (4231)
⑧ 2(1324) ⑨ 1 (3124)
⑩ 2 (4231)

04 單元

① 1 ② 3 ③ 2 ④ 3 ⑤ 4
⑥ 2 ⑦ 4(2143)
⑧ 2(3421) ⑨ 4(3142)
⑩ 2(3241)

05 單元

① 2 ② 4 ③ 2 ④ 2 ⑤ 1
⑥ 2 ⑦ 2(4231)
⑧ 3(4231) ⑨ 1(4213)
⑩ 2(4123)

06 單元

① 3 ② 4 ③ 1 ④ 2 ⑤ 2
⑥ 1 ⑦ 4(2431)
⑧ 2(4231) ⑨ 1(4213)
⑩ 4(3142)

07 單元

① 2 ② 2 ③ 1 ④ 3 ⑤ 4
⑥ 3 ⑦ 2 (3421)
⑧ 2(3124) ⑨ 2 (4231)
⑩ 4(3421)

08 單元

① 1 ② 2 ③ 3 ④ 2
⑤ 2 ⑥ 4 ⑦ 3 (4132)
⑧ 4(2413) ⑨ 2 (4231)
⑩ 3(4132)

09 單元

① 4 ② 3 ③ 4 ④ 1 ⑤ 1
⑥ 3 ⑦ 3(4231)
⑧ 4(3142) ⑨ 2(4321)
⑩ 1(4123)

10 單元

① 4 ② 2 ③ 2 ④ 3 ⑤ 2
⑥ 4 ⑦ 2(4321)
⑧ 1(2314) ⑨ 2(4213)
⑩ 3(4312)

11 單元

① 1 ② 2 ③ 3 ④ 2 ⑤ 2
⑥ 1 ⑦ 1 (2413)
⑧ 3(4132) ⑨ 3 (4132)
⑩ 4(2341)

12 單元

① 1 ② 3 ③ 3 ④ 4 ⑤ 2
⑥ 2 ⑦ 4(2341)
⑧ 1(4132) ⑨ 2(3421)
⑩ 2(4123)

13 單元

①3 ②1 ③3 ④4 ⑤2
⑥1 ⑦3 (4312)
⑧4 (2431) ⑨2 (4321)
⑩3 (4132)

14 單元

①4 ②2 ③3 ④1 ⑤3
⑥2 ⑦2 (3421)
⑧1 (4213) ⑨2 (1324)
⑩4 (1342)

15 單元

①1 ②2 ③3 ④4 ⑤1
⑥3 ⑦1 (4213)
⑧4 (3142) ⑨2 (4123)
⑩3 (4132)

16 單元

①4 ②1 ③3 ④2 ⑤2
⑥3 ⑦4 (2341)
⑧3 (4231) ⑨3 (4132)
⑩4 (2413)

17 單元

①1 ②2 ③3 ④3 ⑤4
⑥1 ⑦1 (3142)
⑧2 (4321) ⑨4 (1342)
⑩3 (4231)

18 單元

①2 ②2 ③1 ④3 ⑤4
⑥1 ⑦2 (4213)
⑧3 (4231) ⑨1 (4213)
⑩4 (1342)

19 單元

①2 ②4 ③1 ④3 ⑤1
⑥2 ⑦2 (4231)
⑧1 (4312) ⑨3 (4132)
⑩2 (3421)

20 單元

①1 ②3 ③2 ④2
⑤4 ⑥1 ⑦1 (4132)
⑧1 (3412) ⑨3 (4213)
⑩2 (3421)

21 單元

①2 ②3 ③2 ④3 ⑤1
⑥4 ⑦3 (4321)
⑧1 (4312) ⑨3 (4132)
⑩3 (4132)

22 單元

①3 ②2 ③1 ④2 ⑤4
⑥1 ⑦4 (3421)
⑧3 (1432) ⑨3 (1234)
⑩1 (4213)

23 單元

①4 ②2 ③1 ④2 ⑤3
⑥1 ⑦4 (2314)
⑧2 (4231) ⑨1 (3214)
⑩2 (4321)

24 單元

①2 ②3 ③1 ④3 ⑤4
⑥1 ⑦2 (4213)
⑧1 (3412) ⑨1 (3412)
⑩2 (1423)

單元小測驗解答

25 單元

① 2 ② 1 ③ 4 ④ 2 ⑤ 2
⑥ 1 ⑦ 3 (1432)
⑧ 1(3214) ⑨ 3 (4312)
⑩ 2 (4123)

26 單元

① 1 ② 2 ③ 3 ④ 1 ⑤ 2
⑥ 4 ⑦ 1 (4123)
⑧ 3(4132) ⑨ 2 (1234)
⑩ 2 (4321)

27 單元

① 3 ② 2 ③ 3 ④ 2 ⑤ 2
⑥ 1 ⑦ 4(2413)
⑧ 1 (4213) ⑨ 2 (3124)
⑩ 4 (2143)

28 單元

① 1 ② 3 ③ 2 ④ 2 ⑤ 4
⑥ 3 ⑦ 2(4231)
⑧ 1(2413) ⑨ 1(2314)
⑩ 2(4213)

special 單元

① なさいますか
② 少々お待ちください
③ おっしゃってください
④ ご存じですか
⑤ いただいた

⑥ でございます
⑦ 申します
⑧ にございます
⑨ でございます
⑩ いたします

special 單元

⑪ 伺いたい
⑫ いただいた
⑬ 差し上げる
⑭ お目にかかれる
⑮ 伺ってもよろしいで
　 しょうか

⑯ 2 ⑰ 3 ⑱ 1 ⑲ 1 ⑳ 2

索引

穩紮穩打！新日本語能力試驗 N3 文法（修訂版）

編　　　著	目白 JFL 教育研究会
代　　　表	TiN
封 面 設 計	陳郁屏
排 版 設 計	想閱文化有限公司
總 編 輯	田嶋 惠里花
校 稿 協 力	謝宗勳、楊奇瑋
發 行 人	陳郁屏
出　　　版	想閱文化有限公司
發　　　行	想閱文化有限公司
	屏東市 900 復興路 1 號 3 樓
	電話：(08)732 9090
	Email：cravingread@gmail.com
總 經 銷	大和書報圖書股份有限公司
	新北市 242 新莊區五工五路 2 號
	電話：(02)8990 2588
	傳真：(02)2299 7900
修 訂 一 版	2023 年 12 月　三刷
定　　　價	460 元
I　S　B　N	978-626-95661-4-3

國家圖書館出版品預行編目 (CIP) 資料

穩紮穩打！新日本語能力試驗 N3 文法 = Japanese-language proficiency test/ 目白 JFL 教育研究会 編著 . -- 修訂一版 . -- 屏東市 : 想閱文化有限公司，2022.05
　面；　公分 . -- (N3 系列 . 文法)
ISBN 978-626-95661-4-3(平裝)
1.CST: 日語 2.CST: 語法 3.CST: 能力測驗

803.189　　　　　　　　　　111005261